1. 斯卡羅海報。（圖片來源：作者已購劇照獲授權。致謝公視。）

2. 客家電視臺戲劇《出境事務所》題材突破族群藩籬，主要角色卡司生動演繹生死。（圖片來源：作者已購劇照獲授權。致謝客臺。）

3. 2015臺北藝術節，日本‧青年團劇團×大阪大學機器人劇場計畫《蛻變─人形機器人版》。（Courtesy of SEINENDAN. Photo Credit: Madoka Nishiyama）

$$\frac{3}{4}$$

4. 此表演除了九名演員須與此名擬人女機器人搭配演出之外，還有另外一個機器人Wakamaru Robovie-R3在舞臺上常移動參與演出。（Courtesy of SEINENDAN. Photo Credit Photographer Tsukasa Aoki.）

5. 電影《機器姬》（Ex-Machina）
（2014）裡，由程式工程師一開始不
知道夏娃其實是進階的擬人形人工智
慧女機器人，接受圖靈測試，評估她
（它）可屬的人類特質。（Photo Cour-
tesy of Aflo Co., Ltd.）

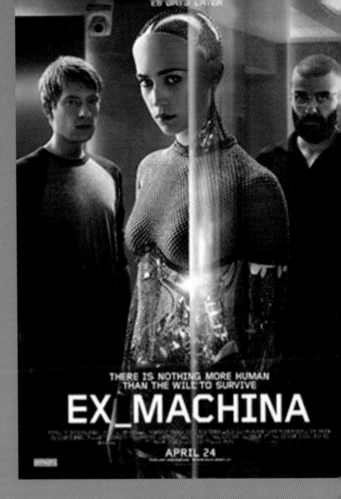

$$\frac{5}{6}$$

6. 《銀翼殺手2049》（Blade Runner 2049）（2017）為《銀翼殺手》（Blade Runner）
（1982）續集。由哈里遜·福特（Harrison Ford），雷恩·葛斯林（Ryan Gosling）主演。
導演丹尼·維勒納夫（Denis Villeneuve），雷利·史考特（Ridley Scott）監製。The AI
replicant blade runner (stars by Ryan Gosling) loves the fictional holographic simulacra.
（Photo: Courtesy of Aflo Co., Ltd.）

7. 從這部電影《全境擴散》題材是有關全球大爆發病毒感染，可查與當今新冠肺炎相似的事實。（圖片來源npr.org.圖片曉質獲授權使用自film.ai）

$$\frac{7}{8}$$

8. 這部電影《全境擴散》中此段因全球爆發流行新病毒而數量龐大的人數死亡，被WHO埋葬的場景，在社群媒體被大量轉發使用，來描述中國武漢埋葬因感染新冠肺炎而死的大量屍體的類似畫面。（圖片來源搜索：boomlive.in）（圖片作者曉圖獲授權使用自：film.ai）

9. 此景乃是導演央請由世界衛生組織（WHO）與美國疾病管制中心（the US Center for Disease Control [CDC]），共同合作拍攝成的一個遠景電影鏡頭。（圖片來源檢索：COVID-19 Facts.）（圖片作者購買獲授權使用自：film.ai）

10. Netflix紀錄片電影The Great Hack《個資風暴：劍橋分析事件》（2019），製片與導演凱瑞‧阿默（Karim Amer）與杰航‧努真（Jehane Noujaim）。電影《個資風暴：劍橋分析事件》Netflix英文海報。（圖片取自IMDb）

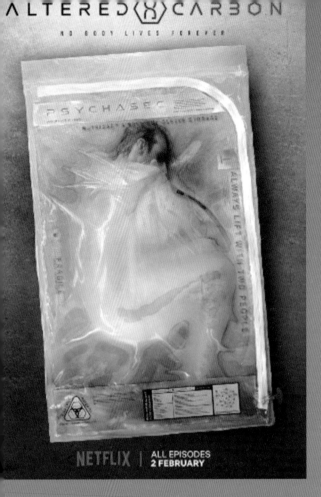

11. Netflix 《碳變》Altered Carbon（2018-2020）。（Photo Courtesy of Film.ai）

$$\frac{11}{12}$$

12. 《碳變：義體置換》Altered Carbon Re-sleeved（2020）動漫版。（Photo Courtesy of Film.ai）

13. 電影《一級玩家》身體／主體困境，探究如何以劇情及影像，呈現元宇宙的突破。（圖片來源：作者已購買獲授權，Alamy.）

$$\frac{13}{14}$$

14. 電影《奇異博士2：失控多重宇宙》結合串流媒體Disney＋《汪達幻視》（Wanda Vision）（2021）。（圖片來源：作者已購買獲授權，Alamy.）

15. 電影《奇異博士2：失控多重宇宙》的主要女主角，是由伊莉莎白・歐森（Elizabeth Olsen）飾演「緋紅女巫」（Scarlet Witch），以及包括在838號宇宙與兩個兒子幸福快樂生活的汪達・馬克希莫夫（Wanda Maximoff）。（作者已購買獲授權，圖片來源：Alamy）

16. 電影《一級玩家》進入虛擬電玩的化身。（作者已購買獲授權，圖片來源：Alamy.）

文學於新科技新媒體
的跨域觀影

劇場、電影、Netflix

段馨君 —— 著

五南圖書出版公司 印行

謹獻給UCLA名譽教授蘇・艾倫・凱斯、
UCLA名譽教授卡羅爾・索根弗雷，
和我的父母段世革與楊淑玉

自序

　　文學已不再僅是案頭文學，在二十一世紀新科技的加持，新媒體的推波助瀾之下，文學已發展為可忠實呈現或改編再現於劇場展演、電影大螢幕觀賞、串流媒體Netflix影視作品的跨域觀影經驗。隨著新科技的不斷研發及新媒體的傳播，戲劇劇場的現場表演即時性與互動無可取代地仍吸引觀眾，電影的大螢幕視覺聲光特效剪輯後製配樂，是文化創業產業大工程營收。因2019年底COVID-19疫情爆發，全世界鎖國封鎖疆界，關閉劇場、電影院等娛樂場所，也無法旅行，宅在家的因素更使串流媒體大噴發盛行迄今，時興為大眾流行文化的追劇娛樂。正如亞里斯多德提倡戲劇，因戲劇具備娛樂及教育的功能。

　　從以前的純文學作品欣賞，西方文學理論新批評（New Criticism）強調的文本分析（Text Analysis），文學也經歷如同好幾次工業革命的改革，文學的解釋學（Hermeneutics），以及文本詮釋（Interpretation）的話語權，在羅蘭・巴特（Roland Barthes）於1968年的短文中提出「作品誕生，作者已死」的觀念之後，作者已不再是對其作品唯一可詮釋的人，漢斯・羅伯特・堯斯（Hans Robert Jauss）所提出的讀者讀後感涉及個人聯想到文化背景與生活經驗的「接受理論」（Reception Theory）[1]，也在巴特的《戀人絮語》……之後衍生。佛洛伊德（Sigmund Freud）《性學三論》與拉岡（Jacques-Marie-Émile Lacan）心理分析（Psychoanalysis），仍是分析文學作品的利器。薩伊德（Edward Said）的東方主義（Orientalism）、後殖民主義（Post-colonialism）、經歷三波

---

[1]　Jauss, Hans Robert. *Aesthetic Experience and Literary Hermeneutics*. Trans. Michael Shaw. Minneapolis: U of Minnesota P, 1982.

　　Jauss, Hans Robert. *Toward an Aesthetic of Reception*. Trans. Timothy Bahti. Minneapolis: U of Minnesota P, 1982.

的女性主義（Feminism）——自由女性主義、激進女性主義、物質女性主義（Liberal Feminism, Radical Feminism, and Material Feminism）、新女性主義（Neo-Feminism）與後女性主義（Post-Feminism）等各家理論百花爭鳴。後現代主義（Postmodernism），在解構（Deconstruction）、拼貼（collage）的層層疊疊映照之下，後結構主義大師尚，布希亞（Jean Baudrillard）《擬仿物與擬像》（*Simulation and Simulacra*）的書，提出「超寫實」（Hyperreality）的觀念，布希亞此書封面也成為電影《駭客任務》（*Matrix*）（1999）導演編劇華卓斯基姐妹特地拍攝的其中一個畫面，此書成為重要道具，象徵此片多層次智慧電腦與現實的科幻虛實，與超脫現實的超寫實的關係。此外，由諾蘭（Christopher Edward Nolan）所導演的電影《全面啟動》（*Inception*）（2010），由演員李奧納多（Leonardo DiCaprio）飾演的造夢者，可潛入他人夢境去竊取機密訊息。在一層又一層的夢境中，也常難以辨認是做夢還是真實或超過表象的超寫實。

　　「外行看熱鬧，內行看門道。」作者家學淵源，從小出生於文學書香世家，父親是大學國文系教授，會吟詩作詞作聯對，是創作型帥哥風流才子，母親是宜蘭好山好水的大眼睛大胸細腿膚白美女，她是9月28日教師節生日，去世前是臺北市某公立高中的英文老師，作育無數英才。作者從小在家耳濡目染被養成喜愛文學，選擇就讀國立清華大學外國語文學系，國立中央大學英美語文學系研究所跟隨美國康乃爾大學戲劇博士的塞浦路斯女教授研習西方戲劇專業課程，考上教育部公費及國際扶輪社獎學金出國留學，選擇至美國加州大學洛杉磯分校（UCLA）的劇場電影與電視學院（College of Theater, Film and Television）之戲劇劇場系（Department of Theater）攻讀博士。UCLA迄今已連續八年獲得全美公立學校排名第一的殊榮。2005年3月獲得UCLA博士，返臺至國立交通大學（後與國立陽明大學合併，更名為國立陽明交通大學）任教，2021～2022年至美國哈佛大學英文系，擔任臺灣頂尖大學聯盟選派之頂大訪問學者一年。在臺灣叢書

研究迄今已超過19年多，快20年在陽明交大以理工電機資訊全世界排名甚高的環境的研究教學服務工作，吸收同校大環境科技理工醫強的同事們的薰陶及互助。2001迄今2024年以來每年多次參與國際與國內的學術研討會，口頭發表論文，與國內外教授專家學者們學術交流。作者自2012年之後大多用英文寫作，迄今累積有十幾本國際專業頂尖英文專書與國內優良專書、百餘篇（期刊A&HCI、THCI Core, THCI, SSCI、專書、會議）論文等相關學術著作。

　　此本中文專書累積醞釀多年，厚積而薄發，研究閱讀寫作，博覽群書，觀賞許多精彩影視作品之後為讀者精選，所作的文學於新科技新媒體的橫跨不同劇場、電影與串流媒體的劇場評論、電影評論、電視媒體評論，聚焦表演研究領域的影像解讀。全書九章，以讀者為九五至尊，分享有關文學作品改編於劇場、電影、Netflix，不同科技媒體界面所展演的精彩影視作品評論。期許為好的作品不會船過水無痕，不是用AI機器人ChatGPT唬爛，而是用訓練有素的專業人腦思考寫作，如史家般留下文字評論紀錄；拋磚引玉，激發出讀者的各自詮釋。即便穿越元宇宙，難敵死亡，尚未能如Netflix《碳變》（*Altered Carbon*）影集有永生，希求能在銀河系地球留下吉光片羽的人類智慧教育結晶。

　　此書付梓在即，尚祈方家指教。感謝五南出版社責編魯曉玟、副總編輯黃惠娟、出版社團隊校對、編排版、印刷、行銷等的用心完成。感謝家人Antony與Angela無盡的愛及親友支持，同仁的惕勵，國際與國內學術圈的同行致遠，讓我們在莊子所言「吾生也有涯，而知也無涯。」學海無涯中盡力學習吧！互勉之。

段馨君 謹識
2024年「9/28教師節」於竹北

CONTENTS
目　錄

第一章
前言

Theater is live.

Theater exists in the moment.

Film consists of a performance or story preserved, constructed on celluloid.

The cultural, aesthetic, and technological relationships between theater and film.

劇場是活的現場表演。

劇場存在當下霎那間。

電影是由一個被保存，建構於賽璐珞上的一個表演或是故事所組成。

介於劇場與電影之間的，文化的、美學的、與技術的關係。

——羅伯特‧克諾夫Robert Knopf 2004:1-2

跨領域研究背景與必要性

　　文學及各式理論隨著時代演進，隨著新科技研發與新媒體的蓬勃發展，也有跨域的不同觀影經驗。二十一世紀已進入23年，新科技如AI人工智慧、大數據、元宇宙、尖端武器等的研發，新媒體像是串流媒體以高速網路用社交媒體（像是Facebook短片），及個人隨身裝置可播放觀賞所帶來的新觀影經驗。新科技與新媒體帶來衝擊，劇場由西元前五世紀古希臘悲劇，源自酒神祭祀發展以來，現場（liveness）即時的現場互動

經驗，以及電影史上由愛迪生與其助手W.K.L.狄克遜發明的西洋鏡電影觀影機（Kinetoscope），透過機器可轉動置於暗箱中的影片，這項新技術讓影像在觀者眼中產生移動的動態現象。最早常被公開放映的付費影片是由法國盧米埃兄弟於1895年所拍攝的紀錄短片，及劇情片《水澆園丁》（*L'Arrosseur arrossé*）。最有名的是首次於戲院播放的《火車進站》（*L'Arrivee d'un train en gare de la Ciotat*），當時觀眾被緩緩駛入、鳴著汽笛聲的龐然大物蒸汽火車似乎要穿過銀幕的畫面嚇到，有些人奪門而出。這些當時發明的新科技開展電影藝術的萌生，時至今日，更多新科技像是CGI電腦合成技術、動態捕捉真人動作影像、電影動畫與真人共同演出的技術、THX世界標準聲場環境音響環繞設備、IMAX影廳巨大弧形銀幕所打造的完美觀影包覆感、戴特殊眼鏡看3D立體電影、RGB純雷射投影機、全景聲影廳搭載杜比Dolby研發設計主聲道揚聲器系統、4DX影廳大螢幕等都日新月異，新科技使影廳設備越來越先進。

新科技新媒體造成觀影習慣的改變——跨域研究

　　但自從COVID-19於2019年底大爆發，席捲全球，帶來生命威脅之後，居家辦公上學、居家隔離、保持社交距離、國境封閉、電影院劇院音樂廳表演場所關閉，這些公衛措施及國家政策的緊急應變，都影響居家與個人娛樂設備的相對應需求成長。因此新科技5G等高速網路，讓新媒體如串流媒體（Netflix、Disney＋、Apple TV），這些網路隨選線上串流訂閱SVOD（Subscription Video on Demand）媒體娛樂隨時觀看服務，可讓閱聽者享受隨時立即觀看，且隨停、隨時續看的便利新觀影經驗。也因此戲劇劇場研究、電影研究也與時俱增，跨域作串流媒體影視評析，作跨領域研究的必要性。以下先概敘戲劇與電影及網飛（Netflix）交集理論，再導論本書各章內容。

　　A painting can be "literary" or sculptural,

a poem can be prose,

theatre can emulate and incorporate cinema,

cinema can be theatrical.

一幅畫可以是「文學的」或是雕塑的，

一首詩可以是散文的，

劇場可以效仿與包含電影，

電影可以是戲劇性的。

—— 蘇珊・桑塔格Susan Sontag 2004:151

戲劇、電影與網飛（Netflix）交集理論

女性主義（Feminism）、符號學（Semiotics）、心理分析（Psycho-analysis）、後現代主義（Post-modernism）等文學理論都可於戲劇劇場、戲劇類型電影，和劇情片類型的串流媒體影視作品被應用詮釋。蘿拉・莫薇（Laura Mulvey）於高被引論文[1]〈視覺快感與敘事電影〉（Visual Pleasure and Narrative Cinema）所提出的「男性凝視」（the Male Gaze）理論觀點，仍歷久彌新，於各電影、劇場、Netflix串流媒體影視作品中可被援引解析。相對應新研發的「女性凝視」（the Female Gaze）理論觀點，也於最近的女性電影，不同的女性形象，像是集能力、勇氣與美貌於一體的電影《神力女超人》（*Wonder Woman*，美國，2017），哈利・奎茵（Harley Quinn）於電影《自殺突擊隊》（*The Suicide Squad*，美國，2016，2021）中，「小丑女」的詭異反英雄角色塑造，都突破以前角色扁平單一，傻白甜、性感尤物的女性角色，不再被當成男性凝視下的慾望客體（Object）。

符號學（Semiotics）從瑞士語言學家索緒爾（Ferdinand de Saussure, 1857-1913），及美國哲學邏輯學家皮爾斯（Charles Sanders Peirce, 1839-

---

[1] 「高被引論文」的原文是Highly Cited Papers. 意指該論文被很多人引用，在特定領域有其重要影響力。

1914），開始建構現代符號學。經由法國李維-史陀（Claude Levi-Strauss, 1908-2009）、拉岡（Jacques Lacan, 1901-1981）、羅蘭·巴特（Roland Barthes, 1915-1980）等人推廣至文學戲劇領域，法國結構主義——符號學興起，廣泛影響至電影研究，產生電影符號學（Cinema Semiotics），由巴特的學生梅茲（Christian Metz, 1931-1993）所研究的第一符號學與第二符號學、義大利名導巴索里尼（Pier Paolo Pasolini, 1922-1975）的現實符號學、德勒茲（Gilles Louis René Deleuze, 1925-1995）的影像與符號分類及轉化符號學，從古典電影到數位時代迄今都被廣泛沿用。心理分析學派中，著名的佛洛伊德（Sigmund Freud, 1856-1939）之著作《夢的解析》、《性學三論》，與拉岡將佛洛伊德的理論結合結構主義（Structuralism）／後結構主義（Poststructuralism）／後現代主義（Postmodernism）／解構主義（Deconstruction）等激進哲學思潮，尤其是他提出的「鏡像期」（the mirror stage），都深受影劇導演、編劇，以及影評與劇評人的喜愛，尤其適宜分析心理變態的驚悚片、犯罪片、偵探片及法庭審理片，例如，電影《沉默的羔羊》（*The Silence of the Lambs*，美國，1991）中，安東尼·霍普金斯（Anthony Hopkins）所飾演的食人魔。還有英裔美國導演克里斯多夫·諾蘭（Christopher Edward Nolan, 1970-）的幾部賣座且藝術價值高的大片，像是植入數層夢境的《全面啟動》（*Inception*, 2010），以及《奧本海默》（*Oppenheimer*, 2023）呈現發明毀滅世界力量的原子彈之父奧本海默內心與腦中想法的掙扎；此外還有放上Netflix的臺灣電視劇《模仿犯》[2]等等，這些描繪分析心理的，由文學戲劇改編的電影與網飛作品都多到不勝枚舉。

　　電影藝術包括場面調度、攝影、剪接、聲音、風格、形式、類型，具有慣例與選擇、傳統與潮流的歷史變遷。場面調度（Mise-en-scène）被安排在電影、劇場與網飛（Netflix）串流媒體影集中。電影、劇場與媒

---

[2] Netflix Top #2 within world Top 10世界前十大排名，《模仿犯》曾排名第二。Netflix # 1在臺灣April 19, 2023該週時期觀眾觀賞瀏覽率第一名。

體的批評理論，例如，法國電影評論家巴贊（André Bazin）對寫實主義的看法、俄國艾森斯坦（Sergei Eisenstein）的「蒙太奇」（Montage）理論、法國亞陶（Antonin Artaud）的「殘酷劇場」（Theatre of Cruelty）、德國布萊希特（Bertolt Brecht）的史詩劇場（Epic Theatre）與疏離效果（the Alienation Effect）理論、法國尚・布希亞（Jean Baudrillard）的後現代主義論著《擬仿物與擬像》（*Simulacra and Simulation*）、德國漢斯-蒂斯・萊曼（Hans-Thies Lehmann）的書《後戲劇劇場》（*Postdramatic Theatre*），僅列一些代表，恆河沙數。

科技技術影響電影，舉例，導演維托夫《拿著電影攝影鏡頭的人》（*Man with A Movie Camera*），這部影片維托夫以多種電影技術的發明和開展而聞名。此片是在烏克蘭VUFKU電影製片廠製作，影片記錄著烏克蘭和其他前蘇聯城市的都市生活面貌。從破曉到薄暮，顯示蘇聯人民工作與玩樂，並與現代生活的機械裝置互作結合。片名中的攝影師和在影片內所呈現的現代蘇聯，亦可被視為本片的「角色」。維托夫發明多種電影技術，例如，多重曝光、快動作、慢動作、停格（freeze frames）、跳接、分割鏡頭、斜視鏡頭、極特寫鏡頭、推軌鏡頭、倒轉連續鏡頭（footage played backwards）、動畫和一種自我反射風格（a self-reflexive style）。讓這部電影成為城市交響樂，攝影師變成另類英雄。當然這類片是具有社會批判與自我宣傳。在蘇維埃，電影是為政治服務的文宣洗腦工具。

在串流媒體方面，為何此書選擇Netflix影集作分析評論，而不是Disney＋與Apple TV？因為Netflix迄今已是世界上跨國最大、最顯著的網路隨選線上串流訂閱SVOD（Subscription Video on Demand）媒體娛樂服務。由此書精選解析的Netflix影視劇影集，我們也可了解外文書籍《網飛國家》（*Netflix Nations*）中，有關網路傳輸電視作為一個生態的系統，Netflix已發展成為跨國電視線上SVOD，在其中我們可探究媒體由廣播到寬頻的發展。串流的基礎建設被建立好，可使得Netflix經由傳輸電影和電視劇內容的訊號，在線上於國際間經營生意。然而Netflix在每個國家與本

土市場，都需打激烈的代理權戰爭。

在本書第六章解析Netflix電視劇影集《碳變》（2018-2020），就電影類型而言，《碳變》屬於「新黑色（neo-noir）科幻小說（science fiction）電視賽博龐克（cyberpunk）」系列，亦是論「黑色電影」（film noir）。莎莉・拜森（Sheri Chinen Biesen）在她的專書論文〈在家追劇黑色電影：經由網飛，再想像電影接受與分配〉（'Binge-Watching "Noir" at Home: Reimagining Cinematic Reception and Distribution via Netflix'）認為在網飛上追劇與黑色電影相關聯。該篇專書論文由凱文・麥當勞（Kevin McDonald）和丹尼爾・史密斯-羅西（Daniel Smith-Rowsey）所編輯的英文專書《網飛效果：在二十一世紀的科技與娛樂》（*The Netflix Effect: Technology and Entertainment in the 21*st *Century*）所收錄。

然而，隨著新科技、新媒體觀影的跨域，世界電影風格的擴張，文化創意產業的逐漸受重視，文產影視娛樂表演產值於韓國、歐美的收益水漲船高，讓人無法抹滅其重要性，各國開展新影視串流媒體的文化影響力無遠弗屆。從無聲電影到有聲電影再到數位化電影，串流媒體興起蓬勃發展，新科技、新媒體觀影習慣的改變之跨域研究爲預期趨勢。

從現在到未來，我們可持續應用理論，像是「電影研究」、「表演研究」、與擴增網飛等「串流媒體研究」（其涵蓋新媒體研究、電視傳播研究、數位平臺研究）、評論研究，來詮釋電影、亞洲表演、亞美劇場，與在Netflix、Disney+、Apple TV播放的數位媒體影視劇。電影、電視劇、表演藝術帶給影迷、追劇者、人們教育、娛樂、慰藉，而不會感覺無聊和孤單。像是榮獲五座艾美獎（Emmy Awards）締造Netflix超高收視的成人動畫影集《愛x死x機器人》（*Love, Death+Robots*，第一季2019，第二季2021，第三季2022），作家約翰・斯卡茲（John Scalzi）的文字文本，經由眾多藝術家、動畫師與電影製作人所共同協力完成的三大輯系列動畫影片，即以視覺音效美術影視，創造跨域觀影的體驗，展現人類對未來新科技、新媒體的無限想像。

Part 1 劇場與電影

本書第二章〈客家劇場研究的比較視野：回顧與展望〉回顧客家戲曲發展到網路串流戲劇與展望，「客家三腳採茶戲」逐步發展為「臺灣客家改良戲」、「客家大戲」，具現代西方劇場形式，進入室內鏡框式舞臺。榮興客家採茶劇團「客莎劇」《背叛》（2014）（改編自莎士比亞與約翰・佛萊切合寫的佚失劇《卡丹紐》）、《可待》（2019）（改編自莎翁《皆大歡喜》）。客委會委任北藝大製作首齣「客家歌舞劇」《福春嫁女》（2007）（改編自莎劇《馴悍記》），及「客家音樂劇」《香絲・相思》（2016），皆於國家戲劇院表演。二十世紀現代主義、後現代主義下的電視傳播媒體日益受影響，二十一世紀客委會亦出資客家電視臺徵選委外客家電視戲劇節目。藉由探討《臺北歌手》（2018）、析論《出境事務所》（2015），比較Netflix網路自創影集，借鏡韓劇與韓流，展望客家戲劇。

本書第三章〈日本機器人劇場與美國人工智慧機器人電影：擬仿物與擬像〉應用西方理論，法國後現代主義大師布希亞的「仿真、擬仿物與擬像」理論觀點，析論日本機器人劇場表演與近年人工智慧機器人電影。

依據布希亞於《象徵交換與死亡》一書，觀察社會發展和變化，提出現代消費者社會中的「擬像與擬仿」理論：

> 如今整個系統充滿了不確定性，每一種現實都被包容到「符碼」（code）和「仿真」（simulation）的「超現實」（hyperreality）之中。而今主宰我們的是「仿真」原則而不是過時的現實性原則。我們所賴以維生的這些形式不再有任何終極性可言。不再有意識形態，只有「擬像」（simulacra）。因此我們必須重構價值規律及其「擬像」的整個系譜，以便把（握：筆者按）當下系統的霸權和魅

力。這是價值的一種結構性變革。

——布希亞1993:2; 季桂保譯 2002:93）

　　布希亞對現代消費者社會中的「擬像與擬仿」理論，尤其是符號與眞實物品等價值體系的象徵和交換，很適合用來做電影評論的理論解析方法，因爲電影爲象徵符號高度影響，現實世界的影像擬像（image simulacra）與再現擬仿（representation simulation），充斥在影片膠捲中豐富的物質性存有，以及反映眞實世界存在（尤其是寫實電影）。

　　本章解讀機器人劇場表演《蛻變——人形機器人版》（2015，臺北），及《三姊妹：人形機器人版本》（2013，臺北），並詮釋1984-2017年10部AI機器人電影相關議題（附已獲授權18張劇照），探究科技社會變化。歷經跨文化劇場演變，由嘲擬殖民帝國主義到蛻變與跨域，發展人與非人AI的省思，研討機器人角色表現。日本青年團劇團平田織佐編導，與研發著名機器人先驅的大阪大學石黑浩教授「機器人劇場計畫」合作，將機器人引進臺北戲劇節的劇場表演。兩演出劇本分別改編自卡夫卡小說，與俄國劇作家契訶夫自然主義戲劇《三姊妹》。即使有些科技巨擘擔憂人類需小心別創造出新世紀另一個怪物「科學怪人」，很多國家仍陸續將AI當作國家戰略。如同莎士比亞於戲劇《皆大歡喜》所說：「世界是一個舞臺。」包括機器人在舞臺上的劇場表演，與近年上映的AI機器人電影（從擬人形體、電影中男主角情感寄託於善體人意AI溫柔女聲，到全息投影）。應用布希亞理論，申論劇場及電影中再現，前瞻反映這世界走向研發人工智慧機器人與人類互存時代。

Part 2 電影預示COVID-19與新媒體

　　本書第四章引用全球化理論（Globalization）：法國社會學家皮埃爾‧布赫迪厄（Pierre Bourdieu, 1930-2002）所提出「慣習」（habitus）學術術語、理論符號學（Semiotics）；電影分析中，艾森斯坦的蒙太奇理

論（Eisenstein's montage theory），及其他相關理論。全球化雖然有西方資本主義壟斷、同質化等缺點；但也有正面思考，整合全球的（global）和地方的（local），以地球村（global village）觀點來看，「蝴蝶效應」（The Butterfly Effect）使全球經濟上下游供應鏈生產供需關係，全球相互依賴地密切互動，形成「全球地方化」（glocalization）。即是將全球的產品與服務，配合適合各地方的市場需求，加以調整因地制宜裁製，使其更符合該地方特定文化與「慣習」（habitus）[3]的需求。「慣習」一詞由法國社會學家布赫迪厄提出。布赫迪厄（Pierre Bourdieu）視權力為文化與象徵的製造，權力經常經由代理機構行為人與結構之間的相互作用，而再合法化。這發生的主要方式，是經由他所稱的「慣習」，或是社會化的規範，或是引導行為與思考的傾向。「慣習」是「那種使社會變成沉積於個人以持久性格的形式，或是被訓練的能力，與結構地以決定性的方式，去思考、感覺及行動的傾向，來作引導的方式。」（本書作者譯自Wacquant 2005: 316, cited in Navarro 2006: 16）。

　　本書第四章〈AI、COVID-19、法律：以電影《全境擴散》為例〉探究彷彿預測的影視作品，以好萊塢電影《全境擴散》（Contagion, 2011）為例，這部由小說改編拍成的電影，劇情竟高度相似於實際地球上2019-2021年COVID-19新冠肺炎的情形，以倍數人傳人的新型病毒大爆發，造成幾百萬人死亡，影片最終幾個鏡頭帶到零號病人感染起因，竟也是蝙蝠、豬隻。現重新觀賞此片所帶來如預言般的相似，引發人類熱烈討論與焦慮恐慌。由此電影中檢視致死病毒所引起的法律、資訊、醫療問題，反射鏡面如現實社會中，人們因一開始資訊不足誤判、或是後來充斥太多的假新聞（fake news），造成資訊爆炸，人們無所適從。甚至像是電影中，部落客網紅渲染號稱有某種具療效之物，造成健康者與感染者至店搶購虛假無效商品，反而造成健康者接觸到感染者，群體大量交叉感染死亡。人

---

[3] Pierre Bourdieu爭論社會結構的再製，來自於個體的慣習。

心浮動，動亂引發整個社會街頭充斥著垃圾、政治動盪、經濟衰退，即回應Philip Howard教授對數據資本主義的隱憂。

當片中男主角（麥特・戴蒙飾）原想帶著小女兒逃出亂象叢生之城市，卻遭臨時頒布的行政命令、動員州警禁止，也呼應因應新冠肺炎各國政府相繼制定頒發的法令措施，例如，臺灣以迅速三讀通過的《嚴重特殊傳染性肺炎特別條例》有隔離14天、居家檢疫、國家邊境停航關閉等限制，限制人身自由及遷徙。然而依據大法官釋字第454號，解釋憲法第十條規定「人民有居住及遷徙之自由」，旨在保障人民有自由設定住居所、遷徙、旅行，包括出境或入境之權利。對人民上述自由或權利加以限制，必須符合憲法第二十三條所定必要之程度，並以法律定之。依據大法官解釋第690號，行政機關限制人身自由，是否違反「比例原則」？行政機關執行是否違反正當程序？本文藉由此部電影探討AI、人性、醫療、法律、防疫等議題，期以電影文學研究，貢獻研討實際疫情爆發下的社會資訊、醫療、法律問題，以裨記錄防疫記憶，培力抵抗與防範未然。

本書第五章〈行為聯網個資操控選票：以電影《個資風暴》為例〉，應用相關「行為心理學」（Behavior Psychology）、媒體、電影理論、傅科（Michel Foucault）的權力、環狀全景圓形監獄（Panopticon）、監視（surveillance）理論觀點，探究行為聯網之個資被操控。

本書第五章探討蒐集行為聯網（Internet of Behaviors）中的個人資料，商業公司與政黨竟可操控人們在實際生活中的選票？Netflix紀錄片電影《個資風暴：劍橋分析事件》（*The Great Hack*）真實呈現此可能性，與已發生在你我日常生活中的大事，像是英國脫歐（Brexit）與美國2016年總統大選川普竟贏希拉蕊。2018年爆發劍橋分析公司（Cambridge Analytica）不當取得社群媒體公司可蒐集行為聯網中的個人資料大數據，包括購得臉書（Facebook）5,000萬用戶數據，與特定政黨合作，掌握潛在可被影響的人們之喜好與政治傾向，使人們在不知不覺使用社群媒體的廣告與觀賞影片、瀏覽照片的日常生活中，被有心人士蓄意地傳送、接

收、挪用特定訊息影像，以便以「心理戰」（psychological warfare），彷彿如潛移默化地，但實際洗腦（brainwash）選民，使其於現實生活中以為是自己去選擇投票與否及投給誰。例如，影片中，操控千里達兩政黨選舉，推動Do So!（代表「我不會投票」運動），以黑人與印度人年輕人是否出來投票，成為種族、宗教、政治派別間的關鍵少數致勝選票。以及英國是否脫歐、美國總統選舉等。

本章以此片為例，應用相關行為心理學（Behavior Psychology）、媒體、電影理論，探究行為聯網之個資被操控，應爭取個資隱私權為個人權益，在資訊社會越益發達的現在與未來，尤其時逢2024年11月5日美國總統大選，亦顯影響深遠。

Part 3 新科技、後人類元宇宙

本書第六章〈網飛（Netflix）《碳變》中的非物質再現：性、身體與記憶〉，包括法國傳科（Michel Foucault）的書論「性與權力」（Sex and Power）、「在監獄中被懲罰訓誡的身體」、「有限制的經驗」；尚‧布希亞（Sean Baudrillard）的後現代「擬仿物與擬像」（simulation and simulacra），和「消費社會」（consumption society）的理論觀念，可以在《碳變》中，被視覺化呈現出一個歹托邦（dystopian）的未來消費社會。此外，麗莎‧布萊克曼（Lisa-Blackman）「非物質的肉體」（Immaterial Bodies）的觀念，與定位「影響的主體」、認知心理學，及心理分析的拉岡式閱讀。非物質的定義可參見布萊克曼的書《非物質身體、影響、體現、調解》（*Immaterial Bodies, Affect, Embodiment, Mediation*），援引身體研究（Body Studies）、「影響理論」（Affect Theory），來發掘非物質身體。

與雷利‧史卡特電影《銀翼殺手2049》背景放在未來洛杉磯相似，《碳變》背景設在海灣城市（現為舊金山）反烏托邦未來。比《銀翼殺手2049》中的連鎖9複製人角色K之科幻觀念再先進，在《碳變》中，人類

角色在遙遠未來世界，若富有，將可不會死去。由於科學革命「堆疊防護罩技術」，人的意識（記憶、個人歷史、思想、經驗）可以被數位儲存在稱爲「皮質堆疊」的小裝置，放在後腦杓下方脊柱。愛倫・坡的哥德式短篇小說，在此劇以「互文性」存在於由人工智慧機器人——坡所經營的烏鴉旅館，呈現虛擬現實未來。雖然物質身體在《碳變》裡可被拋棄與替換，然而弔詭的是，在非物質再現之中，身體仍舊至關重要。

　　本書第七章〈影像的元宇宙：電影《一級玩家》與《奇異博士2》身體／主體困境與超越〉，探討在電影《一級玩家》（2018）與《奇異博士2》（2022）中的身體／主體困境，如何以劇情及影像呈現元宇宙的突破。以電影研究的敘事（narrative）與電影攝影（cinematography）、精神分析（Psychoanalysis）、文化研究、德勒茲的影像理論、蘿拉・莫薇（Laura Mulvey）的「男性凝視」（the Male Gaze）、布希亞的「超現實」（hyper-reality）理論、符號學（Semiotics）、模擬擬仿（Simulation）、皮埃爾・布赫迪厄（Pierre Bourdieu）的「場域」與「慣習」理論，以及布赫迪厄所提「文化資本」及「社會資本」、資通社會學家曼紐・卡斯提爾（Manual Castells）翻轉現代研發的virtual reality（「虛擬實境」），提出的新術語real virtuality（「眞實虛境」）文化等相關研究方法，探究《一級玩家》，人們逃避現實、貧民窟的身體／主體困境。

　　COVID-19全球傳染病與俄烏戰爭災難的波及，帶給人們精神創傷，使人想逃離現實生活存有的宇宙。元宇宙（Metaverse）字源表示「超越宇宙」的觀念，平行於現實世界運行的人造空間。元宇宙的驅動包括以算力重構搭建元宇宙、5G高速網路雲宇宙、人工智慧、數位孿生、區鏈、NFT、XR、VR、MR、虛擬實境、全息投影、電玩、虛實交互、虛擬現實、眞實與想像。有實效性（virtuality）的虛擬貨幣，與眞實世界的貨幣有等價關係，如挖礦的比特幣，甚至可交換眞實物品，及成爲高風險投資貨幣。

　　近年許多電影都呈現影像的元宇宙，虛實交映的觀念不斷發展，例

如《駭客任務》（1999）中的母體或稱矩陣（Matrix）；《一級玩家》（2018）中以虛擬化身進入虛擬實境參與賽車與尋寶線上遊戲；《蜘蛛人：無家日》（2021）集結三個不同平行時空的蜘蛛人；《媽的多重宇宙》（2022）楊紫瓊所飾角色在各時空宇宙中，嘗試化解家庭危機；《奇異博士2：失控多重宇宙》（2022）自己的化身在不同時空個性迥異。本文探討在電影《一級玩家》（2018）與《奇異博士2》（2022）中的身體／主體困境，如何以劇情及影像呈現元宇宙的突破。《一級玩家》以電影敘事、攝影、鏡頭、剪輯，交叉呈現身處貧民窟中的貧民，逃避現實的身體／主體困境。精神寄託可經由戴上頭盔上線玩遊戲而解脫，在虛擬的網路遊戲「綠洲」（OASIS）尋求金蛋，而虛擬世界與現實世界交融，鹹魚翻身，脫貧成功。本章申論《奇異博士2：失控多重宇宙》在多重宇宙中穿梭的汪達與奇異博士，以838號宇宙中不同的自己或正或邪化身，宛如心理分析本我、自我、超我（Id, Ego, Superego）的分裂（split），類似Netflix影集《碳變》中的記憶儲存堆疊，可換不同性別年齡的肉體，甚至奇異博士之精神可操控其腐屍化身之上，超越單一身體／主體的極限，在影像的元宇宙中達成任務，成就實現。

本書第八章〈科幻生態重啓與後人類：《末世男女》與AI機器人〉，應用後人類主義（Post-humanism）、生態女性主義（Ecofeminism）、電影研究（Film Studies）、法國理論家米歇爾‧傅科（Michel Foucault）所提出的「宗譜學」（genealogy）觀念，研究小說《末世男女》，與串流媒體影像科幻片《愛×死×機器人》。生態重啓與後人類可見加拿大瑪格麗特‧愛特伍德的奇幻「推想小說」《末世男女》。回憶敘事觀點（現在與過去交織）來自存活的人類「雪人」。身處於後末日啓示、後人類的世界，雪人被迫身爲人類倖存者，照顧天才科學家好友克雷科所創造出來的新生物——純眞善良如孩童的克雷科人——道德升級的後人類生物。如無水之洪災難後，當下廢墟與基因怪物肆虐，帶著讀者悲傷地回顧奇異經歷，後人類時代生態重啓，亦可詼諧地被預示於網飛科幻影集《愛×死×

機器人》。來自外星球的AI機器人來地球探究，爲何人類無論貧富，最後竟都死亡滅絕？未知科幻充滿對人類中心論批判，反映近期現實世界極端氣候、（人造）病毒瘟疫、生態環境保護、地震海嘯天災人禍戰爭的擔憂，所投射未來想像。探討議題包括後人類（生物）、基改動物、跨物種、基因變種怪物、人工智慧機器人。

　　本書第九章〈結論〉綜論，此書內容每章之研究發現與學術貢獻。

小結

　　此書反映近年國際與臺灣學術圈嶄新流行的研究趨勢，應用相關理論分析評論精選近幾年受歡迎的戲劇電影Netflix串流媒體影集。Netflix已有全球市場。正如艾莉森・諾瓦克（Alison N. Novak）在由麥當勞與羅西共同編輯的英文專書《網飛效果：在二十一世紀的科技與娛樂》，專書論文第二章〈經由網飛，框架網路規範的未來〉（"Framing the Future of Media Regulation through-Netflix"），關心政策制定者如何影響科技的進步。電影與表演如何協助社區，在世紀百年大疫大流行病COVID-19，2019-2021年三年來，全世界多國關閉國境機場及封城中，逐漸復原與經濟復甦？面對當前全球氣候暖化造成的生態環境改變，AI人工智慧機器人與ChatGPT日益對人類未來工作及生活造成的改變、協助與威脅，表演者與觀眾仍記得受益於文學經典、流行電影、值得注意的劇場表演，與精彩的網飛電視戲劇。這些屬於文化創意產業的一環，幫助經濟成長，以一種休閒輕鬆愉悅的方式，作爲軟實力，帶給人們知識、教育、娛樂、啓發與惕勵警鐘。正如同莎士比亞所言：「歡樂與行動使時光顯得短暫。」（"Pleasure and action make the hours seem short."）人生也有涯，但學海無涯，在恰如白駒過隙，倏忽即逝的短暫生命裡，願以此書精選新科技、新媒體觀影習慣改變的跨域研究——戲劇劇場、電影、網飛（Netflix）影集，與讀者分享文學影視解讀的學術愉悅，豐富人生。文學想像，經由戲劇影視Netflix串流影像跨域結合，跨越時空。

Part 1
劇場與電影

第二章

客家劇場研究的比較視野：回顧與展望[1]

一、客家戲的過去與現在

(一)客家戲曲起源、發展

　　回顧客家戲曲發展到客家戲劇的歷史脈絡，「客家三腳採茶戲」源自於中國大陸東南方江西、廣東及福建一帶，尤其是起源於江西贛南採茶戲，常搬演棚頭曲目「張三郎三腳採茶戲」十大齣，為「二旦一丑」（姑嫂和茶郎）的民間小戲，以客家歌謠為音樂，唱腔統稱「九腔十八調」。劇楔子溯源可至唐宋，元雜劇楔子則受宋代說唱文學影響。清代中葉流行於贛南、粵北之「三腳採茶戲」，隨著廣東移民傳入臺灣。清同治年間傳入臺灣的「客家三腳採茶戲」，主要在桃、竹、苗等地區，以當地茶農採茶時唱採茶歌，搭配簡單移動步伐，搬演日常生活鄉間瑣事。

　　臺灣客家戲曲相當庶民日常，在苗栗的臺灣客家文化館展示了一幅畫，有著孩童坐在戶外客家庄大樹下，聽客家耆老說故事的圖像記憶。伴隨著臺灣早期「落地掃」演出形式，演出「張三郎賣茶郎」故事，後又以山歌、小調編寫出「相褒戲」，戲碼為旦、丑之間調情戲謔對唱。在日治時期受歡迎的是三腳採茶戲「扛茶」、「拋採茶」，藝人藉端茶或拋籃與觀眾互動，展現即興歌藝才能，並因此獲觀眾給予賞金或贈物。「落地掃」與鄉鎮賣藥戲、廟會酬神戲，奠基於客家三腳採茶戲，中間轉型改良

---

[1]　本章初稿口頭發表於2021年全球客家研究聯盟於國立中央大學所舉辦的「首屆雙年國際研討會」。

成爲「臺灣客家改良戲」，使用客家民謠〈平板〉爲主要唱腔，稱爲「改良調」。劇情從張三郎賣茶逐漸延伸出《桃花過渡》、《問卜》等戲齣。

(二)客家大戲

「臺灣客家改良戲」再逐步發展到形成具有現代西方劇場形式的「客家大戲」。客家大戲發展如同現代西方劇場，進入室內鏡框式舞臺。例如，客委會委任國立臺北藝術大學製作首齣「客家歌舞劇」《福春嫁女》（改編自莎劇《馴悍記》，2007，國家戲劇院）[2]，「客家音樂劇」《香絲·相思》（2016，國家戲劇院）。此外，榮興客家採茶劇團於國家劇院表演「客莎劇」《背叛》（2014）（改編自莎士比亞與約翰·佛萊切合寫的佚失劇《卡丹紐》）[3]。榮興另一齣客家大戲《可待》（2019）（改編自莎翁《皆大歡喜》）。

(三)客家電視臺客家戲劇節目

在二十世紀承繼現代主義、後現代主義的電視傳播媒體日益強大影響之下，客家電視臺2003年成立，二十一世紀初客委會亦出資徵選委外製作客家電視戲劇節目連續劇。本章聚焦客家電視臺戲劇節目，參考國際英文專書《Pop with Gods, Shakespeare, and AI: Popular Film, (Musical) Theatre, and TV Drama》（《與神、莎士比亞、人工智慧同流行：流行電影、（音樂）劇場，與電視劇》）第八篇章〈Hakka Theatre:《Roseki Taipei Singer》〉（〈客家劇場：《臺北歌手》〉），探討改編自日據民初臺灣第一才子呂赫若文學短篇小說與生平的客家電視臺戲劇節目《臺

---

[2] 可請參見Tuan, H. Iris. "My Daughter's Wedding——Shakespeare's The Taming of the Shrew: A Hakka Adaptation Musical in Taiwan." Asian Theatre Journal. Vol. 28, Num. 2, Fall 2011, pp. 573-577. (A& HCI). FRIDA level: Scholarly.

[3] 詳可參讀專書論文Tuan, H. Iris. "Translocal Mobility: Hakka Opera Betrayal Inspired from Shakespeare's Lost Play Cardenio." Transnational Performance, Identity andMobilityin Asia. London and New York: Palgrave Macmillan, Springer Nature. May 2018.

北歌手》（2018）。[4]本章以客家電視臺戲劇《出境事務所》（2015）為例（圖2-1），析論題材突破族群藩籬，輔以Netflix剛播畢的《斯卡羅》（2021）（圖2-2），見微知著，探究客家戲劇研究的展望。

圖2-1　客家電視臺戲劇《出境事務所》海報。（圖片來源：作者已購劇照獲授權。致謝客臺。）

4　Tuan, H. Iris. 'Hakka Theatre: "Roseki Taipei Singer."' *Pop with Gods, Shakespeare, and AI: Popular Film, (Musical) Theatre, and TV Drama*. Singapore: Palgrave Macmillan, Springer Nature. Nov. 2020, pp. 149-166.

圖2-2　斯卡羅海報。（圖片來源：作者已購劇照獲授權。致謝公視。）

　　本章論述客家戲曲「客家三腳採茶戲」由傳統戶外「落地掃」、「賣茶戲」之類的民間戲曲，逐漸發展爲向西方劇場學習的室內鏡框式舞臺客家大戲、客家電視臺戲劇、Netflix影集。隨著影視網路發達，已發展至電視臺客家戲劇節目。且因應時代轉變，網路串流平臺如雨後春筍逐漸興起；更因爲嚴重特殊傳染性肺炎（COVID-19），促進在家追劇，觀賞線上戲劇節目，像是相當熱門的Netflix，訂閱人數眾多。近年也有斥資兩億多臺幣拍攝，臺灣早期原住民與美國簽訂第一個非正式外交盟約，約定不殺外國遇難船隻上岸求援（藍眼珠）者的《斯卡羅》（內以多種語言演出，包括客語），也放上Netflix播放。（圖2-3）

　　由Netflix 2021年美國觀看排行榜統計第一名竟是韓劇《魷魚遊戲》（Squid Game）。本章申論其普世（universal）題材可爲學習借鏡，臺灣文化創意產業（包括戲劇、電影、音樂、表演藝術等）也可效仿韓國內容產業「一源多用」，戲劇紅了，可帶動觀光旅遊、周邊商品銷售、文化置入、國家形象知名度提高，提升多種產值的做法。本章以重要的客家戲曲演變之劇種史爲經，以具代表性的幾齣客家大戲、音樂劇、客家電視臺戲

圖2-3　琅璚地區閩、客、原及各族群第二代混種，多元族群混雜，各據一方。（圖片來源：作者已購劇照獲授權。致謝公視。）

劇節目之製作為緯，論客家電視臺戲劇《出境事務所》題材突破族群藩籬，演繹生死（圖2-4），提出客家戲劇的回顧與未來展望。本章結構為第一部分：前言；第二部分：文獻回顧；第三部分：解析評論客家電視臺戲劇《出境事務所》；第四部分：展望——以電視臺（公視）亦放上網路串流平臺Netflix《斯卡羅》為例評析，含客家母子說客語及客家村拓墾與各族群爭鬥史（圖2-5）；第五部分：結論。研究方法史料蒐集閱讀爬梳、文本分析、戲劇以不同表現形式媒介比較、案例解析評論，比較文學法、以韓國借鏡，提出建言。

二、文獻回顧

㈠客家三腳採茶戲

　　客家三腳採茶戲的源起年代，根據呂訴上《臺灣電影戲劇史》記載「採茶條」：

採茶戲現在是散布在臺灣的新竹、中壢、桃園、平鎮一帶，據傳說距今百年前，由廣東客人帶到臺灣來的一種歌

圖2-4　客家電視臺戲劇《出境事務所》題材突破族群藩籬，主要角色卡司生動演繹生死。（圖片來源：作者已購劇照獲授權。致謝客臺。）

圖2-5　客家母子，客母給客子林阿九（客家聚落保力庄頭人）是否加入閩南人及原住民族群，與清廷及外國藍眼睛爭鬥建議。（圖片來源：作者已購劇照獲授權。致謝公視。）

　　謠戲。是以山歌（民謠）做基礎加上簡單的動作表演，所以具有粵調風格。（1961:193）

早期文獻報導三腳採茶戲亦可見日治時期的報刊，例如，《臺灣日日新報》、竹內治《臺灣演劇之現況》也提到三腳採茶戲源起年代為距今大約一百多年前。到現代，《臺灣傳統戲曲之美》印刷光滑紙質的書中之卷一篇章〈臺灣大戲〉由曾永義、游宗蓉合著。此卷一篇章有約五頁介紹〈採茶戲〉，包括十七幀圖（包括轉採自呂訴上《臺灣電影戲劇史》有幅「拋採茶」的插畫），清楚簡介客家採茶戲的歷史演變（2002: pp. 57-64）。

(二)臺灣傳統戲曲中的客家戲曲

　　臺灣傳統戲曲可區分為人戲與偶戲。人戲包含京劇、豫劇、歌仔戲、客家戲、北管戲、南管戲等。偶戲包括傀儡戲、皮影戲與布袋戲。臺灣現有的傳統戲曲追溯於清代與日據時代，隨著泉漳移民，或應邀演出，而傳入臺灣。[5]以臺灣流傳的「戲曲劇種」以「方言語系」與「抵臺時序」，區分為京劇與崑劇的「大陸劇種」；閩粵語系中屬「南管聲腔體系」的梨園戲與高甲戲，歸屬於「亂彈聲腔體系」的亂彈戲與四平戲，以及客家戲與歌仔戲，再加上布袋戲、傀儡戲與皮影戲的「偶戲」劇種，置放於「本土劇種」的類型。[6]

　　源生於庶民百姓的民間鄉土戲曲，是表演者將日常生活經歷，轉化成戲曲表演藝術。戲曲內容表達鄉土情懷，展現庶民的思想觀，表演具親和力與鄉土特色。表演者大多是民間之鄉里民眾，故事情節多以生活情境事件等，語言豐富活潑，敘事、寫景、抒情自然不做作。音樂根源當地純正的鄉土語言腔調，有歌謠，有隨著歌曲情感舞動的肢體節奏。民間鄉土戲曲結合各地的歷史、地理、風俗民情，展現各地民眾在地的思想和個性。[7]

　　綜上，臺灣傳統民間偶戲劇種包含布袋戲、皮影戲和傀儡戲。亂彈戲

---

[5]　參考石光生《臺灣傳統戲曲劇場文化：儀式・演變・創新》一書。

[6]　參見蔡欣欣《臺灣戲曲研究成果述論（1945-2001）》。

[7]　參考施德玉《臺灣鄉土戲曲之調查研究》。

及四平戲歸屬於亂彈聲腔系統。本土劇種中有客家戲及歌仔戲。

　　客家戲乃源生於庶民百姓的民間鄉土戲曲。由江西廣東福建傳入臺灣的三腳採茶戲，逐步發展為客家改良戲，再進化為客家大戲。之後有參考美國百老匯音樂劇，由客家委員會委託北藝大承製的客家歌舞劇《福春嫁女》，與客家音樂歌舞劇《香絲‧相思》。

㈢臺灣客家戲逐步演變至客家電視臺戲劇

　　破除部分人認為沒有客家戲，只有客家山歌，這派人認為早期客家人除忙著做工之外，就是睡覺，所謂的客家戲不過是仿自歌仔戲的身段程式，不過換個客家語唱腔罷了。邱春美於《臺灣客家說唱文學「傳仔」研究》一書中第六章〈傳仔與戲劇關係〉第二節〈臺灣的客家戲〉指出：「事實上，客家人在向閩南人學歌仔戲為改良戲之前，早已有採茶戲。」（2003:96）鄭榮興於《臺灣客家戲之研究》：「探討臺灣客家三腳採茶戲的由來、形成與特點，探究其從榮華到隱沒至再興的變遷，並敘述代表劇目。陳述客家大戲的成立與發展現況，與代表劇目。書末提出客家戲曲傳承及推廣的方法。」黃心穎之《客家三腳採茶戲之賣茶郎故事》：「以繪本表現，除了主軸是賣茶郎賣茶故事，並加入上山採茶、……討茶錢的小戲。」《臺灣客家研究論文選輯11：客家戲曲》（張維安、鄭榮興主編）中收錄劉美枝論文〈試論客家大戲〈改良戲〉之興起與發展〉記錄：「目前所知最早的三腳採茶戲藝人為何阿文。生於清咸豐8年（1858），並於同治年間（1862-1874）從閩西遷居至新竹廳竹北一堡新城庄。」（2019:152）

　　從客家三腳採茶戲演變至客家改良戲，時間是在十九世紀末、二十世紀初，受到中國京劇改革、文明戲、日本新派劇皆發動改良運動的影響，因此也形成客家改良戲。根據蘇秀婷在《臺灣客家改良戲之研究》一書中整理提出：「經歷皇民化運動及國民政府的反共抗俄時期，改良的內容有所不同，對客家改良戲也各有不同程度的影響。」（2005:9）一九二

○年代有「內臺採茶戲」，皇民化時期也有採茶戲班，私下偷偷以客家話演出採茶戲。臺灣光復後到大約1960年，採茶戲於內臺相當活躍。隨著電視臺賣藥等廣告興起，電臺也製播「廣播採茶戲」。日治時期採茶戲在內臺，依據曾永義、游宗蓉合著〈臺灣大戲〉指出：「向上海京劇班學來的機關布景更是一大特色，隨著劇情變換實景，以製造擬真的舞臺效果。」（2002:59）有關客家文學改編成連續劇的研究，劉慧雯於交給客委會獎助客家學術研究計畫結案報告，以《寒夜》及《魯冰花》為例，針對客家電視臺所製作的戲劇作品，提出產製過程的討論（2007: iv）。

　　段馨君於國際英文學術專書《*Pop with Gods, Shakespeare, and AI: Popular Film, (Musical) Theatre, and TV Drama*》（《與神、莎士比亞、人工智慧同流行：流行電影、（音樂）劇場，與電視劇》），全書十章之第八章〈Hakka Theatre:《*Roseki Taipei Singer*》〉（〈客家劇場：《臺北歌手》〉），分析評論客家電視臺委外所製播，獲得第53屆金鐘獎五項獎項的14集客家電視劇。該專書篇章解析改編自日據民初「臺灣第一才子」呂赫若之文學短篇小說與生平的客家電視臺戲劇節目《臺北歌手》（2018）（圖2-6）。該篇章聚焦國族認同、婚姻、外遇、政治與女性聲音的議題。

圖2-6　客家劇場：《臺北歌手》演出日據民初「臺灣第一才子」呂赫若（莫子儀飾）感人的故事。（圖片來源：作者已購劇照獲授權。致謝客臺。）

㈣客家電視臺戲劇《臺北歌手》包含客語演出的臺灣史

　　此劇由呂赫若數篇文學短篇小說與其生平交織下，反映外在大環境，在日本殖民臺灣50年歷史（1895-1945），臺籍居民淪為「皇民化」下之次等公民，被壓迫的痛苦生活，以及第二次世界大戰之後，日本戰敗投降，中國政府接受臺灣，早期中國政權腐敗，壓榨臺灣居民的血淚史。（2020:149-166）析論此電視劇藉由多種語言表演，包括客語、日語、臺語、國語、現代標準漢語，以戲劇表演出呂赫若憑藉著文人「莫論書生空議論，頭顱擲處血斑斑」，赤膽忠誠為當時貧窮的臺灣人民仗義執言。

　　呂赫若眼見當時貧困的臺灣人民遭受日本殖民統治欺壓，無力反抗，而不平則鳴。呂赫若多才多藝，有文學家、聲樂歌唱家、革命家的熱情，以文學述志。本對臺灣回到祖國有所期待。但劇中呂赫若元配妻子（楊小黎飾）所言：「卻生活怎麼反而比在日本統治時更慘。人民沒白米吃？」（圖2-7）面對空炸危難的貧困情形（圖2-8），呂赫若得勉力供養兩個家，包括與其在職場上相識、惺惺相惜的女子（黃姵嘉飾）及與其所生子女（圖2-9）。其時逢1947年二二八事變，面對現實生活中1945-1950年，中國接管臺灣初期卻壓榨臺灣人民的悲慘後殖民時期生活，呂赫若以政治

圖2-7　《臺北歌手》呂赫若（莫子儀飾）與元配妻子林雪絨（楊小黎飾），臺灣剛光復，卻日子過得比在日本殖民時更苦，臺灣人民沒白米吃。（圖片來源：作者已購劇照獲授權。致謝客臺。）

圖2-8　《臺北歌手》中以戲劇還原史實，空炸危難的貧困情形。（圖片來源：作者已購劇照獲授權。致謝客臺。）

圖2-9　《臺北歌手》呂赫若（莫子儀飾）與情人蘇玉蘭（黃姵嘉飾）。兩位主要演員一人飾多角，獲第53屆金鐘獎男、女主角獎。（圖片來源：作者已購劇照獲授權。致謝客臺。）

理念，希望改變社會，以幫助一般貧苦臺灣老百姓為出發點，不顧危險辦報，婉拒建中校長登門拜訪給予聘書的安穩建中鋼琴音樂老師的工作，之後逃匿至山區接收對岸共產黨電報，於1952年保密局清剿臺北縣石碇鄉鹿

窟村滅村的「鹿窟事件」[8]中，疑被蛇咬死亡。

　　同情呂赫若當時被載譽為「臺灣第一才子」，卻因不平政權欺壓，挺身而出而年輕身亡。採用後殖民主義（Post-colonialism）與後殖民女性主義（Postcolonial feminism），詮釋亞洲臺灣客家電視劇《臺北歌手》。此製作因客委會給予經費不足，造成導演樓一安必須常以室內劇場搭建簡易舞臺場景的方式來呈現（圖2-10）；又如以電視三機攝影鏡頭取景，拍攝室內舞臺劇的方式，選鏡剪輯後製播出。以有限經費，導演暨編劇統合演員一人飾多角（主要男女演員莫子儀、黃姵嘉、楊小黎領銜主演），以劇場形式搭配一些外景，呈現出電視劇之規模，有此品質已實屬不易。此劇

圖2-10　此製作因經費不足，迫使導演樓一安必須常以室內劇場搭建簡易舞臺場景的方式，來呈現劇中劇──呂赫若短篇小說中，日據時代臺灣農民艱苦種稻，養家為生的辛苦。（圖片來源：作者已購劇照獲授權。致謝客臺。）

8　鹿窟基地案──維基百科，自由的百科全書（wikipedia.org）

成功歸因導演暨編劇樓一安帶領團隊，主要演員兼編劇莫子儀之表現居功厥偉，其所飾角色呂赫若英俊帥氣，憂鬱才氣噴發，擄獲不少粉絲芳心。且不用替身，他為忠實揣摩、扮演好此角色，辛苦拍戲，下戲後，仍練鋼琴，練到手指長繭，沒找琴手替身，親自上陣拍此角色彈琴之景，十分敬業（圖2-11）。優質的臺灣客家戲劇，經由客家電視臺推播，逐漸有好口碑，引起更多迴響。

圖2-11　主要演員兼編劇莫子儀之表現優異，練琴扮演所飾角色呂赫若。（圖片來源：作者已購劇照獲授權。致謝客臺。）

三、客家電視臺戲劇《出境事務所》題材突破族群藩籬

　　品質優良的客家電視臺戲劇以族群為核心，若能走出客家族群狹小藩籬，或得以收穫更多觀眾青睞。客家電視臺以自製節目，「外製及委製」，來試圖改變資本主義社會及國家意識形態的商業電視臺操作模式。承繼改編經典客家文學作品為電視連續劇之後，近年客家電視臺也有現代作家的原創作品，融合普世價值，與現下世人關注的議題。例如，《出境

事務所》（*Long Day's Journey into Light*）（2015）是臺灣電視劇中，少見以喪葬業為主軸，以詼諧但不失莊重風格，送人生最後一程為主題，探討多數人迴避的死亡，以此展開社會各階層人物的生命故事（圖2-12）。此劇除了演員有說大量客語、國語來演出，也不只有客家元素，如同此電視劇副標題明示「道愛、道謝、道歉、道別」探究人生這四道難解的題。切中人心，感動許多觀眾，難得成為受到閱聽者歡迎，觀賞收視率高的客家電視戲劇作品。製作人兼編劇呂蒔媛用心製作，此電視劇獲得第50屆電視金鐘獎戲劇節目編劇獎（圖2-13）。

圖2-12　《出境事務所》是臺灣電視劇中，少見以喪葬業為主軸，以詼諧但不失莊重風格，探討多數人迴避的死亡課題，開展社會各階層人物的生命故事。（圖片來源：作者已購劇照獲授權。致謝客臺。）

圖2-13　《出境事務所》製作人兼編劇呂蒔媛獲得第50屆電視金鐘獎戲劇節目編劇
　　　　獎。（圖片來源：作者已購劇照獲授權。致謝客臺。）

㈠演員演技入木三分、配樂溫馨感人

　　堅強演員陣容包括吳慷仁、黃姵嘉、林雨宣、郭鑫、邱德洋與柯淑勤
等（圖2-14），演技精湛。本劇採用的手法極佳。我認為此齣由客家電視
臺上檔的20集電視劇之所以成功，受到劇評家好評，以及博得觀眾注意力
受到眼珠效益、觀賞收視率高、廣告贊助商青睞的原因，首先主要是劇本
好，能感動人心；第二則是男主角吳慷仁與女主角黃姵嘉演技絲絲入扣，
相當到位。其他許多演員的搭配也是各盡其責，將所飾角色表現地相當稱
職，甚至許多角色都可讓人留下深刻印象。

　　像是男主角紅牌禮儀師趙聖偉（綽號：聖哥）（吳慷仁飾）具實力派
明星光環。[9]一起與男女主角在殯葬公司工作，與女主角羅曉恩（黃姵嘉
飾）同批進的另外三個菜鳥年輕禮儀師，他們的養成過程——眼高手低的
江樂森（亦稱：Johnson）（郭鑫飾），克服膽小個性；跌破眾人眼鏡，

9　吳慷仁以《一把青》獲第51屆金鐘獎最佳男主角獎。

圖2-14　《出境事務所》演員陣容堅強包括吳慷仁、黃姵嘉、林雨宣、郭鑫、邱德洋與柯淑勤等。（圖片來源：作者已購劇照獲授權。致謝客臺。）

最後竟是陳貴意（林雨宣飾）接下邱老大（嚴格要求品質、工作優先的女強人）的位子；還有最終勇敢出櫃的同性戀麥文孝（暱稱：麥笑）（邱德洋飾）。以及訓練他們的強勢女主管陳秋香（同事稱她為邱老大）（柯淑勤飾）。此外，女主角曉恩的父親羅大德（楊宗樺飾），他乃是最後一代黑社會從事喪儀，後轉作人力派遣，之後中風坐輪椅，即使患帕金森氏症，仍沒忘記他摯愛的女兒曉恩，最後他自己走到鐵軌死亡。羅大德買來的大陸妻田妹（謝瓊媛飾）等這些劇中角色，都是有血有肉，個個皆性格迥異，形象鮮明，刻畫地相當亮眼。無論是插科打諢、搞笑，或嚴肅、悲傷以對，這群演員的演技入木三分，使觀眾笑中有淚，得以深思生命中人與人之間感情包袱（圖2-15）；第三，此客家電視臺戲劇《出境事務所》整體表現佳，包括幕前及幕後製作團隊各部門都設計搭配得很優質。

圖2-15　《出境事務所》劇中女主角曉恩（黃姵嘉飾），為扛家計，進入喪葬禮儀公司工作，與同批進入的菜鳥朋友一同為客戶家屬舉辦喪禮儀式。（圖片來源：作者已購劇照獲授權。致謝客臺。）

例如，片頭曲、片尾曲的歌曲，詞曲搭配可愛優美的動畫版MV，意在言外，寓意於景，實屬上乘之作。主題曲《放心去旅行》有句歌詞：「我知道你去了更美的地方，不再有眼淚也不再有悲傷。」溫柔地寬慰生者能放下對逝者離世的悲傷痛苦，進而釋懷、道別。

(二)劇情探討重要議題交織

在20集中的每集劇情，除了詳細交代主角群的各自故事與感情束縛，並且每集也都有一個社會各階層人物失去親人辦後事的故事，相互交織。除了基調詼諧有趣，但其實也相當催淚。不只啟發觀眾面對死亡與探究生命的意義，更進一步直視處理死亡帶來給生者的悲痛，甚至複雜的愛恨交

集、難言的情感，並能溫暖撫慰觀眾的心。例如，第一集曉恩在被測試是否能面對恐懼，與死者遺體單獨處在小房間中一段時間時，竟湊巧發現死者竟是她男友的妻子！震驚之餘，她羞愧懊悔，這強烈的刺激使她終於下定決心，斬斷這段使三人都煎熬難過的情緣。邁向未來，成為更好的人。之後隨著劇情不斷推展，職場歷練以及生活磨練，也讓她逐漸與聖偉發展出戀情，進而相依相伴，劇末兩人能力強到離開此禮儀公司，合力成立新喪葬禮儀公司《出境事務所》，接手特殊案件。

　　對亡者的複雜情感，可由第三集父女相依生活的女兒丁姐（徐麗雯飾）來作為代表。她身為亡者最後親人，不得不處理其父親後事，但其反應卻相當冷漠，連靈柩搬下車被葬儀公司人員粗手粗腳不小心跌撞下來，她都無所謂，甚至心中竊喜乃是他的報應。籌辦喪事整個過程及守靈都不聞不問。葬儀社公司此案承辦員貴意好奇地探問，她為何如此冷淡？原來丁姐曾長期被親父性侵。丁姐這角色代表這些被親人或熟識甚至相信的人所性侵的女子們，即使長大成年，仍受性侵陰霾影響，無法與其他男人有信任親密關係，更遑論結婚生子組家庭平穩之幸福婚姻生活，這種親父性侵造成的重大創傷，是其一輩子難以忘懷的傷痛。觀眾觀看丁姐在送走父親之後，要如何放下恨？她能解開這個心頭難解的結嗎？亡者從未對深深傷害過的生者致歉，永遠沒說出口的抱歉，造成生者難以釋懷，生命中難以承受的痛。導演與攝影師以「切割鏡頭」及「搖曳鏡頭」，來表現此角色壓抑、複雜、難隱的創傷。（圖2-16）

　　不只人與人之間的複雜情感，此客家電視臺戲劇節目還有一集，有位富太太竟花大錢委託此殯葬禮儀公司為其寵物小狗，舉辦如人甚至更高規格的喪葬後事。一開始包括曉恩都對承接此案的聖偉相當不解，覺得他死要錢。最後才了解，獨居孤單的老婦人只剩小狗陪伴她，連唯一的心靈寄託、生活可作伴的對象都死了、離她而去，人與毛絨絨毛寶寶心愛狗寶貝之間的深厚感情，也是令人相當動容。人與最忠實朋友狗兒之間，生物跨物種之間的深厚情感連繫。導演以攝影機架在門外所攝入的影像，來讓從

圖2-16　《出境事務所》以特殊切割鏡頭及搖曳鏡頭，表現丁姐（徐麗雯飾），被親
　　　　父性侵，卻得為其辦喪事的複雜心情。（圖片來源：作者已購劇照獲授權。
　　　　致謝客臺。）

門外恰好經過的曉恩，不經意地瞥見孤單的客戶爲寶貝寵物狗逝去傷心落
淚，才體會與接受，感情不是只限於人類之間（圖2-17）。

　　客家電視臺客家電視劇除了客語，也加入客家文化，還有時下講求
性別平權的議題。此劇角色麥文孝在之前幾集都隱藏其同志傾向，他來自
客家籍保守的原生家庭，麥文孝的父親家三代單傳。麥文孝的父親無法接
受文孝是同性戀，且憤怒文孝不願與女性結婚生子，而傳宗接代在客家村
所遵循的客家傳統文化卻甚爲重視，連其客家村的三姑六婆、姑嬸等，都
來麥文孝家，數落麥文孝的父親與母親，是怎麼教小孩的？因此在麥笑好
不容易可與其同志伴侶在一起，出國度蜜月（圖2-18），原本以爲可從此
過著幸福快樂的日子，接近電視影集劇尾，卻因高雄氣爆意外去世。第
十九集：〈創傷症候群〉裡，麥母也怨其夫，無論怎樣都是自己兒子。但

圖2-17　鏡頭由外攝入影像，傳遞警見人對人類最忠實朋友狗兒逝去的傷心，生物跨
　　　　物種之間的深厚情感，令人動容。（圖片來源：作者已購劇照獲授權。致謝
　　　　客臺。）

圖2-18　角色麥文孝著藍上衣與同志伴侶出國度蜜月。（圖片來源：作者已購劇照獲
　　　　授權。致謝客臺。）

最後還是只有麥母參加其喪禮，保守、傳統的父親仍是在大樓外徘徊，最終還是不願面對他兒子是同性戀的事實，也不想看到喪葬禮儀公司同事與麥笑同志伴侶聯絡其同志友人圈，幫麥笑辦的特別粉紅色送別喪禮（圖2-19）。同性戀竟成為不送親兒最後一程的障礙。不知傳統客家文化何時會有變化？

圖2-19　喪葬禮儀公司同事與麥笑同志伴侶聯絡其同志友人圈，幫麥笑辦的特別粉紅色送別喪禮儀式。（圖片來源：作者已購劇照獲授權。致謝客臺。）

此外，因應網路收視族群日漸增多的趨勢，《出境事務所》亦突破不僅在客家電視臺播放，亦全部上傳至YouTube，與中視同步播放，並與Line TV等網路平臺及公共電視臺、北美電視臺等合作，也在其平臺播放，使其能於2015年3月30日上映到4月30日播畢後，仍能持續斬獲網路收看觀眾點擊率，與網路串流平臺廣告費的效益。這是後現代主義之下，電視臺突破傳統單一頻道，聯合新媒體，於線上共同斬獲營收之佳績。

四、展望——以公視亦放Netflix《斯卡羅》為例

㈠網路串流Netflix播放走向國際

隨著家用網路電視及智慧型手機普遍，觀賞電視HBO，網路串流

Netflix影集、iPad Apple TV、Line與Facebook短影片等都大行其道，或許臺灣致力於推廣客家文化，及文化創意產業的相關部門，可考慮製播如同Netflix的原創自製影集，加上中文（繁體與簡體）、英文，若能多加法文、德文、日文、韓文、西班牙文等國的語文字幕，將可協助客家戲劇能逐步由在地化走向國際化。

例如，日前2021年在公視電視劇周六晚間9-11 p.m.連播兩集，8月14日到9月18日，6週甫播畢的《斯卡羅》（*Sequla: Formosa 1867*）（劇名源自曾存在於臺灣琅𤩝的部落聯盟政權——斯卡羅酋邦），斥資超過2億臺幣，建搭許多嘗試還原史實的清代臺灣府城、各族群村落的建築物實景。《斯卡羅》除了在YouTube可看到之外，現也可在Netflix觀賞（圖2-20）。此齣少見的電視劇大成本製作，包括客家早期移民歷史的史詩鉅作，由醫生作家陳耀昌的原著歷史小說《傀儡花》改編，記述美國商船遇難的羅妹號事件（羅發號事件）及南岬之盟。將臺灣早期Formosa福爾摩沙美麗島嶼歷史中，包括有原住民、中國福建、廣東等地區遷居到臺灣屏

圖2-20　清洋軍訪臺灣島南部琅𤩝。（圖片來源：作者已購劇照獲授權。致謝公視。）

東的漢人、閩南人、客家人、無數次的閩客械鬥、原客私奔通婚生下下
一代被各族群排擠的原客混血（以女主角蝶妹（温貞菱飾）、其弟爲代
表）、法裔美籍將軍兼外交官、清朝（說明：總兵劉明燈和道臺吳大廷都
不是滿族，劉明燈是湖南土家族人，吳大廷爲漢族）文官與武官不合的複
雜歷史、政治、種族、族群、外交、身分認同、閩客械鬥、移民墾荒、漢
人與原住民租地、各族群艱辛求生存的眞實故事改編。（圖2-21）

圖2-21　權力抗衡。（圖片來源：作者已購劇照獲授權。致謝公視。）

　　事件導火線是美國商船因遭逢颱風船難漂流至臺灣島南部，上岸求
援，卻被原住民中的一支龜仔用（說明：用，音「ㄉㄨˋ」）社因報仇
（原住民祖先被荷蘭藍眼人殺至幾近滅族的深仇大恨），而將船難倖存者
包括船長及船長夫人殺死斬首（說明：船長、船長夫人及船員共13人遭馘
首，只有一位船員倖存）。商船家屬登報懸賞搜救，參加過美國南北戰爭
勝利有功的法裔美籍將軍李仙得（法比歐飾），因法國人的身分也不被美
國部屬士兵所認同、信任，即使戰勝也於戰後被派至中國廈門擔任外交官
領事。（圖2-22）

圖2-22 李仙得（法比歐飾）被派來臺灣調查。（圖片來源：作者已購劇照獲授權。致謝公視。）

　　李仙得因工作及信念，努力促成與原住民斯卡羅酋邦首領卓杞篤（已故排灣族演員查馬克‧法拉屋樂飾演）（統一琅𤩝下十八社，有槍械武力，及具本地優勢熟悉臺灣山林地形，且時值流行病發熱瘟疫，能跟清廷大軍進逼招降琅𤩝閩客兩族群之民兵，及美國將領軍士對抗打仗）（圖2-23、圖2-24），達成停戰和平協議。此後遭遇船難的外國商船，以掛紅布巾為標示，得以上岸不被殺。李仙得並要求原住民同意蓋一座燈塔，以便船難倖存者可有臨時避難住所、食物、飲水、庇護。這是目前仍被收藏

圖2-23 外軍上岸。（圖片來源：作者已購劇照獲授權。致謝公視。）

圖2-24　戰場上，原住民斯卡羅酋邦首領劇中卓杞篤（已故排灣族演員查馬克・法拉屋樂飾）被蝶妹（溫貞菱飾）拉住，勸阻其原住民舅舅，別殺美國使節法籍李仙得（法比歐飾）。（圖片來源：作者已購劇照獲授權。致謝公視。）

在美國國務院的早期原住民與美國簽訂的第一個非官方外交協約──「南岬之盟」。

(三)多種語言含客語、殺戮歷史

　　此劇包括多種語言，含國語、臺語、客語、原住民排灣語、清廷官話、英語、法語。演員陣容堅強，演員名單包括吳慷仁、溫貞菱、查馬克・法拉屋樂、雷斌・金碌兒、法比歐、黃健瑋、周厚安、黃遠、雷洪、夏靖庭、余竺儒、張瑋帆、郭芷芸、程苡雅、王振全等人演出。上述主演《出境事務所》的吳慷仁，為此戲《斯卡羅》犧牲減重，瘦至瘦骨嶙峋。我認為他所飾的角色「水仔」（父親是閩南人，母親是琅璚馬卡道族，當時戲稱為「土生仔」〔漢族與平埔族的混血〕）雖卑微奸詐，卻也可憐卑微地夾在原住民、漢人、閩南人、客家人之間，身為社寮小村莊領頭人，在各族群都為生存，而彼此爭地、糧食、米而械鬥，他需為全村落人謀求生路。（圖2-25）因為社寮地區是向斯卡羅族群租地，因此為了生存，只得擔任部落與閩客族群之間的調解人。在當時強勢的原住民繼任者之前，他自願扮狗，願作為原住民主人的狗，通風報信，而學狗叫搖尾乞憐。

圖2-25　族群械鬥，被看不起、吃不起米，由吳慷仁所飾角色因而吃生稻，生動表達
　　　　 生存的悲戚。（圖片來源：作者已購劇照獲授權。致謝公視。）

（圖2-26）

　　吳慷仁所飾的角色也曾被外國人吊起來懲罰（圖2-27），因他（為對
原住民以示忠誠）曾下令將被原住民斬首的一位船員屍體掛在村口日曬雨
淋多日。該景戶外自然採光，鏡頭運鏡用心，也有耶穌被釘十字架替罪的
隱喻。

　　居中翻譯的女主角蝶妹（溫貞菱飾）（圖2-28），母是原住民與父客
家人混種通婚的第二代，卻不容於當時清朝移居墾荒於臺灣南部的漢人及
客家人村落。蝶妹被李仙得聘用，李仙得在中國廈門任職時，雖有著殖民
主義的白人教化的想法，但到臺灣後，在與蝶妹相處時，有著紳士主僕的
儒雅，有一景主僕騎馬照，與背景大自然，天空山河日光相映，相當優
美。（圖2-29）

圖2-26　吳慷仁所飾角色為使小村落能求生，在跟彪悍原住民相地、介於閩原客族群
　　　　爭鬥、及對外面、對清廷和洋人合作的戰爭中可存活，不惜對原住民下跪並
　　　　扮狗叫，願當原住民看門的狗。（圖片來源：作者已購劇照獲授權。致謝公
　　　　視。）

圖2-27　吳慷仁所飾角色水仔也曾被外國人吊在十字架懲罰。（圖片來源：作者已購
　　　　劇照獲授權。致謝公視。）

圖2-28　蝶妹居中翻譯。（圖片來源：作者已購劇照獲授權。致謝公視。）

圖2-29　李仙得與蝶妹主僕騎馬照。（圖片來源：作者已購劇照獲授權。致謝公
　　　　視。）

　　包括查馬克・法拉屋樂、外籍演員法比歐之劇組整體表現相當稱職，演技精湛，還原史實，令人折服。此劇導演曹瑞原被榮聘爲2021年第56屆金鐘獎評審委員會主任委員。

　　此劇本島與外國人、各族群移民之間的歷史恩怨甚深，已難說孰是孰非，原住民殺美國商船船難上岸求援的外國人固然不對，但正如原住民首領所控訴的，難道以前他們祖先在睡夢中被外國藍眼人殺到幾乎全村全被殺死（包括男女老弱婦孺），最後僅剩4人，慘絕人寰，幾乎滅村的血海深仇，外國人侵略殺原住民難道是對的嗎？爲祖先報仇，難道不是後世子孫也該血債血還做的嗎？琅𤩝十八社原住民控訴他們已在此島生活數百年，外來者怎可侵門踏戶、侵略、滅村、威脅他們的生存呢？（圖2-30）這道理放諸四海，直至今日似也適用。《斯卡羅》劇末，居中翻譯達成和平簽訂（劇中卓杞篤與李仙得簽訂以和平共存爲前提的國際盟約）「南岬之盟」的蝶妹，劇末身著原住民貴族服飾，欲返回其母舅原住民部落生活（圖2-31），卻在山下入口小溪飲溪水時被暗槍射殺，令人不勝唏噓。她

圖2-30　劇中蝶妹的舅舅卓杞篤爲原住民首領，團結琅𤩝十八社，奮勇爲族人對外抗戰及談判。（圖片來源：作者已購劇照獲授權。致謝公視。）

圖2-31　劇末蝶妹身著原住民貴族服飾，欲回原住民地，卻被槍暗殺身亡。（圖片來源：作者已購劇照獲授權。致謝公視。）

死前依稀看見代表其母靈魂的水鹿（說明：祖靈沒有性別之分）出現，帶著她的靈魂返回原山上。導演鏡頭「場面調度」（mise-en-scène）優異，由中鏡頭拉遠至深景，大自然山間景色優美，配樂收音大自然鳥鳴蟲叫溪水聲，留下揮之不去悵然憂傷的氛圍。

五、結論與建議

　　回顧客家戲曲的源起與未來展望，「客家三腳採茶戲」源起江西贛南採茶戲，從清同治年間由閩、粵地區傳入臺灣，日治時期除了在桃、竹、苗一帶盛行，也在臺北、板橋等閩南庄流行。後逐步發展為「客家改良戲」，再發展到「客家大戲」，以及進入二十一世紀，開始有官方客委會，委由北藝大承製客家歌舞劇《福春嫁女》、客家音樂劇《香絲‧相思》，進入國家劇院藝術殿堂表演。從2000年千禧年迄今2024年本書書稿作者校對完成的這23年多以來，也由客家電視臺或自製或外包委製了一

些優質的客家電視戲劇。綜觀客家戲發展，加上以上數例分析，研究發現客家戲若能以族群客家爲基礎，但不畫地自限，不設限，即可突破客語障礙，以普世題材編劇，找有經驗的優秀導演及製作人團隊合作，優秀演員陣容演出，整體統合包裝行銷，包括國內外海外電視臺接輪播出，及網路線上播放平臺推播，則可長時間吸引更多包括不是客家人的觀眾觀賞。收取更大文化經濟效益，以及無形的文化立國，甚至文化外交的更多領域拓展。

　　有關客家戲劇未來展望，淺見認爲客家戲劇可效仿目前時興且收益豐厚的韓劇。韓劇造成韓流、韓風，韓流帶來的效益使「韓國文化內容產業出口額每增加100美元，消費財出口額就會增加248美元」。根據郭秋雯所提出的「一源多用」（OSMU: one source multi-use）見解，爲什麼韓國要推影視產業？因爲韓國文化內容產業（包括戲劇、音樂、電影、遊戲、動畫）流行之後，人們就會對韓國文化產生興趣，這樣可造成韓國形象與知名度上升，就會自發性購買韓國商品（例如，食品、服飾、美妝、手機、家電、汽車等），想出國旅行選擇去韓國觀光，甚至造訪韓國有貿易商業活動，可產生綜合效應。[10]

　　「他山之石」可以借鏡，戲劇亦可「小兵立大功」，期許客家戲劇未來能發展出如同Netflix高品質的原創網路自創影集，造成如同韓劇與韓流全球流行的熱潮旋風。就像是2021年9月上線在本章繳交稿件前，Netflix美國收視率曾排名第一的韓劇《魷魚遊戲》（*Squid Game*），迄今全球已破億萬人觀賞。此9集劇呈現韓國現代在經濟背負巨額債務與心理空虛都相當貧困絕望的人們，自願以生命死亡爲代價，搏命參加小時候童玩遊戲六關（像是紅路燈、刮糖形狀片、拔河、猜彈珠單雙數、猜玻璃、魷魚遊戲），來競爭與存活出最後唯一獲勝者，（男主角是參加的最後第456

---

10 政大韓文系郭秋雯教授課堂演講（Oct. 14, 2021）。地點：國立陽明交通大學。主辦人：段馨君教授。

名），可獲超多巨額獎金的故事。此Netflix網路平臺韓劇不僅獲全球實際
收益，還打開知名度，在北美洲美國受到很大迴響，甚至學術圈UCLA戲
劇系博士班所長（因本書作者UCLA博士班指導教授蘇-艾倫凱斯（Sue-
Ellen Case）教授榮退，而獲聘的）韓裔美籍蘇克-洋・金（Suk-Young
Kim）女教授亦接受訪談為此劇評論。[11]這就是支持本章觀點，提出戲劇
普世非設限特定族群的題材，可吸引較多觀眾之例證。建議應將觀眾群擴
大，增加文化創意產業於表演藝術產業，劇場、電視、電影、戲劇舞蹈音
樂的投入與輸出。不但可作為文化外交，更期盼能有經濟較高收益，展現
軟實力與影響力。回顧過去，期待使日漸凋零不被年輕人所喜愛的客家戲
曲，逐漸慢慢轉變為展望未來或可受到全球世人歡迎，有臺灣客家文化特
色的客家優質戲劇。甫播畢的《茶金》也掛上Netflix，可為研究題材，觀
察新科技新媒體觀影習慣改變的跨域研究。

---

[11] 'How "Squid Game" became a global Netflix hit'刊登在Marketplace.org

第三章
日本機器人劇場與美國人工智慧機器人電影[1]：擬仿物與擬像

一、西方理論：布希亞「仿真、擬仿物與擬像」

　　本章應用法國社會學家及哲學家布希亞（Jean Baudrillard，1929-2007）後結構主義與後現代主義的學術著作理論觀念「仿真、擬仿物與擬像」、符號學於消費社會之理論，分析評論前瞻反映這世界走向——於劇場及電影中以藝術呈現，研發智慧型機器人與人類互存的時代。現代社會充斥（包括線上串流平臺網路上觀看）劇場表演及電影的大眾消費媒體娛樂，符合布希亞提出著名的「擬像論」，觀察消費社會已進入「擬仿」的階段。現今影像、立體實境電玩遊戲與產品、3D Studio iMax、AR、VR虛擬實境等，生產的擬像亦具有象徵交換。充滿再現影像的電影，亦受布希亞理論影響，例如，美國導演沃卓斯基兩兄弟被布希亞的著作《擬仿物與擬像》（*Simulacres et Simulation*）啟發，拍攝電影《駭客任務》（*Matrix*）第一集（1990）中的鏡頭，即有布希亞該書的封面。布希亞的觀念「模擬」（simulation），闡釋「擬像」（simulacre）及「模擬」（simulation）（Baudrillard 1994）。這兩者關係可應用來解讀本章機器人劇場，機器人外表與動作模擬真人。此外，布希亞「超真實」

---

[1] 這篇中文書稿為合乎學術倫理規範的同位作者本人自己寫的不同文字創作，尚未出版。收錄於此中文書為首次面世中文版正式出版。

（hyperréalité）觀念，可用來詮釋本章AI電影超現實虛擬的部分，比如像是電影《虛擬偶像》（*Simone*）（2002）。

　　依據布希亞於《象徵交換與死亡》一書，觀察社會發展和變化，提出現代消費者社會中的「擬像與擬仿」理論：

> 如今整個系統充滿了不確定性，每一種現實都被包容到
> 「符碼」（code）和「仿真」（simulation）的「超現實」
> （hyperreality）之中。而今主宰我們的是「仿真」原則而
> 不是過時的現實性原則。我們所賴以維生的這些形式不
> 再有任何終極性可言。不再有意識形態，只有「擬像」
> （simulacra）。因此我們必須重構價值規律及其「擬像」
> 的整個系譜，以便把（握：筆者按）當下系統的霸權和魅
> 力。這是價值的一種結構性變革。
>
> ──布希亞 1993:2; 季桂保譯 2002:93

　　布希亞對現代消費者社會中的「擬像與擬仿」理論，尤其是符號與真實物品等值體系的象徵和交換，很適合用來做電影評論的理論解析方法；因為電影為高度象徵符號的影響，現實世界的「影像擬像」（image simulacra）與「再現擬仿」（representation simulation），充斥在影片膠捲中豐富的物質性存有，以及反映真實世界存在（尤其是寫實電影）。而且在本章探究機器人劇場的範疇議題，AI機器人相似人類的外表擬像與實體物之擬仿，布希亞此理論亦相當適宜應用以析論。未來人工智能演化，在現實社會中的科學家提出警告，AI電影亦以前瞻想像警示，研發AI機器人自行智能演化，有朝一日或許超越、凌駕，甚或威脅人類。也有末日說於「後人類時代」，提出複製人與真實人類間的幾乎難以辨認的細微差別，寄情於虛擬投影擬仿物（Simulacra）。（本章之後論AI電影《銀翼殺手2049》，尤為可延伸詮釋此理論觀念的典型。）

而機器人表演戲劇中的角色，肇始於二十世紀Karel Čapek的*R.U.R.*[2]，1920年出版，1921年首演）。除了日本的機器人劇場兼具學術研究與劇場表演實驗規模，歐洲與英國的機器人劇場近年發展，則有由Stanislaw Lem與Hans Christian Andersen的世界首創機器人劇場的機械人物吸引觀眾，可為科普的小型工程演出。[3]在波蘭之哥白尼科學中心的機器人劇場演出，只要工程師與演員事先做好腳本錄音配音等工作，這些外型有LED彩色燈光，具有LCD液晶顯示器可動眼珠的小型人型機器人戲劇演員，他們稱為RoboThespian，不需要酬勞、餐點、休息，自從2010年開始迄今，每星期從周二至周日不嫌累地表演12場。這些機器人以真人錄音的言語表達情緒與感情，移動是以科技工程演算密碼，與空氣壓縮來驅動動作，可吸引四歲以上孩童好奇心與眼球注意力，類似重複於科學博物館之科普教育。為排隊每場演出20分鐘，僅容50名觀眾座位的小型劇場，提供科普及戲劇教育兼娛樂功能。劇目包括《菲力王子與水晶公主》（*Prince Ferrix and Princess Crystal*）、希臘悲劇《安蒂岡尼》（*Antigone*）等。

本章聚焦談論機器人劇場表演與機器人電影，解讀詮釋機器人劇場表演《蛻變——人形機器人版》（2015，臺北），及機器人劇場《三姊妹：人形機器人版》（2013，臺北），深究科技與社會變化，本章使用布希亞的後現代消費社會「仿真與擬像擬仿物」（simulation and simulacra）的理論，評析10部AI機器人電影相關議題。

㈠國際機器人表演文獻

日本自一九六〇年代末期以來即研發機器人科技，促進日本經濟，於一九八〇年代推動工廠自動化與機器人化，迄今於結合機器人與劇場的「場面調度」（mise-en-scène）表演已有可觀成果。人形機器人（被稱

[2] "Robot Performances."搜尋日期Jan. 27, 2021. https://www.robottheatre.co.uk/robot-performances

[3] Legierska, Anna. "The Rise of Robotic Theatre."出版日期April 18, 2014. 搜尋日期Jan. 25, 2021. https://culture.pl/en/article/the-rise-of-robotic-theatre

為humannoids或是androids），已在發展可互動的社會型機器人於表演方面有所斬獲。在劇場中的數位媒體科技，包含使用機器人科技，近年出版機器人與表演這方面研究的專家學者大有人在（Dery 1996; Smith 2005; Berghaus 2005; Dixon 2007; Causey 2006; Giannachi 2004, 2007; Broadhurst 2009; Birringer 2008; Salter 2010; Parker-Starbuck 2011; Klich and Scheer 2012）。史東（Yuji Stone）於英文專書《日本機器人文化：表演、想像與現代性》亦提出其關注：「日本下一代的擬人化的（anthropomorphic）與動物形象的（zoomorphic）模擬機器人」（2017:3）。[4]本章以擬人化的機器人為焦點，研討機器人在劇場互動與電影中的AI進階形象詮釋。

　　目前機器人與AI發展，張道宜、歐寶程、黃品維等於書籍《圖解簡明世界局勢：2020年版》第六章〈機器人與人工智慧時代來臨〉提出：「國際機器人聯盟（IFR）2018年發布機器人統計報告，IFR會長Joe Gemma表示，機器人熱潮替第四次工業革命奠定基礎，未來機器人將會與人類共同協作，以彈性的架構取代傳統僵化的生產流程。」（2019:394）[5]近年日本本田的ASIMO人型機器人，與豐田第三代人型機器人，受人矚目。T-HR3能「實時模仿人類的動作」，目標「協助人類完成各種不同的工作內容」（2019:396）。機器人劇場即是人類嘗試實驗，將機器人加入為角色，完成藝術性的劇場表演工作。

　　AI是甚麼？除了電腦科學的「圖靈檢驗」（Turing Test）[6]，有關心智的判準以外，AI人工智慧Artificial Intelligence的定義，根據李開復、王詠剛於書籍《人工智慧來了》提出五種定義。而根據定義5：「AI就是根據對環境的感知做出合理行動，獲致最大效益的電腦程式。」依據斯圖

---

[4]　Stone, Yuji. (2017). *Japanese Robot Culture: Performance, Imagination and Modernity*. New York: Palgrave Macmillan.

[5]　1973年日本加藤一郎發明第一臺全尺寸人型機器人Wabot-1。

[6]　由著名演員班奈狄克・康柏拜區（Benedict Cumberbatch）所主演電影《模仿遊戲》（*The Imitation Game*），電影劇本即改編自《艾倫・圖靈傳——如謎的解謎者》。

亞特・羅素（Stuart Russell）與彼得・諾維格（Peter Norvig）於《人工智慧：一種現代的方法》（*Artificial Intelligence: A Modern Approach*）書中的定義：人工智慧是有關「智慧主體（Intelligent agent）研究與設計」的學問，而「智慧主體是指一個可以觀察周遭環境，並且採取行動以達成目標的系統。」機器人劇場即是嘗試探討研發人工智慧機器人，如何加入成為角色，於人類擅長有別於其他物種的藝術情感展演，實驗機器人與人類演員互動於劇場表演藝術。

　　AI重要性可於國際與臺灣相繼研擬頒布AI政策，可一窺堂奧，國際與臺灣在AI人工智慧政策擬定，例如，行政院於全球資訊網所公布的臺灣的「AI小國大戰略」、「亞洲・矽谷」計畫、科技部訂定「人工智慧科研發展指引」、日本內閣的「AI原則」之經濟思維、國際與臺灣的AI人才培育政策等。自日本和加拿大把AI提升到國家層面，即使有些科技大老擔憂人類需小心別創造出新世紀另一個怪物，如瑪麗・雪萊（Mary Shelley）的小說《科學怪人》（*Frankenstein*），但很多國家仍也陸續將AI當作國家戰略。如同莎士比亞於戲劇《皆大歡喜》所說：「世界是一個舞臺。」（All the world's a stage.）在舞臺上的劇場表演，也前瞻反映這世界走向研發智慧型機器人與人類互存時代。

㈡理論──尚・布希亞的「仿真與擬像擬仿物」、「消費社會」

　　尚・布希亞（Jean Baudrillard, 1929年7月27日-2007年3月6日）是法國媒體文化理論家、社會學理論家。他的著作曾一度在學術理論界熱門。有人稱尚・布希亞為「後現代」的大祭司，根據黎子元在網路文章〈符號與指涉物之間已經斷裂的後現代〉所言，意指他「祭奠消散的物質（「去物質化」）和死去的真實（「祛除真實」）」。尚・布希亞的「祝禱」「給人一種錯覺，彷彿物質、真實、歷史事實，乃至所有對於現代社會而言根深蒂固的事物，都可以瞬間喪失掉存在質感，成為某些虛無縹緲的東

西。」[7]

　　尚・布希亞在一九六〇年代後期常於兩份左翼激進刊物*Traverses*與*Utopie*發表文章。布希亞陸續出版《物體系》（1968）、《消費者社會》（1970）、《符號政治學批判》（1972）、《生產之鏡》（1973）和《象徵交換與死亡》（1976）。布希亞以其獨特觀點對現代消費社會犀利批判。其深具原創性的建構媒體文化理論，讓他在二十世紀晚期終於備受尊崇。之後如著名的科幻電影《駭客任務》（*The Matrix*），導演沃卓斯基兄弟指出，布希亞啓發他們的靈感來源；所以他們也於片中的鏡頭，特意將布希亞聞名遐邇之專書《擬仿物與擬像》（*Simulation and Simulacra*）成爲該劇場景「場面調度」（mise-en-scène）中的重要道具之一，以便向其致敬。

　　本章第二節論機器人劇場表演《蛻變——人形機器人版》；

　　本章第三節評述《三姊妹——人形機器人版》與其他相關機器人劇場表演：

　　本章第四節詮釋評析10部AI機器人電影的相關議題；

　　本章第五節陳述國際與臺灣AI政策；本章第六節爲結論。

　　核心問題可總結爲：機器人在風險與效能之間，藉由劇場創新與電影預言，如何取決「恐怖谷」（the uncanny valley）理論，考量生命倫理與智能心靈發展，審愼研發AI機器人，使人類不被消滅、取代？

二、機器人劇場表演《蛻變——人形機器人版》

　　歷經跨文化劇場演變，劇場主題包羅萬象，由嘲擬殖民帝國主義到蛻變至跨文化，二十一世紀發展加入機器人表演，思考人與AI人工智慧

---

[7] 2020年3月刊登。搜尋日期2021年1月8日。https://www.hk01.com/%E5%93%B2%E5%AD%B8/444177/%E5%B8%83%E5%B8%8C%E4%BA%9E-%E7%A5%AD%E5%A5%A0%E7%89%A9%E8%B3%AA%E8%88%87%E7%9C%9F%E5%AF%A6%E4%B9%8B%E6%BB%E7%9A%84-%E5%BE%8C%E7%8F%BE%E4%BB%A3-%E5%A4%A7%E7%A5%AD%E5%8F%B8

互動的省思。研討機器人之角色表現。此機器人劇場案例探討改編自卡夫卡的小說《蛻變》，在劇場表演加入以機器人爲主的表演，《蛻變——人形機器人版》（*Metamorphosis Android Version*）（Premiered 2014，日本）（2015，臺北）。此齣製作於臺北藝術節演出，平田織佐（Hirada Oriza）導演與研發機器人先驅的大阪大學石黑浩（Hiroshi Ishiguro）教授合作，將機器人引進劇場。劇本改編，臺詞大致照奧匈帝國時代卡夫卡原著翻譯爲日文，改編爲現代場景。但最重要的改變是讓主角（Gregor Samsa）一覺醒來，不是變成原著中的大甲蟲，而是變成一個失去行動力、臥床無法工作的機器人（Repliee S1 type 型機器人）（Pluta 2016: 76）。[8]並將原著中無感情的母親，以法國女演員領銜主演。小說原著反諷，有人形，卻無人性的扭曲。此改編爲飾演母親的角色對待機器人兒子較慈愛，其劇場對話相較小說原著，更多表現原著中稀少的母愛關懷（圖3-1）。

圖3-1　2015臺北藝術節。日本‧青年團劇團×大阪大學機器人劇場計畫《蛻變——人形機器人版》。（Courtesy of SEINENDAN. Photo Credit: Madoka Nishiyama）

8　Pluta, Izabella. (2016). "Theater and Robotics: Hiroshi Ishiguro's Androids as Staged by Oriza Hirata." *Art Research Journal* 3 (1), 65-79.

　　卡夫卡的原著小說諷刺有些人雖有人形，卻無人性。此齣劇場演出，日本《蛻變——人形機器人版》改編版中的父親角色，也較有父愛，對變成機器人臥床不事生產的兒子，亦較原著中的父親對變成甲蟲的兒子，更較有感情，初時還會讀報新聞給機器人兒子聽（圖3-2）。雖劇場表演也屬跨文化改編，改編自歐洲奧匈帝國時代卡夫卡的小說，加入亞洲現代日本機器人劇場演出，且邀請數位歐洲演員參與演出；但因爲此加入機器人爲角色的表演，焦點已非跨文化改編，而是其他像是人與機器人同臺演出等的議題。

圖3-2　2015臺北藝術節。日本‧青年團劇團×大阪大學機器人劇場計畫《蛻變——人形機器人版》。（Courtesy of SEINENDAN. Photo Credit: Madoka Nishiyama）

　　演員人與機器人如何同臺演出？原著中，跟變成甲蟲非人形的哥哥，感情較親近的妹妹角色，由另一名歐洲女演員扮演，她會坐在變成機器人的哥哥的床旁，拿著食物給他吃。然而此機器人劇場表演，以機器人不須吃食物，明顯呈現人與非人的另一個明顯生理差別（圖3-3）。因機器人無法移動，且面部表情與手部動作有限，此機器人劇場演出主要還是視演員如何主動與機器人互動，由初始驚訝、家人關懷協助、逐漸至冷淡，來逐步呈現相呼應原著劇情的推進。

圖3-3　2015臺北藝術節。日本・青年團劇團×大阪大學機器人劇場計畫《蛻變——人形機器人版》。（Courtesy of SEINENDAN. Photo Credit: Madoka Nishiyama）

　　觀眾也會注意到該機器人彈性可移動的白色面具，及其金屬身體。觀眾反應直接接觸到對此角色從人蛻變成機器人，本質性所造成的奇異感，這或許也類似提倡「史詩劇場」（Epic Theatre）與「疏離理論」的德國劇作家布萊希特（Bertolt Brecht），他所希望呈現的「疏離效果」（Alienation Effect），以便可隔著距離更有理性批判。[9]舞臺設計單純簡約，主要場景即該房間，舞臺中右上放置此機器人的床，由演員上下場進入與其互動對話。燈光設計冷冽呈現藍黑調，舞臺上方十餘盞小白燈，烘托此劇有著清冷、奇異的機器人金屬感（圖3-4）。

　　在日本，研發機器人先驅的大阪大學教授石黑浩（Hiroshi Ishiguro）所製作的眾多機器人中，以用真實人的形象來製作的擬人型機器人geminoids（在拉丁文中是geminus，意指：孿生子）最令人著迷。他最先做出的擬人形機器人（Repliee R1）是2001年用他當時四歲女兒的形象所製造，然後是仿製一名日本電視播報員外型的Reliee R2。石黑浩教授後用他自己的形象，以及移植他的部分真髮，創造他的化身The Geminoid

圖3-4　2015臺北藝術節。日本‧青年團劇團×大阪大學機器人劇場計畫《蛻變——
人形機器人版》。舞臺設計簡約，燈光設計清冽。（Courtesy of SEINENDAN.
Photo Credit: Madoka Nishiyama）

HI-1。之後又創造一個更佳的版本Geminoid HI-2（Pluta 2016: 69）。石黑
浩教授不只研發機器人宛若眞人的形體，機器人包覆矽膠的質感與顏色甚
至像眞人般，不完美、有雀斑的皮膚、能眨動睫毛、面容表情、能移動手
與手指的動作，有如眞人般面對壓力、緊張、不耐煩等的姿勢。並加入機
器人觀念、心理學與哲學，而且還探究「Sonzai-kan」（「感覺能身處另
一個人的存在」），他實驗室發布於網路文章中所提到的「存在感的研
究」、「自身與社會的關係」（*Understanding* 2006）。[10]石黑浩研究身爲
人的基本觀念，不只從機器人模型的角度來看，也從接收到奇異感覺「身
處存在」的觀眾之角度來研究。

　　面對擬人型機器人，觀眾反應如何？可從包括1970年日本工程師森政
弘（Masahiro Mori）發表的「恐怖谷（Uncanny Valley）」理論[11]來一窺堂

---

[10]　ATR Intelligent Robotic and Communication Laboratories. (2006). "Understanding the Mechanism of
　　Sonzai-Kan." URL: http://www.geminoid.jp/projects/kibans/Data/panel-20060719-mod2. PDF.

[11]　恐怖谷(Uncanny Valley)」理論https://zh.wikipedia.org/wiki/%E6%81%90%E6%80%96%E8%B0%B7%

奧。「恐怖谷（Uncanny Valley）」理論意指：人類看到太相似人類的擬人型機器人與非人類物體，所產生的剛開始假設是詭異的、令人不舒服的感覺。我想這類似佛洛伊德〈Uncanny〉（〈恐怖詭異神祕的〉）一文的心理分析（Psychoanalysis）理論（Freud 1919）。人類對類人實體之太相似度，從好感變化掉落到反感，甚至到降到谷底的排斥，再過了那段恐怖曲線，反爬回升，到移情的微妙心理變化。我認為這種特殊的心理變化，可應用於劇場對藝術設計、電影動畫設計、電玩設計等的擬人化圖案相似程度拿捏的掌控，以便獲得觀眾好感，不至於排斥。

　　此外，劇場的「機器人演員計畫」，肇始於日本研發機器人學的石黑浩教授，他由學界研究出發，想進一步探究機器人與人類互動，以及機器人心理學等科技。為了解觀者對機器人是否會有對人一般的同理心，以及可否更能進入角色等的機器人研究，他開始了機器人與劇場合作表演的計畫。首先，為了讓觀眾能更接受機器人，他選了一個外表彷如二十五歲的亞裔女性Geminoid F（設計於2007年），來做機器人表演試驗。而為便於劇場表演操控，他也選擇功能相對較簡易，這只有12個控制鍵的機器人，參與「人形機器人──人類劇場」（Android-Human Theatre），整合此擬人形機器人參加現場表演，放入該場景是與專業演員們一同參加遊戲場景的演出 （Hirata, 2012:1）。[12]只是在作者完成校稿前，目前石黑浩教授研究室所研發的擬人型機器人geminoids還無法行走，因此大多在劇場表演中，人形機器人被安排飾演坐在椅子上或輪椅上的角色；而且其所發出的聲音，是由遠端操控的工程師所傳輸給予的聲音。並且操作者也需事前準備研讀指示，以便在劇場表演時，遠端遙控給予語音及賦予表情動作於擬人型機器人，使其在舞臺上可展現。彷如真人演員般的表演，其實是以遠端工程師語音操控回答，來與人類演員互動。

E7%90%86%E8%AE%BA. Retrieved on Sep. 3, 2017.

[12] Hirata, Oriza. (2012). "About Our Robot/Android Theatre." *Comparative Theatre Review* (Vol.11 No.1 English Issue, Translated by Kei Hibino. March, p. 29).

石黑浩教授與日本青年團劇團的編導平田織佐合作，其機器人劇場表演的特色，依據林宗德、尤苡人於期刊論文〈平田Oriza的現代口語戲劇理論與機器人劇場〉指出：「機器人劇場承襲了平田自提出現代口語戲劇理論以來的風格。然而依循現代口語戲劇理論所設定的機器人口語能力，一方面成功地塑造了機器人動人的演出，另一方面也顯露出機器人角色設定上的可能問題。」（2014:167）正如同楊谷洋於《羅伯特玩假的》書中指出，機器人設定為不能傷害人類。平田將比利時法蘭德斯皇家劇院委託的作品《森林深處》（森の奧）改編成機器人版（2010年），平田仿效許多科幻小說中機器人的行動法則，機器人設定為不可傷害人類，只可對猿類做實驗，「甚至在實驗必要時還可以殺猿。」「由六位演員，和兩具由三菱重工製造的機器人Wakamaru擔綱演出。Wakamaru外表呈現醒目的銘黃色，它有眼部特徵、頭、手皆可運動，移動則利用輪子，是具有一般機器人外形的人形機器人。」（林宗德、尤苡人，2014:188-189）平田用機器人來思考「人類與猿類之間的差異。[13]」、「機器人沒有生命，但無疑是我們的朋友？」；更有甚者，要利用機器人幫忙工作，人類還必須面對實驗室中的科學進展，極有可能在根本上破壞了原本的分類邏輯所仰賴的人類中心主義：人工進化猿會不會進化到讓機器人無從辨別人類和猿類的差異？屆時我們還能不能信任機器人夥伴？或者，機器人朋友們是否還願意幫我們做實驗宰殺「猿類」？（Ibid. 189-190）「兩具機器人在模仿大猩猩手拍胸脯吼叫後，自問是否終有一天能像大猩猩一樣哼出自己的歌？」（Ibid. 190）此表演進結尾時，以人具有好奇心，作為人之所以為人進化的根基。並留下機器人進化後，是否願服從人類的未知數。

此外，平田首部機器人劇場《工作的我》（働く私）（2008年十一月首演，25分鐘實驗性短劇），設想機器人在近未來的家庭裡普及後的狀

---

[13] 平田訪談（Ibid. 189）。

況。[14]此劇反映日本社會的尼特族（NEET, Not in Employment, Education, or Training）和繭居族（ひきこもり）問題。[15]平田機器人劇場作品《再會》（さよなら）中出現的機器人與之前兩齣不同，使用的是一具由石黑浩主導製作，「以真人女性為藍本打造的擬真人機器人『Geminoid F』。若在一定距離外觀察，它在外表上與人類幾乎沒有區別。它無法行走，但能夠眨眼並能做出數種臉部的表情。由於不能走動的機器人在戲劇表現上極度受限，平田賦予它一個在機器人文類中少見的表現，讓它朗讀詩作。[16]」（Ibid. 194）筆者認為這仍屬簡單的播放錄音機式的機器人功能，仍未可稱為即時、現場、有互動的劇場表演。接下來研討其他幾齣有與真人互動的機器人劇場表演。

三、《三姊妹──人形機器人版》與其他相關機器人劇場表演

　　另一齣團隊合作的機器人演出，《三姊妹：安卓版本》（*Three Sisters: Android Version*）（2012），探究其中為人所矚目的機器人角色（圖3-5）。舞臺劇本改編自十九世紀中後期俄國劇作家契訶夫（Anton Chekhov, 1860-1904）所寫的戲劇《三姊妹》（*Three Sisters*）（1900）。契訶夫該劇1901年於莫斯科藝術劇院首演。《三姊妹》是屬於十九世紀末至二十世紀初自然主義（Naturalism）式的戲劇，描繪之後發展的現實主義（Realism）。日本機器人劇場編導是平田織佐（Oriza Hirata），[17]製作

---

[14] 自2008至2013年為止，平田已經有五部機器人劇場作品。第五部機器人劇場作品改編自宮澤賢治的《銀河鐵道之夜》，於2013年五月首演。與其他四部機器人劇場作品不同的是，該劇中的主要角色（排除機器人演員不論）並非青年團的演員擔任，而是由演藝事業公司吉本興業旗下的演員擔綱。該文的分析針對以青年團為演員陣容的前四部機器人劇場作品，並未納入《機器人戲劇版銀河鐵道之夜》。

[15] 平田訪談。

[16] 平田訪談。

[17] 在平田織佐（Oriza Hirata）的網頁寫到，「在2011年，法國文化部給予平田織佐『藝術與文學騎

圖3-5　臺北藝術節《三姊妹——人形機器人版》水源劇場。擬人女機器人（坐在輪椅上）與演員演出。（Courtesy of SEINENDAN. Photo Credit: Tsukasa Aoki）

是日本青年團劇團（Seinendan Theatre Company），與大阪大學機器人劇場計畫合作演出。（L. Lepage, 2016: 281;[18]楊谷洋 2016）[19]

　　契訶夫《三姊妹》原著描述俄國將軍普羅柔夫（Prozorov）死後留下的一棟大宅中，住著三姊妹（Olga, Masha, and Irina）及他們的敗家子弟弟（後娶妻及生兩子）的婚姻不幸福與家族敗落悲劇。平田織佐改編成的《三姊妹：安卓版本》，則將背景改設在日本郊區，三姊妹（Rizako,

---

士」的榮耀。在2012年，平田織佐的《三姊妹：安卓版本》與『人形機器人——人類劇場』《再見》在巴黎秋天藝術節表演。在2014年，製作《蛻變——人形機器人版》，由國際著名法國女星艾琳‧雅各（Irene Jacob）主演，巡演於歐洲。」筆者翻譯於網址：http://www.seinendan.org/eng/oriza/搜尋網址於March 15, 2017.

[18] LePage, Louise. (2016). "Thinking Something Makes It So': Performing Robots, the Workings of Mimesis and the Importance of Character." *Twenty-First Century Drama: What Happens Now*. Ed. Sian Adiseshian and Louise Lepage. New York and London: Palgrave Macmillan. https://link.springer.com/chapter/10.1057%2F978-1-137-48403-1_14

[19] 楊谷洋，《羅伯特玩假的》（2016）。新竹：交通大學出版社。

Marie, and Ikumi）中最小的妹妹，改編成已死去，換成由她父親生前所建
造的擬人女機器人（Geminoid F），坐在輪椅上，來代替三姊妹中最小的
妹妹長大後的肉身存在（圖3-6）。

圖3-6　臺北藝術節《三姊妹──人形機器人版》日本・青年團劇團。（Courtesy of
SEINENDAN. Photo Credit: Tsukasa Aoki）

　　《三姊妹：安卓版本》的表演內容，比前文所分析在臺北演出的《蛻
變──人形機器人版》還較複雜一些。《三姊妹：安卓版本》除了九名演
員須與此名擬人女機器人（放置坐在輪椅上）搭配演出之外，還有另外
一個機器人Wakamaru Robovie-R3在舞臺上，常移動參與演出（圖3-7）。
這些都增加了導演執導演員走位、場面調度（mise-en-scène）及配置的考
量，以及需要配合舞臺後的實驗室技術操控人員一起彩排的困難。顯而易
見，此表演焦點在以劇場表演測試，實驗機器人與真人演員的互動及反
應。

　　機器人劇場，除了以上兩齣《蛻變── 人形機器人版》──躺在床
上的機器人，及《三姊妹：安卓版本》──坐在輪椅上的女擬人形機器人
與R3移動機器人，相關機器人表演，還有另一齣由平田織佐導演的《再

圖3-7　此表演除了九名演員須與此名擬人女機器人搭配演出之外，還有另外一個機器人Wakamaru Robovie-R3在舞臺上常移動參與演出。（Courtesy of SEINENDAN. Photo Credit: Photographer Tsukasa Aoki.）

見》（*Sayonara*）（2010，日本）。平田織佐在《比較劇場評論期刊》（*Comparative Theatre Review*）所收錄的翻譯文〈關於我們的機器人／擬人化機器人劇場〉（About Our Robot／Android Theatre）提出：「因為我們還無法製造出可站起來與移動的擬人化機器人，我把此限制轉向於一種德行，來設定一種情況，讓擬人化機器人讀詩給瀕臨死亡的人類聽。」（2012:29）所以平田織佐導演在機器人劇場表演《再見》，設計以擬人化機器人每日過來醫院，陪伴講些話、唸首詩，給重病住院瀕臨死亡的女孩聽。

　　這相對簡單可執行，如儲存錄放音機，可播放聲音的機器人劇場表演，筆者覺得用這機器人角色是個聰明設計，相當撫慰福島核災人心。因為核災地區輻射嚴重，無生人敢進入，擬人化機器人唸詩、說些簡單日常問候話的陪伴，讓仿若被棄絕的人，在離世前，可感受到些外在世界的關懷溫馨。除此以外，也有倒過來讓人類演員扮演機器人，例如，《羅森的萬能機器人》（*Rossum's Universal Robot*）（1920，捷克），還有臺科大林其禹教授推出的兩部真人大小的機器人劇場《歌劇魅影》（2008，臺

北）。但筆者認為這類的機器人表演，都其實是在科學家教授的機器人研究計畫中，因他們研發重點是想觀察人類對擬人化機器人進入人類生活的反應，選用劇場作為實驗場所。

　　應用布希亞的「仿真與擬像」理論觀點來評析，機器人劇場即使機器人外型，擬仿物可研發宛如真實人類的頭髮與皮膚等外表，但在目前現實社會，機器人演出仍無法完全模擬相似於真實人類演員的細緻表情及精細動作，所以擬像現行仍無法於劇場實踐。因此迄今這些機器人劇場表演，乃在探究人類對機器人存在的感受——接受或排斥？以及共存生活的（避免「恐怖谷」臨界點）情感反映。研發AI人工智慧的機器人，就像是「機器藍海」已擊敗世界圍棋冠軍棋王的震撼，有許多人憂慮機器人是否會影響減少人類的工作機會？取代人類或威脅人類性命？機器人與人類的生命倫理等議題，本章除了以劇場機器人表演分析現今實際科技能做到的部分，接下來並以評論十部AI科幻電影中，影像可呈現「仿真與擬像」的未來科技，探究這些議題與擔憂。

四、AI機器人電影

　　隨著科技發展，最近這幾年有許多部相關機器人的電影，都可反映時事與文化社會關注的議題。例如，早在2001年，導演史蒂文‧史匹柏（Steven Spielberg, 1946-）即於致敬史丹利‧庫柏力克（Stanley Kubrick, 1928-1999）所構思，拍攝電影《人工智慧》（*Artificial Intelligence*）描述未來二十一世紀中期，科技發達，一個小男孩機器人為尋找人類養母，努力奮鬥縮短機器人和人類差距（圖3-8）。《人工智慧》電影一開頭呈現未來世界極地冰山溶解的景觀，用法國哲學家兼電影導演居依‧德波（Guy Debord, 1931-1994）於《景觀的社會》（*The Spectacle of the Society*）書中之語來形容：「意像流動與融合，如同水中的倒影。」（1998:14）

　　此部電影傳遞希望小孩將會「以一種永不結束的真誠的愛」，以片中

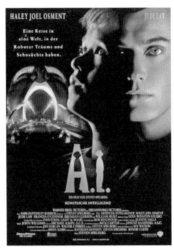

圖3-8　電影《人工智慧》（*Artificial Intelligence*）（2001）的海報，小男孩機器人
　　　　熱切渴望獲得人類養母的愛，無奈最終不可得。（Photo: Courtesy of Aflo Co.,
　　　　Ltd.）

該小男孩機器人的愛來表達。電影未來建構的神經元科技是關鍵，可讓機
器人獲得潛意識、隱喻內在世界、有直覺、自我動力理解，還能像人一樣
作夢。此片提出幾個難解的大哉問。像是科米努（E. Komninou）於期刊
論文〈電影AI：人類、機器與愛〉（Film AI: man, machines and love）點
出：

> 假如電腦機器人能夠思考，它們可以有愛的能力嗎？假如
> 電腦AI機器人能夠愛，人類能夠或應該也回愛它們嗎？愛
> 能被程式設定為我們銘刻入遺傳的一種嗎？我們願意為了
> 未來在遺傳投資做到多遠的境地？在能愛人的智能機器人
> 未來時代，什麼價值將會取代人性價值？
>
> ——作者節譯Komninou 2003: 794

此片以三段式結構用影像與擬像提出這些詰問。雖然最終機器人男孩無法

變成人，悲劇收場，卻是難得以渴望愛的AI機器人的心情與視野，來批判無情現實的人性。結尾機器人男孩死前，以詩化的意像，呈現他所渴望人類媽媽對其關愛的臉龐。

　　AI電影除了《人工智慧》之外，近年還有電影《魔鬼終結者：黑暗宿命》（*The Terminator 6: Dark Fate*）（2019）、《機器管家》（*Bicentennial Man*）（1999）、《超完美嬌妻》（*The Stepford Wives*）（2004）、《機器姬》（*Ex-Machina*）（2014）、《銀翼殺手2049》（*Blade Runner 2049*）（2017）、《我的機器人女友》（2008）、《雲端情人》（*Her*）（2013）、《虛擬偶像》（*Simone*）（2002）等等，以下探究析論之其相關變化與進展。

　　《魔鬼終結者》首部影集的成功與帶動五部續集，開啓人工智慧、科技倫理與科技技術於流行文化探討的風潮。由詹姆斯·卡梅隆執導《魔鬼終結者》首部集中，阿諾·史瓦辛格（Arnold Schwarzenegger）扮演一個被稱爲「終結者」的電子機器人殺手（圖3-9）。電子機器人殺手從2029年返回1984年的洛杉磯，試圖殺死由漢密爾頓扮演的莎拉·康納（Sarah Connor），以便她日後不會生下約翰（John Connor）。因爲未來約翰團結倖存人類，組人類抵抗軍抵禦天網（SkyNet）爲首統領的人工智慧機器，試圖以核戰爭武器消滅所有倖存人類。這部片探討機器人違反設定，人工智慧機器人逐漸演化，形成自我意識，攻擊消滅人類。

　　這類AI機器人電影展現出，人類有認知覺察到人工智慧機器人若發展極端至未來的可能造成危害，與風險知覺。可類似或用陳瑞麟於STS期刊《科技·醫療與社會》論文〈科技風險與倫理評價：以科技風險倫理來評估臺灣基改生物與人工智能的社會爭議〉提出「危害知覺」與「風險知覺」的S1-S5情境（2020:38-40）來評估。「完整的人工心靈有可能變成完全不可測、甚至不可控制的人造物或系統，它可能產生的風險，以最壞的狀況來預測，將會非常可怕，因爲它們和人沒有兩樣——這是爲什麼好萊塢影片和動漫流行文化一再地使用這種主題來構思情節。」（陳瑞麟

圖3-9　《魔鬼終結者》（*The Terminator*）（1984）首部影集的電影海報。阿諾・史
　　　　瓦辛格（Arnold Schwarzenegger）扮演一個被稱為「終結者」的電子機器人殺
　　　　手。（Photo: Courtesy of Aflo Co., Ltd.）

2020:50）這也是本章強調AI電影呈現AI機器人如同「水可載舟，亦可覆
舟」的核心問題。
　　《魔鬼終結者2：審判日》（*The Terminator 2: Judgement Day*）史瓦
辛格所扮演的機器人轉變為正派，解救並保護當時十歲的約翰和他的母親
（圖3-10）。影片中有發展出類似父子情，正邪兩派機器人戰鬥。從電影
《人工智慧》以來，更深一步令人思索「到底怎樣才能算是人？」

圖3-10　《魔鬼終結者2：審判日》（*The Terminator 2: Judgement Day*）（1991），史瓦辛格所扮演的機器人，轉變為正派英雄，解救人類。（Photo: Courtesy of Aflo Co., Ltd.）

　　延續《魔鬼終結者》第一、二集的劇情，2019年上映的第六集《魔鬼終結者：黑暗宿命》（*The Terminator 6: Dark Fate*），這部回到由卡麥隆監製，年老的阿諾·史瓦辛格飾演卡爾，不再像以前戴著黑墨鏡，亦不再說經典臺詞「I'll be back!」（圖3-11）。不僅改為拒絕戴上黑墨鏡（象徵他已不是毫無感情的人工智慧機器人），還將招牌語「我將回來」（I'll be back），改為說：「我將不再回來。」（I'll not be back.）為保護莎拉與丹妮，他選擇最終與從未來被派來追殺他們的REV-9人工智慧機器人殺手一同墮入深淵、同歸於盡。此電影呈現人工智慧殺手機器人亦可經由與人類環境相處，自學改變思考，決定行為是解救人類，或是反弒人類。

圖3-11　《魔鬼終結者：黑暗宿命》（*The Terminator 6: Dark Fate*）（2019），導演
　　　　Tim Miller，在首部曲28年後集結當年主要演員Linda Hamilton（當年飾演莎
　　　　拉‧康納）與阿諾‧史瓦辛格（仍飾演來自未來的T-800機器人卡爾，但執行
　　　　完任務後，久住地球，已垂垂老矣）。（Photo: Courtesy of Aflo Co., Ltd.）

　　回顧2014年自殺的明星羅賓‧威廉斯（Robin Williams）所飾演機器
人的電影《機器管家》（*Bicentennial Man*）（1999），仍讓人感動，有
創造力、巧手工匠的人工智慧機器人管家安德魯，發展到有情感，想變成
人，追尋自由、尊嚴、愛情、婚姻，寧願變成人而放棄永生，但卻到他
死後才被聯邦法庭承認其為人類（圖3-12）。在承繼電影《人工智慧》與
《魔鬼終結者》第一、二、六集的大哉問，有關AI、人類、人性之後，這
部《機器管家》電影令人更進一步深思，AI機器人若具有跟人類相同的情
感與思考能力之後，法律判別「人類」基準在哪裡？

　　打造完美AI機器人令我們思考何謂真實？何謂擬仿？何謂擬仿物？
以布希亞（Jean Baudrillard）的後現代主義（Postmodernism）理論中的
「擬仿物」（Simulacra）觀點來分析。布希亞認為「當代社會已不再

圖3-12　《機器管家》（*Bicentennial Man*）（1999）呈現善良的人工智慧機器人管家，為了想變成人，放棄永生。（Photo: Courtesy of Aflo Co., Ltd.）

是先有真實，然後擬仿物掩蓋了真實，反而是倒過來，先有擬仿物，其建構了我們的真實。」這讓我們深思AI機器人發展，與人類真實存在的問題。隨著許多男人對完美女性的打造，相當多的電影也呈現人工智慧女機器人彷如男人夢想中的完美女人，例如，由妮可‧基嫚（Nicole Kidman）主演的《超完美嬌妻》（*The Stepford Wives*）（2004）（圖3-13）。

　　此外，《機器姬》（*Ex-Machina*）（2014）中的女機器人夏娃（圖3-14），在沒被看穿前，程式工程師在不知情下，被受邀至豪宅享受一星期假期，其實是接受圖靈測試。《銀翼殺手》（*Blade Runner*）1982年上映的此片描繪在未來2019年的洛杉磯，男性複製人殺手瑞克‧戴克（哈里遜‧福特Harrison Ford飾），之前他一直自以為是人類，遲疑於是否刺殺與其發生感情的美麗複製人（Replicant）瑞秋（Rachel）。這些人類與機器人陷入愛河的情慾掙扎，以及《銀翼殺手》原著小說書名中所探究的《仿生人會夢想電動羊嗎？》（*Do Androids Dream of Electric Sheep?*）。這些相關議題也延伸發展出人工智能機器人不只是具備笛卡兒所說的「我

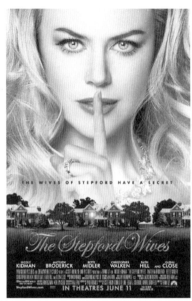

圖3-13　由妮可‧基嫚（Nicole Kidman）主演的電影《超完美嬌妻》（*The Stepford Wives*）（2004），揭露小鎮中男人們的完美妻子，竟都是被改裝成AI機器人。（Photo: Courtesy of Aflo Co., Ltd.）

圖3-14　電影《機器姬》（Ex-Machina）（2014）裡，由程式工程師一開始不知道夏娃其實是進階的擬人形人工智慧女機器人，接受圖靈測試，評估她（它）可屬的人類特質。（Photo: Courtesy of Aflo Co., Ltd.）

思故我在」（I think, therefore, I am.）的思考能力，還有情感、情緒，以及進展到複製人是否是如同人類有異於其他靈長類，有同理心的交互主體性。此外，在亞洲，韓國導演郭在容執導《我的機器人女友》（2008），全部請用日本演員，來自未來的機器女孩總是幫助人類男友次郎，甚至突破死亡命運。

　　美國片《雲端情人》（Her）（2013）則突破女性實體的誘惑，男主角愛上人工智慧系統OS1化身為薩曼莎的聲音（圖3-15）。此柔聲為漫威電影系列「黑寡婦」斯嘉麗・詹森（Scarlett Johansson）配的聲音，溫柔幽默的聲線，人機對話轉變成為彷如羅蘭・巴特的書《戀人絮語》裡斷斷續續的甜情蜜語。如同彼得・荷蘭德（Peter Holland）於劍橋大學出版社所出版的英文專書論文〈電影、音樂與莎士比亞〉（Film, Music and Shakespeare）指出：「但音樂也可被故意地作為，掩蓋掉那些從我們所看見而推斷出來的聲音。」（Holland 2017: 203）[20]筆者認為此片電影配樂

圖3-15　在電影《雲端情人》（Her）（2013）中，男主角甚至愛上沒有女性性感身體的人工智慧系統女聲。（Photo: Courtesy of Aflo Co., Ltd.）

---

[20] 上下文脈絡原文"Here, then, language is embedded in the music in a context in which there is no diegetic sound. But music can also serve deliberately to obliterate the sounds we extrapolate from what we see." (Holland 2017: 203)。

抹掉機器人機械般的制式聲音與生硬回答，女演員的性感聲音以及情節安排，彌補目前AI機器人聲音與回答（如iPhone的Siri）仍未能臻於完善之處。

　　從聲音到影像，另一部電影《虛擬偶像》（*Simone*）（2002）中的美麗女子其實並不存在，其實是由導演用偶然獲得的神奇電腦程式，設計出來合成的全息投影的完美女子形象，但這合成美女形象卻讓全世界的影迷們瘋狂迷戀（圖3-16）。影射人類雖身處真實世界，卻可被虛假的影像合成所操弄（圖3-17）。布希亞於《象徵交換與死亡》書中，提出擬像的第三種類是「模擬」（simulation）的擬像，以一種幻覺式的形式，原始起源得以再次出現，這種形式以設計出的程式，將物體投射出虛擬的存在。而布希亞的這個觀念恰好適切表達出電影《虛擬偶像》中，以電腦程式軟體設計出美女合成完美形象，實際上是幻覺式的形式，投射出虛擬的存在。只不過在電影中該導演用電腦程式設計的影像合成，與全息投影，讓大眾信以為真，以為虛擬影像的美女為真人，真實存在於世間。

圖3-16　在電影《虛擬偶像》（*Simone*）（2002）中，全世界的影迷們不知這美女是
　　　　虛假的影像合成，瘋狂迷戀追星。（Photo: Courtesy of Aflo Co., Ltd.）

圖3-17　在電影《虛擬偶像》（*Simone*）（2002）中的美麗女子其實並不存在，乃是由導演用電腦程式所創的全息投影。（Photo: Courtesy of Aflo Co., Ltd.）

　　電影《虛擬偶像》呈現美女超越現實乃電腦虛擬影像，如同布希亞「超眞實」（hyperréalité）觀念。複製的「擬像」與「模擬」相關，電腦計算機模擬、全息投影、仿生學，在「擬像」的「仿眞」，出現符碼（signs）的「形而上學（metaphysics）」。如布希亞於《象徵交換與死亡》宣稱：「數碼化是它的形而上原則。」（1993:57）[21]資本主義的生產性社會，藉由科技與媒體，改爲社會轉變於「符碼」和「仿眞」的「超現實」（hyperreality）。我認爲「超現實」主導消除想像與現實之間的二元對立，呈現超越現實的再造完美，審美美學的「幻像」（phantasma）與「夢幻景象」（phantasmagoria）之中。此電影中，電腦模擬美女擬像的「幻像」，竟然騙過眞實世界的人們，讓他們以爲是眞實美女，引起片中現實社會的狂熱追星潮。

　　根據布希亞於《擬仿物與擬像》一書中所指出：「因爲傳媒和現實如今處在一種含混不清的狀態之中，其眞實性本身就是難以理解的。」（Baudrillard 1994: 82-83；季桂保譯，2002:126）。布希亞反映對傳媒的恐懼感，亦適用於後現代主義（Postmodernism）與後人類理論

---

[21] 參見*Symbolic Exchange and Death*. London: Sage.

（Posthumanism）的二十一世紀，乃因尤其是現今網路，充斥太多虛假合成影像、甚至假新聞、或是以訛傳訛的錯誤訊息，此部電影宛如預言式的再現，先進電腦網路科技已能將影像合成與全息投影，製作栩栩如生的美女偶像，令民眾影迷痴狂追星，虛假與真實性混淆，難以分辨。造成的亂象，值得深思與警惕。

此外，還有其他幾部類似的電影中的未來AI機器人投影女子形象，像是延續《銀翼殺手》（1982），多年後所拍的續集《銀翼殺手2049》（*Blade Runner 2049*）（2017）（圖3-18）。故事背景直接來到未來的2049年，而更先進的AI機器人全息投影電子情人嬌伊（Joy），也讓雷恩・葛斯林（Ryan Gosling）（亦主演電影《樂來越愛你》（*La La Land*）（2016））於《銀翼殺手2049》（*Blade Runner 2049*）（2017）所飾的銀翼殺手複製人K，孤單寂寞生活中，情不自禁喜歡上這個購買來客製化家居陪伴用，善體人意、溫柔、性感、美麗的完美女性之虛擬投影擬仿物（Simulacra）。應用布希亞後現代主義的「擬仿物」理論，這也使

圖3-18　《銀翼殺手2049》（*Blade Runner 2049*）（2017）為《銀翼殺手》（*Blade Runner*）（1982）續集。由哈里遜・福特（Harrison Ford），雷恩・葛斯林（Ryan Gosling）主演。導演丹尼・維勒納夫（Denis Villeneuve）。雷利・史考特（Ridley Scott）監製。The AI replicant blade runner （stars by Ryan Gosling） loves the fictional holographic simulacra. （Photo: Courtesy of Aflo Co., Ltd.）

得我們倒過來檢視，反思現實世界是否是一個大的被擬仿的眞實？或擬仿物本身可變爲眞實？（Can Simulacra itself to be real?）那即是，或許AI機器人可成爲眞實？不論是在機器人電影中，還是在現實社會中，被先進各國AI政策制定執行後，當人之所以爲人、人之所以異於AI機器人的差別，幾希乎，那人類是否會被AI機器人所取代？

　　應用布希亞的「擬像」三個發展階段序列，分別對應於自文藝復興以來價值規律的相繼變化階段：

> ──「仿造」（counterfeit）是從文藝復興到工業革命這
> 　一「古典」時代的主導（筆者按：架構）；
> ──「生產」是工業時代主導（筆者按：架構）；
> ──「仿眞」是當下「符碼」控制時代的主導（筆者按：
> 　架構）。
> 第一序列的「擬像」遵循自然價值規律。
> 第二序列的「擬像」遵循市場價值規律。
> 第三序列的「擬像」遵循結構價值規律。
> 　　　　　　　　　　──布希亞 1993:50; 季桂保譯 2002:101-102

綜上數部AI電影分析，《魔鬼終結者》中的機器人殺手宛如擬像的「仿造」；電影《人工智慧》中的機器人小男孩與性愛機器人，則爲擬像的大量「生產」。電影《虛擬偶像》中的影像美女合成，則爲電腦程式符碼的擬像「仿眞」。

五、國際與臺灣AI政策

　　從劇場實際機器人科技，並以電影預言未來AI科技，讓我們檢視當下現實社會，國際工業大國也陸續接踵提出機器人產業政策，例如，日本機器人新戰略、德國工業4.0、美國先進位造夥伴計畫、中國十三五

規畫、中國製造2025等國家級計畫，臺灣也急起直追研擬相關AI戰略。研究比較國際與臺灣在AI人工智慧政策擬定，例如，日本內閣的「AI原則」之經濟思維[22]、行政院「AI小國大戰略」、科技部訂定「人工智慧科研發展指引」[23]、國際與臺灣的AI人才培育政策、國家發展委員會的「亞洲・矽谷」計畫等，自日本與加拿大把AI提升到國家層面，即使有些卓越科學家與科技巨擘領導者呼籲，人類需小心研發AI於安全且有益人類的方向，像是著名英國劍橋大學物理學家霍金（Stephen Hawking）、美國科技創新大亨馬斯克（Elon Musk）[24]等許多頂尖科學家，於2015年發起要求簽署「別讓人工智慧接管替代人類」（Don't let artificial technology take over.）。[25]以免人類創造出新世紀另一個怪物，如十九世紀英國小說家瑪麗・雪萊（Mary Shelley）所寫1818年首出版的科幻小說《科學怪人》（*Frankenstein*），人類科學家（Victor Frankenstein）所賦予生命創造出的生物被稱為怪物（The Monster），最後反噬威脅殺害人類，對人類不利。

但因現今社會大多工程師與公司研發單位實際上為了有工作，有新興議題可作，與技術研發的資金可申請獲得，加上很多國家也陸續將AI當作國家戰略，大勢所趨。正如同莎士比亞於戲劇《皆大歡喜》（*As You Like*

---

[22] 日本內閣的「AI原則」之經濟思維https://tjsto.nccu.edu.tw/%E6%97%A5%E6%9C%ACai%E5%8E%9F%E5%89%87%E7%9A%84%E7%B6%93%E6%BF%9F%E6%80%9D%E7%B6%AD/

[23] 科技部訂定「人工智慧科研發展指引」完善臺灣AI科研發展環境https://www.most.gov.tw/folksonomy/detail?subSite=main&article_uid=dbf8da09-22be-4ef1-8294-8832fc6e8a26&menu_id=9aa56881-8df0-4eb6-a5a7-32a2f72826ff&l=CH&utm_source=rss

[24] 馬斯克（Elon Musk）是SpaceX的創辦者，現今除了美中俄以國家之力以外，唯一民間私人公司有能力可發射火箭再使用者，以及特斯拉汽車與PayPal（原X.com）的聯合創辦人。他也是電影《鋼鐵人》（*Iron Man*）與《復仇者聯盟》（*The Avengers*）電影中，好萊塢電影明星小勞勃道尼（Robert John Downey Jr.）所飾演角色東尼・史塔克（Tony Stark），現實世界中的人物原型。

[25] "Don't Let Artificial Intelligence Take Over, Top Scientists Warn." https://www.livescience.com/49419-artificial-intelligence-dangers-letter.html

It）中的角色Jaques之口所言：

> All the world's a stage, 世界是一個舞臺；
>
> And all the men and women are merely players, 所有男女都只是演員；
>
> They have their exits and their entrances. 各有其出場和入場」。
>
> ——Act II, Scene 7

派出機器人出場在舞臺上的劇場表演，卻也前瞻反映出這世界發展從無人機、智能車等，也因應少子化與缺乏人工等問題，我想歷史或許走向研發智慧型機器人代工與人類互存時代。

眾所周知，網路5巨頭——Google、Apple、Facebook、亞馬遜及微軟，各自憑藉其巨大經濟產業影響力，投入大量金錢，投資AI實驗室，已在全球此市場領域獲得優勢。中國以國家之力，結合3大網路企業——百度、阿里巴巴、騰訊，也試圖領先於AI技術與投資進展獲利。不僅如此，歐盟與日本也發展AI，影響醫療、金融、保險、交通、能源等方面。

日本內閣的「AI原則」之經濟思維

2019年3月29日，日本內閣府公布了「以人爲本的AI社會原則」。「將人工智慧（Artificial Intelligence, AI）視爲未來的關鍵科技，但在研發應用上，須以聯合國的永續發展目標（Sustainable Development Goals, SDGs）爲基礎，以落實日本『超智能社會』（Society 5.0）準則，其基本理念是『尊嚴』（Dignity）、『多樣性&包含』（Diversity & Inclusion），及『Sustainability』（永續），建構『尊重人類尊嚴』、

『不同背景的大眾皆能追求幸福』，及『永續性』的社會。」[26]

　　在日本的國家戰略與科技政策中，「超智能社會」是一個「AI-Ready社會」，日本內閣府所制定的AI原則，主要有7項。分別是：1.以人為本；2.教育與素養；3.確保隱私；4.確保安全；5.確保公平競爭；6.公平性、責任說明及透明性；7.創新。筆者認為日本此AI原則有考慮到法律的「公平原則」，以及競業等公平性。

科技部訂定「人工智慧科研發展指引」

　　隨著AI於全球研發，進化、運作與應用的持續擴張，生技醫療、無人載具、教育學習等範疇，已可見新興技術創新。為降低科學家與大眾對AI科技研發的危險及顧慮，許多國家與機構亦前仆後繼擬定相關基本規則；例如，歐盟「Ethics Guidelines for Trustworthy AI（值得信賴的人工智慧倫理準則）」、日本「び人間中心のAI社会原則（以人為本AI社会原則）」、OECD（經濟合作暨發展組織）「Principles on Artificial Intelligence（AI準則）」，及IEEE（Institute of Electrical and Electronics Engineers）「Ethically Aligned Design-Version II （AI道德設計準則）」等。臺灣近年來政府與民間也投入AI研發應用。科技部考量AI發展可能會引發人文社會不同層面的擔憂，106年召開多場包括AI法律等議題之人社論壇與工作坊，AI創新研究中心也專案補助「AI之人文社會研究計畫」。108年科技部公布「人工智慧科研發展指引」，供AI科研人員參酌。產官學的理工資訊科技研發人員或可參考。

行政院「AI小國大戰略」[27]

　　臺灣除將AI列入「亞洲‧矽谷」計畫及「數位國家‧創新經濟發展

26　日本內閣的「AI原則」之經濟思維https://tjsto.nccu.edu.tw/%E6%97%A5%E6%9C%ACai%E5%8E%9F%E5%89%87%E7%9A%84%E7%B6%93%E6%BF%9F%E6%80%9D%E7%B6%AD/

27　行政院重要政策臺灣的「AI小國大戰略」https://www.ey.gov.tw/Page/5A8A0CB5B41DA

方案」作爲未來推動的關鍵議題外，也透過「前瞻基礎建設——數位建設」，加速相關基礎設施建置。「預計5年（106-110年）投入約160億元經費，選擇與聚焦半導體、資通訊技術等臺灣具機會及優勢的強項，及物聯網系統與安全、無人載具等未來趨勢的領域」。五大推展策略「1.研發服務——建構AI研發平臺；2.創新加值——設立AI創新研究中心；3.創意實踐——打造智慧機器人創新基地；4.產業領航——啓動半導體射月計畫；5.社會參與——推動科技大擂臺（Grand Challenge）」。此外，國家發展委員會的「亞洲‧矽谷」計畫，[28]也包括智慧化多元示範場域及物聯網。臺灣雖是小國，但在資訊科技等產業，卻不落人後地先進研發，成果指日可待。

六、結論

　　佐以現實社會AI政策，本章探究機器人劇場表演與AI電影，應用布希亞如預言家般以理論「符碼」、「仿眞」、「擬像」的思潮來解讀論述。劇場表演與電影藝術往前瞻，也可反映社會走向研發智慧型機器人與人類互存時代。路易斯‧樂佩基（Louise LePage）在Sian Adiseshian and Louise Lepage所編輯的專書《二十一世紀戲劇》（*Twenty-First Century Drama:What Happens Now*）中所發表的單一作者論文〈思考某事使它如此：表演機器人、模擬的運行，和性格的重要性〉提出：「在舞臺上機器人的存在，源自於人類長久以來對於他們本體論的『他者』之一：機器的迷戀。」（The robot's presence on stage arises from human beings' long-standing fascination with one of their ontological 'others': the machine.）（2016:279）對機器的迷戀，亦可見電影《機器姬》中，男主角工程師不可避免地對該神祕女性機器人的情感投入。人類之所以獨特就在於相異

---

[28] 國家發展委員會的「亞洲‧矽谷」計畫https://www.ndc.gov.tw/Content_List.aspx?n=6896300

於不是其他動物、超自然生物，也不是機器。AI機器人除了人工智慧研發，如何能如人類有感情與情緒，能更進一步恰如其分與人類演員互動，扮演好舞臺上的角色，而不是像機器人一樣的生硬？相較劇場與電影中的機器人形象，機器人在劇場的表演尚未臻完美，不像以上舉例的十部AI電影中，AI機器人越來越萬能完美，尤其是虛擬AI女機器人的聲音與形象，越發符合男性凝視（the male gaze）的觀影期待。

　　劇場表演日新月異，政策研擬也需與時俱進。劇場反映人生，地球如國際村文化交流，資訊流通快速，跨文化劇場再現人類生存活動，情感愛恨嗔癡，心理鏡像的藝術化投射。在尚未有AI人工智慧進步的擬人形機器人能如真人演員生動立即反應演出發明之前，從古希臘劇場，到二十一世紀進入雲端後的後現代，發展出實驗的機器人劇場表演。AI人工智慧型機器人與人類共存，甚至後人類時代，只要有文化進展與科技研發，有人類文明的存在，文化間交融激盪，如何嶄新再現，都是方興未艾，值得深入不斷累積探索的理論與廣泛應用。雖然人工智慧機器人對於人類社會的正反面影響，仍是爭論不休的爭議焦點，研發製作AI機器人想提高人類生活便利，正面效果像是2002年丹麥iRobot公司推出目前銷量大商業化的家用吸塵器機器人Roomba，以及2014年人形機器人Pepper由日本軟體銀行、鴻海、阿里巴巴共同發表，突破嘗試辨識人類情感，以便可提供較簡單制式化的接待顧客溝通服務。但負面影響亦須考量人力被機器人取代的危機，人力工作機會減少，造成工作與生活及貧富不均更拉大的威脅效應，這都仍仰賴各方專家學者與相關政府部門仔細審慎評估研究，AI應用於各產業（包括劇場表演、機器人電影）的創新。

　　後現代消費社會中的人之慾望，仍是與他人在社會性差異的區分。商品的符號價值，亦表彰社會地位、品味、階級、財富等之差異。西方將馬克思主義的生產勞動，予以物化與異化。後現代模擬社會，後現代充斥符號、模擬、代碼、消費物品代表特定價值觀、擬仿物諧擬的時代。仿真與擬仿、虛擬與現實、想像與存有、AI電影以CGI特效，跨越機器人劇場現

實仍難突破擬仿眞人演員的技術，AI電影中的虛擬實境，影像以超現實浮盪在實體電影膠捲，在現實社會傳遞出多重複雜媒體信息。眞實與虛擬、摹本與原型，眞實原型爲人類，無論機器人模擬的多像，人類 vs. 非人類，對「他者」的賤斥（the abjection of the Other），以及視機器人爲替人類服務之物品的觀念，即使AI電影以大量擬仿特效來滿足觀眾喜好大景觀特效的視覺影像，仍需以眞實演員來扮演那些AI複製人的角色。

　　以布希亞的「擬像論」檢視符號，在失去原有的拷貝之後，反而比眞實更加眞實。這個時代因科技進步，電腦影像合成，也使布希亞所言這個時代的確（作者認爲有時）是 「超現實」（hyperréalité）與「過度眞實的」（l'hyperréel）。在如此的「過度眞實」中，影像反變成「擬像」，相對應的符號無參考外在現實，變成與眞實脫離現實關係，造成「擬像」變成只是「擬像」自身，不再指涉擬仿、模仿原物之替代或比較之意義。所以模仿人類的人形機器人終究也是其擬像自身。

　　無論如何，歷史的洪流無法阻擋，人類在研發創新AI機器人在風險與效能之間，藉由劇場創新與電影預言，需考量「恐怖谷」（the uncanny valley）理論與人性，兼顧生命倫理與AI智能心靈發展，審愼研發AI機器人，使人類不被消滅取代，可永續發展傳承。讓我們密切觀察與研究AI機器人於機器人劇場及電影中，再現之未來發展與變化，因劇場影視作爲超現實的現場表演或是拍攝影像剪輯成品，皆常先行於現實，反映或甚至有時預言，社會中科技的研發，與可能發展方向及後果。

Part 2
電影預示COVID-19
與新媒體

第四章

AI、COVID-19、法律：以電影《全境擴散》爲例

一、百年大疫新冠肺炎（COVID-19）肆虐全球關閉國境近三年

　　新冠肺炎（COVID-19）從2019年末逐漸由中國武漢傳出死亡人數眾多，疑隱匿實情，到2020年2月中旬起中國嚴重到武漢封城76天，新病毒人傳人，3月竟逐漸傳染成爲國際新型流行病毒大爆發（outbreak），至2020年7月1日由臺灣衛生福利部疾病管制署官方網站，所公布的187個國家／地區之全球死亡病例人數，已達510,822人，美國因新冠肺炎死亡人數，已超過美軍1955年至1975年參與越戰傷亡人數。新冠肺炎之全球致死率當時統計約4.89%。全球確定病例數當時約爲10,436,375，令人膽顫心驚。2020年秋冬，疫情又面臨一波嚴峻情況，全球除了臺灣等少數國家，美國、法國、西班牙等國染疫死亡數大增。截至2020年10月31日，全球確定病例數增至45,577,749，全球死亡病例人數1,190,429，死亡人數已一百多萬人，全球致死率2.61%。[1]AI人工智慧可否協助人類與新冠肺炎奮戰？本章以電影理論，分析評論宛如預言新冠肺炎相似情形的電影《全境擴散》（*Contagion*）（2011）。探討AI、人性、醫療、法律、防疫關鍵敏感議題。

---

[1]　臺灣衛生福利部疾病管制署網站。Web. 搜尋日期：2020年10月31日。

二、新冠肺炎、AI、法津（如隱私權）

「他山之石」，可以借鏡。國外「計算宣傳研究計畫」（The Computational Propaganda Research Project）運用牛津網際網路研究所的資料，調查演算法、自動化與政治之間的相互作用。公開發布短篇評論：「AI人工智慧可戰鬥新冠肺炎，但是隱私不應被傷害。」（AI can battle coronavirus, but privacy shouldn't be a casualty.）宣導「管理者不可能在新冠肺炎危機期間，為AI產生新的詞語，所以我們至少需要繼續一個協定：即所有應用AI發展，處理公共健康危機，必須最後以作為公共應用為終。公衛研究者與公共科學機構，以大數據、演算法、輸入與輸出，作為公共利益。訴諸新冠肺炎傳染病，作為一個打破隱私常規與理由，來解放大眾有價值的數據，這種做法與託辭並不能被允許」（posted on May 28, 2020）。本章探究新冠肺炎、AI、法律等問題。

AI發展的負面隱憂，如同有些卓越科學家與科技巨擘領導者呼籲，人類需小心研發AI於安全且有益人類的方向；像是著名英國劍橋大學物理學家霍金（Stephen Hawking）、美國科技創新大亨馬斯克（Elon Musk, 1971-）[2]（特斯拉汽車、Paypal、Space X民航火箭共同創辦人）等許多頂尖科學家，馬斯克也是美國漫威電影《鋼鐵人》現實世界的科技大亨原型[3]。這些聰明的科學家與科技創新領航者，卻都有志一同，皆對人類發展AI未來感到憂心忡忡，於2015年提出警言，發起要求簽署「別讓人工

---

[2] 馬斯克（Elon Musk）是SpaceX的創辦者，現今除了美中俄以國家之力以外，唯一民間私人公司有能力可發射火箭再使用者，以及特斯拉汽車與PayPal（原X.com）的聯合創辦人。他也是電影《鋼鐵人》（Iron Man）與《復仇者聯盟》（The Avengers）電影中，好萊塢電影明星小勞勃道尼（Robert John Downey Jr.）所飾演角色東尼‧史塔克（Tony Stark），現實世界中的人物原型。

[3] Space X於2019年發射60顆星鏈衛星助美國在外太空部署6G（USTV非凡新聞，2019年6月25日）。搜尋日期：2020年10月25日。美國或許藉此想跳過追不上華為在地球上以超先部署發展的5G。此外，Space X 2020年獲得美國政府合約，為美國國防部製造飛彈追蹤衛星（Youtube 2020年10月9日新聞影片）。搜尋日期：2020年10月25日。

智慧接管替代人類」（Don't let artificial technology take over.）。[4]更不消說至少有十一部以上的AI電影，皆以影像呈現出AI高度發展之後的未來世界，人類工作、生命受到威脅，被取代甚至毀滅的危機。[5]

AI人工智慧可否協助人類與新冠肺炎奮戰？

　　雖然AI發展至極致有以上負面隱憂，但不可諱言的是，以目前科技尚未研發人工智慧（機器人）能自行發展到傷害毀滅人類的程度，且加上少子化，缺乏人力的情形下，AI仍是具有解決工業界產能，以及學術界研發題目的需要性。以積極正面角度來看，以榮陽交防疫中心大計畫中一些與AI相關的部分，如交大電機系研發AI機器人可於醫院運送餐車，防止人與人間接觸的傳染，這即是在研發出可治療新冠肺炎有效疫苗，又不會引起太大不良副作用，且可量產，又可給予全世界大多數人口皆接種有效疫苗，可有效遏止此新世紀的全球傳染病毒之前，AI人工智慧是可協助人類抵禦新冠肺炎的正面效益。

三、AI人工智慧

　　回顧2019年臺灣資訊社會研究學會大會專題演講講者：Philip Howard 教授／主任（牛津網際網路研究所Oxford Internet Institute）講題：〈明日的巨靈：數據資本主義的機會與隱憂〉闡述：「人工智慧何時可以競選公職或成為企業的執行長？這個古怪而挑釁的問題，聽起來似乎僅是未來論的觀點和推測。但實際上，人工智慧系統確實已跨足經濟、文化和政治生活。Philip Howard 教授探討AI如何改變公眾生活中創新與創業的經

---

[4] "Don't Let Artificial Intelligence Take Over, Top Scientists Warn." https://www.livescience.com/49419-artificial-intelligence-dangers-letter.html

[5] 參見Tuan, Iris H. Chapter 9. "Robot Theatre and AI Films." *Pop with Gods, Shakespeare, and AI: Popular Film, (Musical) Theatre, and TV Drama*. Singapore: Springer. 2020. Forthcoming. ISBN: 978-981-15-7296-8. (At least 65,000 words. The monograph is illustrated with 64 color photographs.)

驗。」的確，於現實生活中，人工智慧系統已跨足人類社會中的經濟、文化和資訊生活。就連好萊塢電影工業中的有些公司也已與AI公司簽訂保密協定，試用AI人工智慧演算法來測試選用何明星、在何場景、寫哪類劇本、劇本中哪些片段等可引起較多觀眾的喜好，與預測觀賞者喜怒哀樂何種反應。例如，洛杉磯的新創公司Cinelytic即為好萊塢製片商，提供預測票房服務。而這些運用AI人工智慧演算法，依據以往成功賣座的票房紀錄所做的數據分析，的確也協助人類人腦的判斷來做最後決策。

電影全球化理論

　　從AI跨足被應用於電影圈，另可見當代資訊社會（information society）於後現代科技快速發展，以第五代網路革命之後，以資料模式為基礎的網路社會（network society），已以電腦科技、網際網路及衛星傳輸技術，發展快速5G與未來6G超速度，及虛擬（virtual）VR與AR方式，以電子媒介更促進全球經濟。尤其是在COVID-19全球疫情嚴重肆虐的情況時，各國政府鼓勵或強制人民待在家裡（stay at home），保持相當程度的社交距離（keep social distancing），人類避免接觸，於非實體店面的網路電商下單購物。這可於經濟學上以「產品流動法」（Flow of Product Approach），計算國民生產毛額（Gross National Product; 縮寫GNP），並相當程度地維繫民生所需。

　　從社會心理學的觀點，羅伯森（Roland Robertson）給予全球化定義是「一個概念，涉及世界的壓縮，以及世界作為一整體之意識的強化。」（Robertson, 1992, p.8）不只是概念可全球強化，全球同步化經濟體系的全球資訊資本主義之資金流動，也隨網際網路快速傳播的文化流動（cultural mobility），「跨域」（translocality）超越地域上的國家或是地區的地理疆界。[6]

6　有關「跨域」Translocality的理論，可請參閱Tuan, Iris H. *Translocal Performance in Asian Theatre and Film*.

　　全球化雖然有西方資本主義壟斷、同質化等缺點，但也有正面思考，整合全球的（global）和地方的（local），以地球村（global village）觀點來看，「蝴蝶效應」（The Butterfly Effect），形成全球經濟上下游供應鏈生產供需關係、全球相互依賴的密切互動，形成「全球地方化」（glocalization）。即是將全球的產品與服務，配合適合各地方的市場需求，加以調整因地制宜裁製，使更符合該地方特定文化與「慣習」（habitus）[7]的需求。「慣習」一詞由法國社會學家皮埃爾‧布赫迪厄（Pierre Bourdieu, 1930-2002）提出。Bourdieu視權力為文化與象徵地製造，經常再合法化地經由代理機構行為人與結構之間的相互作用。這發生的主要方式，是經由他所稱為的「慣習」，或是社會化的規範，或是引導行為與思考的傾向。「慣習」是「那種使社會變成沉積於個人以持久性格的形式，或是被訓練的能力，與結構地以決定性的方式，去思考、感覺及行動的傾向，來作引導的方式。」（作者譯自Wacquant 2005: 316, cited in Navarro 2006: 16）

　　作者認為布赫迪厄「慣習」的理論，可被解析於電影《全境擴散》之中，尤其是當電影中所選擇的幾位明星所扮演的個體（圖4-1），面對新型病毒令人措手不及，數日內即暴斃，危及生命安全的恐慌時，展現群體心理，面對社會長久沉積規範，所反應出的集體思考、感覺及行為。[8]——如男主角米契‧埃姆霍夫（Mitch Emhoff）（Matt Damon（麥特‧戴蒙）飾）一開始無法接受妻子（葛妮絲‧派特洛（Gwyneth Paltrow）飾）原以為只是感冒，卻昏倒，送醫後竟暴斃死亡（圖4-2）。[9]

London and New York: Palgrave Macmillan, Springer Nature. May 2018.

[7] Pierre Bourdieu 爭論社會結構的再製，來自於個體的慣習。

[8] 亦可參見傅科專書《規訓與懲罰》（Discipline and Punish），所提出的「社會規訓」。

[9] 電影短片預告Film Contagion Trailer https://www.youtube.com/watch?v=4sYSyuuLk5g

圖4-1　電影《全境擴散》（*Contagion*）。（圖片來源：作者購買獲授權使用自：alamy）

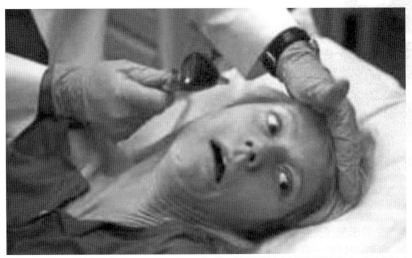

圖4-2　葛妮絲·派特洛（Gwyneth Paltrow）飾（於電影之後追蹤出的）零號病人，從感染到病發死亡，僅數日內。（圖片來源：作者購買獲授權使用自：alamy）

　　如同新冠肺炎可飛沫及接觸傳染，傳染途徑與情況與此部電影《全境擴散》高度相似。片中跟可免疫米契之染疫邊逝前的妻子蓓絲（Beth），所擁抱接觸的小兒子，也在家口吐白沫暴斃身亡。米契在數日內短時間內喪妻與喪子情緒波動的錯愕、無法接受、哀傷等感覺，就跟一般人於社會

慣習養成下的反應一樣。接下來他接回女兒，行動防範要求女兒戴口罩，避免染上新病毒的種種合理行動，像是遇到群眾至超市搶購物資，在已被搶劫幾乎一空的超市走道（圖4-3），遇到其中有可能已染疫咳嗽者，米契（爲對此新病毒絕緣體質的特殊少數不會感染之幸運人）即立刻反應拉著女兒快速離開，以避免被傳染。此部電影以個體代表整體社會全世界，都在集體恐慌逃命，避免染上這個人類對此新病毒無所知，之前到2023年才研發出有效疫苗與藥，仿如二十一世紀新黑死病，如同中世紀瘟疫般，造成2019～2022年3年百萬人死亡的二十一世紀新病毒。

圖4-3　男主角米契（麥特‧戴蒙）飾帶著戴著口罩的女兒，去超市欲購物資，超市卻幾乎已被搶劫一空。（圖片來源：作者購買獲授權使用自：film.ai）

此新病毒以倍數在全球擴散的速度，就如同科技網路資訊媒體傳播消息的快速。全球化對文化與傳播的衝擊，引發學者討論，根據黃新生於書籍《電影理論》引述李明璁（2003）所整理的兩派看法：

有些採取文化帝國主義（cultural imperialism）或西方文化霸權理論（theory of hegemony）的批判立場，……；另有

些學者採用文化多元主義（cultural pluralism）的立場，主
張大眾文化的流通是一種全球化與區域化必然趨勢，……
促進文化的異質化或混雜化。

——黃新生，2014:193

由以上電影全球化理論的觀點來解析電影《全境擴散》，雖然此片是美國
好萊塢挾著第一世界強勢資本主義先進國家的政經與傳播優勢，透過許多
種類的媒體與廣告行銷宣傳的大量輸入，將其意識形態傳播灌注至本土，
造成文化或恐有同質性的負面影響；但是不可諱言的是，這部多年前即拍
攝剪輯完，於2011年上映的電影情節，竟彷如預言成真般，精確又高度雷
同於2020年新冠肺炎。

　　傳播科技的快速變化，網際網路YouTube可線上觀賞此部明星卡司、
陣容堅強、穿插輪番上陣、群戲表現皆搶眼稱職、受到影評讚譽的好電
影。導演史蒂芬・索德柏，閃亮明星演員陣容包括麥特・戴蒙、凱特・溫
絲蕾、瑪莉詠・柯蒂亞、布萊恩・克蘭斯頓、勞倫斯・費許朋、裘德・
洛、葛妮絲・派特洛，與詹妮弗・艾莉。此片雖是好萊塢片，但索德柏導
演難得地放入人道關懷與多元價值，在片中的並置，像是香港翻譯官，唯
恐即使疫苗研發成功，身處邊陲的弱勢國家、偏遠鄉村地區，無法先排到
如第一世界政經強勢先進國家的優先施打順位，以綁架WHO一位至該地
區調查探究的女流行病學家為交換條件，要求換取疫苗，類似這些令人爭
議的做法，怵目驚心的影像於片中競逐，不僅博取眼球效應，亦以電影虛
構劇本直指現實社會的問題，企圖打破殖民神話與資本壟斷，尋求另類
（alternative）替代的社會平等。

四、電影《全境擴散》（*Contagion*）預示 COVID-19？

　　彷彿預測，以好萊塢電影《全境擴散》為例，這部電影劇情竟高度相

似於實際社會現今發生在地球上2019-2021年COVID-19新冠肺炎的情形，因以倍數人傳人的新型病毒大爆發，造成幾百萬人死亡，影片最終幾個鏡頭帶到零號病人感染起因，竟也是起源於蝙蝠、豬隻（圖4-4），再傳染至人。現於2020年重新觀賞於2011年所上映的此片所帶來如預言般的高度相似，引發人類熱烈討論與焦慮恐慌。由此電影中檢視致死病毒所引起的法律、資訊、醫療問題，反射鏡面如現實社會中，人們因一開始資訊不足誤判、或是後來太多充斥的假新聞（fake news），造成資訊爆炸，人們無從適從。甚至像是電影中，部落客的網紅（裘德・洛（Jude Law）飾）渲染號稱有某種療效物，造成健康者與感染者至店搶購虛假無效商品，反而造成健康者接觸到感染者，群體大量交叉感染死亡。人心浮動，引發的整個社會動亂街頭充斥著垃圾、政治動盪、經濟衰退，社會敗破失能，即回應飛利浦・霍華德（Philip Howard）教授對數據資本主義的隱憂。

圖4-4　電影《全境擴散》後追溯傳染病病毒起源於蝙蝠、豬隻，再傳染至人，造成幾百萬人死亡。（圖片來源：作者購買獲授權使用自：film.ai）

　　以電影理論來詮釋此部電影《全境擴散》，片中以多線敘事（multi-narratives），呈現彷如現實世界2020年新冠肺炎造成全球大流行新型病毒，情形高度雷同，但極為重大致命的不同在於，迄今截至初稿截稿日尚未研發出有效且無太大副作用的疫苗，目前有幾隻有可能的疫苗桿菌已有幾個國家與大廠商開發，臺灣也加入COVAX，但尚需要經過有足夠數據

與階段的人體試驗通過，才能量產上市，數量可供全球人口施打。未來還會有排序施打的爭議。（試想已開發美歐國家、國力、階級、財富、教育程度、城鄉差距、年齡、貧富不均等問題）

　　本章以理論「符號學」（Semiotics），剖析評論宛如預言新冠肺炎相似情形的電影《全境擴散》。爭論此部電影探討AI、人性、醫療、法律、防疫的關鍵敏感議題。以理論「符號學」（Semiotics）來解析評論電影《全境擴散》，可見許多象徵與符號，值得探究其意義詮釋。不只是精神分析（Psychoanalysis）理論長青，適用很多國家的戲劇類型電影研究，法國電影符號學也援用曾引起一陣風潮的法國左派理論家阿圖塞（Louis Althusser, 1918-1990）所倡言馬克思主義（Marxism），尤其是以意識形態（Ideology）與國家機器，論藝術與電影評論。此外，還有深受結構主義影響的敘事（Narrative）符號學。我認為蘿拉‧莫薇（Laura Mulvey）被高度經常引用的，以女性主義（Feminism）作為電影評論的期刊論文〈視覺快感與敘事電影〉（Visual Pleasure and Narrative Cinema）即是論敘事電影的箇中翹楚之一。

　　齊隆壬於專書《電影符號學：從古典到數位時代》認為：「皮爾斯範疇論和符號學即是一種可以與電影符號學相併的探究。」（2013:10）齊隆壬翻譯整理卡塞提歸納出電影理論的四種面對新時代與數位科技的研究方向：

1. 鮑德威爾和卡羅爾主張的「風格歷史」（history of style）和「認知心理學」（cognitive psychology）。
2. 由文化研究（cultural studies）組成。
3. 德勒茲提出的「電影同時是理論和歷史」的研究方式。
4. 回到分析哲學（analytic philosophy）。

　　　　　　　　　　　　　　　　　　　　　　　——2013:21-22

以上第一種即為本書作者於學校陽明交大教課時所採用的教科書之一。因此，本書作者採用符號學、敘事、風格歷史，來比較電影《全境擴散》和COVID-19新冠肺炎，兩者發生相當相似的時間敘事線。電影《全境擴散》開始於第二天由葛妮絲・派特洛所飾演的角色蓓絲開始生病，而且導演常用「蒙太奇」（Montage）交叉剪輯技巧。如同蘇聯電影導演像是艾森斯坦的《波坦金戰艦》（*Battleship Potemkin*）（1925）與隱喻蒙太奇於《罷工》（*Strike*, 1925）、美國「天才」電影導演奧森・威爾斯（Orson Welles）執導、編劇兼主演的《大國民》（*Citizen Kane*, 1941）中，常用的蒙太奇手法穿插剪接。電影《全境擴散》除了運用蒙太奇來隱喻及明喻，補強互襯，也有深景焦距、特寫，還有同時用寬螢幕並置許多分割畫面，聚焦呈現同時發生在各國的許多類似症狀公民身上。（圖4-5）

圖4-5　這部電影《全境擴散》題材是有關全球大爆發病毒感染，可查與當今新冠肺炎相似的事實。（圖片來源：npr.org.）（圖片作者購買獲授權使用自：film.ai）

一天內傳染的相似發生症狀，包括有咳嗽、發燒、癲癇發作，然後很快在第二天，鏡頭以「蒙太奇」（Montage）手法，快速剪輯帶過許多發生在全球各地（如香港與倫敦）的類似感染案例，三到四天後令人措手不

及就突然死亡。電影《全境擴散》中的病毒是虛構的，稱為MEV-1，但它根據所言是「雜種的兩種真實感染體（influenza與nipah）的混合」[10]。相較之下，COVID-19的傳染期是2-14天。而且由COVID-19引起的死亡，並不會如電影中如此快速突然。之後在電影的第五天，世界健康組織WHO（World Health Organization）被北京通知此大爆發的新疾病在香港、倫敦等不同空間、地區，卻在同樣的這段時間，群聚（cluster）有相似數個案例同時發生。而在現實世界裡，儘管中國早已知曉此嚴重特殊傳染性肺炎的嚴重傳染性，卻遲至2019年12月31日才正式告知WHO。等到21天之後，即2020年1月20日，美國才確認了新冠肺炎的第一個案例。

　　在電影《全境擴散》的第六天，鏡頭快速剪輯帶到CDC發現在明尼蘇達州的一所小學有群聚爆發現象。電影使用剪接為此影片敘事快速提供許多訊息，製造出全知（omniscience）效果。電影中應變方式，施以隔離治療與居家隔離，就如同現實社會中，新冠肺炎的緊急應變措施。片中也使用「交叉剪接」（crosscutting），營造張力，來表現同時幾日內發生在全球各地（像是美國、亞洲東京、香港、英國等）傳出，有數名民眾突發死亡的類似案例。這在現實社會中，雅絲敏博士（Dr. Seema Yasmin），她拍攝YouTube影片說，依據她以2011-2013年在美國流行性傳染病情報局（Epidemic Intelligence Service）擔任官員（Officer）工作的經驗指出，這稱為「群聚群簇」（cluster）。[11]雅絲敏博士並說她與片中女星凱特‧溫絲蕾所飾之角色密爾絲博士（Dr. Erin Mears）相同，都為美國流行傳染病情報局（EIS）工作。但與這部電影中不同的是，在片中密爾絲博士被上級長官派去疫情發生地，單槍匹馬地調查與工作。但現實世界通常這種任務會是團隊工作出發，一起分工合作完成，不太可能會發生孤身染疫，上

---

[10] https://www.youtube.com/watch?v=E_kkJ3fmiqY

[11] Disease Expert Compares "Contagion" to Covid-19 | Cause + Control | Wired. Youtube. Post: 2020年5月7日。搜尋日期：2020年7月10日。

司卻無能爲力，不得不放任同袍不救，而使該人身亡殉職的片中情形。

電影中凱特・溫絲蕾所飾的美國流行傳染病情報局的官員，了解醫療緊急救護及隔離治療的必要性，指示帶領有關部門，將大型體育場館立刻改裝設爲許多小隔間的醫療病床間。這一幕高度相似於COVID-19新冠肺炎在現實社會中，美國政府緊急命令動員軍方，協助美國疾病管制中心等單位，在疫情嚴重的紐約市，以大場館改建許多醫療隔離病床小間；中國也新設方舟醫院的措施，同出一轍。臺灣衛福部指示大型醫院醫療中心，計算出臺灣擁有負壓隔離病床的數量。在機場檢疫，被檢疫出染疫者由官方隔離中心治療。機場入境者須居家隔離14天；也與一些飯店合作，規畫防疫飯店的安置。

電影《全境擴散》與COVID-19有許多相似之處，作者歸納幾點如下：

1. 皆起源於蝙蝠、豬隻，再傳染至人類。如同SARS咳嗽，也是起源於蝙蝠，穿山甲類，再傳染至人。

2. COVID-19起源，據中國宣稱，是由在中國武漢的野生動物水產市場所爆發。而該市場販賣中國人會購買吃的各種野生動物，懸掛與堆疊鐵籠子相互緊密接觸排放感染所造成，如同電影《全境擴散》最後幾個鏡頭所交代該虛構新型Mev-1病毒，乃起源於蝙蝠、豬隻，再傳染至人類的途徑，相當巧合。

3. 傳染方式與傳播快速數倍數，全球大蔓延速度相似，皆是由旅行過程中，全世界各國的公民口沫或手鼻臉接觸交叉傳染所致。

4. 初期影響皆人心惶恐，搶購商場民生物資，也都有假訊息、還沒被確定卻被有心從中牟利的網路客或是商人，宣稱有效的東西所充斥。

5. 如同電影所示，現實社會已嘗試因應而建立臨時緊急安置病床，而且在本章完稿時全球迄今已有一百多萬人因新冠病毒而死去。截至2020年10月10日爲止，根據臺灣衛生福利部疾病管制署的官方網頁所公布

的資料，全球確定病例數36,850,502，全球死亡病例數1,069,293。[12]

6. 正常皆需經過臨床人體試驗有效的時間。

7. 確定何種疫苗有效，又經過人體試驗，但要能大量上市量產到可讓地
球上全部人接種，仍需花費長久時間。

　　根據《商業周刊》張庭瑋譯自法新社消息報導，「阿斯特捷利康、嬌
生（Johnson & Johnson）的COVID-19疫苗，雙雙因不良反應暫停試驗，
僅輝瑞疫苗因破格性的『4次』期中分析，目前進度超前。」（出刊日
期：2020年10月21日）

假新聞渲染

　　在這部電影《全境擴散》中，因全球爆發流行新病毒而數量龐大的
人數死亡，被WHO埋葬的場景，在社群媒體被大量轉發使用，來描述
中國武漢埋葬因感染新冠肺炎而死的大量屍體的類似畫面（圖4-6）。在
網路上與Line等社群媒體未深究，即迅速隨手分享，一傳十、十傳百，
大量轉傳之下，許多人以為這是記者拍到的中國武漢埋葬因感染新冠肺
炎而死的大量屍體的新聞畫面。但用谷歌（Google）影像搜尋（Image
Search）細查之後發現，這其實是在電影《全境擴散》中大約2:20的截
取鏡頭畫框內的部分畫面（圖4-7）。此電影鏡頭乃是導演央請由世界衛
生組織（WHO）與美國疾病管制中心（the US Center for Disease Control
（CDC）），共同與導演合作，才能提供他們的專業，以便能拍攝出此
部電影逼真的遠景鏡頭，用影像來呈現這個大規模蔓延流行病毒。[13]雖然
中國宣布死亡人數，令多方存疑，但中國官媒並未公布埋葬大量屍體的畫
面，因此這即是本章論述到假新聞之又一例。

　　電影《全境擴散》以多人同時發生類似症狀的「敘事跳接」形式，來

---

[12] 臺灣衛生福利部疾病管制署的官方網頁https://www.cdc.gov.tw/

[13] Ayisa, Cédric. "An Image from the Film Contagion used to show COVID-19 Victims." Web. 11, June 2020.
搜尋日期2020年10月28日。

圖4-6　這部電影《全境擴散》中此段因全球爆發流行新病毒而數量龐大的人數死亡，被WHO埋葬的場景，在社群媒體被大量轉發使用，來描述中國武漢埋葬因感染新冠肺炎而死的大量屍體的類似畫面。（圖片來源檢索：boomlive.in）（圖片作者購買獲授權使用自：film.ai）

圖4-7　此景乃是導演央請由世界衛生組織（WHO）與美國疾病管制中心（the US Center for Disease Control [CDC]），共同合作拍攝成的一個遠景電影鏡頭。（圖片來源檢索：COVID-19 Facts.）（圖片作者購買獲授權使用自：film.ai）

呈現此高度類似當前世界2020年新冠肺炎全球傳染大爆發，至研發治療探源的整個過程。此部電影的「場面調度」（mise-en-scène）、鏡頭攝影、剪接、電影的聲音同樣精彩。電影類型是具有戲劇性的災難型電影。首先，解釋何謂「場面調度」？依據大衛‧鮑德威爾（David Boudwell），克莉絲汀‧湯普遜（Fristin Thompson）在專書《電影藝術：形式與風格》指出：「在法文原文中，場面調度（mise-en-scène）意為『把東西放到場景裡』，一開始是用在劇場。電影學者將這一詞擴大到電影的戲劇上，意指導演對畫面的控制能力。因此可想見的，場面調度包括了許多與舞臺藝術相同的元素：場景、燈光、服裝、走位及表演。」（曾偉禎譯。10thEd. 2013: 135）

　　電影《全境擴散》導演史蒂芬‧索德柏（Steven Soderbergh, 1963-）巧妙地將場景、燈光、服裝、走位及表演等許多與劇場舞臺表演藝術相同的元素，整合放入電影攝影鏡頭配置當中，加上後製剪輯作業，將與當前新冠肺炎高度相似的情形一一呈現在此片中，宛如預言，也可作為後鏡，讓我們思考與研擬更好抗疫的策略，在合理範圍內，不要太侵害法律所保障的人權，以維護更大的社會公共利益，保障世界公民身體健康安全。該片尚無AI參與，而我們當前有可研發AI人工智慧，加入人類除了有限人力、精力、物力可抗疫以外的AI機器人不需要睡眠休息，可長時間工作，加上有大數據蒐集資料過去經驗的助益。

　　片中的場面調度與鏡頭運鏡絕佳。此片大卡司眾星雲集，包括麥特‧戴蒙飾演男主角、裘德‧洛飾演網路部落客，還有凱特‧溫斯蕾飾演隻身探訪，卻不幸染疫而身亡的美國流行傳染病情報局密爾絲博士，導演留下一個未剪去的鏡頭，鏡頭一閃即過，與其他眾多因不知名傳染病大爆發而急速死亡者屍身被放置在街道上一樣，她臉和身體被包在塑膠套內，防止病毒傳播的畫面，以藍色濾鏡凸顯其蒼白悲戚，中鏡頭構圖將其臉放在鏡頭畫面中間，使人無法忽視，直逼觀眾視線的衝擊，怵目驚心，悲傷無以名狀（圖4-8）。導演以多條同時進行的敘事線，呈現全球同時大爆發的

圖4-8　蒙太奇手法穿插入一個鏡頭——從透明屍袋可見女調查員博士（凱特・溫斯蕾飾）染疫猝死蒼白的臉。（圖片來源檢索：whatculture.com.）（圖片作者購買獲授權。使用自：film.ai）

新型病毒肆虐慘狀，以蒙太奇手法穿插入一個鏡頭——從透明屍袋可見密爾絲博士猝死蒼白的臉，既強化整個劇情病毒恐怖印象，又同時讓人感覺生命脆弱的無力，格外令人怵目驚心。以語意學（Semiotics）中的意符（signifier）、意指（signified）、含義（signification），解釋此影像意義，可詮釋出該影像的深刻含義。

導演索德柏與編劇史考特・伯恩斯靈感來自進入二十一世紀以來，這二十年來每幾年就有大型流行病的啟發，譬如：2003年SARS、2009年人類可受豬型流感而傳染的口蹄疫等影響，因此有了製作醫療驚悚片的想法。編劇伯恩斯經由向世界衛生組織的代表，與一些著名的醫學專家諮詢，編導製作團隊成功拍攝出電影《全境擴散》，生動驚悚地呈現新病毒迅速傳播，於數日內即可致命，全球奪走無數生命的恐怖。此部電影相當程度地反映當下全球死亡人數，隨著秋冬季節轉涼，死亡人數不斷增加的怵目驚心數字。據駐美記者黃倩萍報導，美國最新確診死亡人數達到將近

23萬人，「華府草地上插了16萬面小白旗，每面代表著一個因爲確診死亡的生命，也代表著一個心碎的家庭。」（Line新聞，2020年10月29日）。小白旗是意符象徵，意指一個感染新冠肺炎去世的生命，含義是逝去該生命的家庭因失去家人，而整家心碎傷痛。

　　電影分析中，艾森斯坦的蒙太奇理論（Eisenstein's montage theory），影響深遠，這是他發表於1923年的文章〈吸引力蒙太奇〉（"The Montage of Attractions"），蒙太奇意指用剪輯技巧，打破時空，銜接個別鏡頭，導演使用產生一種新給予的意義。艾森斯坦更進一步提出「智力蒙太奇」（intellectual montage）的觀念。根據優利‧梯斯畢安（Yuri Tsivian）所寫短文解釋「蒙太奇理論II（蘇維埃前衛）」（Montage Theory II〔Soviet Avant-garde〕），收錄於布拉尼根與巴克蘭（Edward Branigan and Warren Buckland）所編輯的英文專書《電影理論的勞特里奇百科全書》（*The Routledge Encyclopedia of Film Theory*）。

　　The further vicissitudes of this tenet took Eisenstein the thinker to his theory of intellectual montage, according to which meaning is generated via colliding rather than linking neighboring shots. (2015:319)

「智力蒙太奇」意謂意義的產生是經由碰撞，而不是連結相鄰的鏡頭所產生。電影《全境擴散》節奏快速，包含全世界同時發生的數個案例，此片電影的聲音，也富有戲劇化的聲音空間，此片內聲音絕大多數皆忠實（fidelity）於影像。並同時具有**劇情內聲音 vs. 非劇情聲**音（Diegetic versus Non-diegetic Sound）。

　　劇情內聲音源自故事世界內的聲音；非劇情聲音源自故事空間之外。根據鮑德威爾與湯普遜於《電影藝術：形式與風格》指出：「劇情內聲音（diegetic sound）是源自故事世界內的聲音。劇中人物說的話、故事中物

品發出的聲音，以及故事空間內樂器的樂聲，都是與劇情有關的聲音。」（2013:331）而另外的情形即是非劇情／與劇情空間無關的聲音（non-diegetic sound），意指「聲源來自故事空間之外」（2013:331）。最常見的非劇情聲音的例子，像是爲加強電影情節張力與氛圍而加上的配樂。在電影《全境擴散》中，也可聽見非劇情聲音。例如，鏡外音、環境音、馬路上的車聲、街道上的路人聲等。可表示寫實場景收音，加上後製混音，以便更能用電影的聲音威力，烘托劇情，並幫助觀眾轉移注意力至導演想要聚焦的人物，或畫面的某部分發生的動作。

五、相關法律

　　當片中男主角（麥特‧戴蒙 飾）原想帶著小女兒逃出亂象叢生之城市，卻遭臨時頒布的行政命令，動員州警禁止他出境，這也呼應現實世界，因應新冠肺炎，各國政府相繼制定頒發的法令措施。繼中國武漢封城之後，各國相繼祭出鎖國禁飛、禁止國民出國旅遊、居家隔離、機場檢疫、維持社交距離等各項措施。面對疫情嚴峻，全世界死亡人數破百萬人，全球確定病例數破千萬，臺灣除了因爲之前有SARS經驗，提前部署防範，也以迅速三讀通過的〈嚴重特殊傳染性肺炎防治及紓困振興特別條例〉有隔離14天、居家檢疫、國家邊境停航關閉等限制，限制人身自由及遷徙。

　　然而依據大法官釋字第454號，解釋憲法第十條規定「人民有居住及遷徙之自由」，旨在保障人民有自由設定住居所、遷徙、旅行，包括出境或入境之權利。對人民上述自由或權利加以限制，必須符合憲法第二十三條所定必要之程度，並以法律定之。那麼行政機關開罰居家檢疫，卻亂趴趴走的民眾，最重100萬元臺幣是否合法？符合程序正義？依據大法官解釋第690號，行政機關限制人身自由，是否違反「比例原則」？行政機關執行是否違反正當程序？

　　根據聯合報導，林東京居家檢疫期間卻趴趴走遭到首例重罰臺幣

100萬元，林男雖不服，先繳了五萬元之後，曾於法定期間30日內向新竹縣府提出訴願，但後來受到行政執行署新竹分署實施強制執行，及排山倒海的輿論壓力，他不得不後續再分兩次，繳完罰款共臺幣100萬元。這是由新竹縣衛生局以林男違反防疫規定而開罰，以公家衛生局機關以行政法來開罰，依法辦理，洵屬合法。先通知，卻失聯不歸，才開罰，符合程序。林男個人財損無庸置疑，違反之首例予以重罰，亦有考量其家境富裕能負擔的狀況下，衡量公共利益與公眾法益，因此乃為殺雞儆猴的社會公義。

　　至於是否是正義？作者管窺尚難斷。因為依據中華民國憲法第22條：「凡人民之其他自由及權利，不妨害社會秩序公共利益者，均受憲法之保障。」因此，所有人民在一般正常情況下，本就享有人身自由，可出遊、旅遊、移動、遷徙等天賦人權。惟憲法第23條規定：「以上各條列舉之自由權利，除為防止妨礙他人自由、避免緊急危難、維持社會秩序，或增進公共利益所必要者外，不得以法律限制之。」因此，以新冠肺炎嚴峻期間，為避免緊急危難，林男身上有可傳染給他人的帶原病毒，如同行動炸彈，還不是一次性未爆彈，而是一傳十、十傳百、百傳千、千傳萬的多倍數、多次性、可散播大流行全球蔓延的行動傳染病帶原者，為增進公共利益全島人民，甚至不危及全球的公共健康，得以法律限制之。

　　況且，根據刑法的「法益保護原則」，政府是可在憲法第23條所列的四項必要之一，才得以法律限制人民的自由權利。所以是犧牲個人法益，以維護更大的公眾法益。但因立法院初審「行政程序法」第128條修正草案，第一項放寬新證據認定。現行「行政程序法」有些「法律保留原則」和「憲法保留原則」的疑慮，修正草案，新增行政處分作成後，或許以後新冠肺炎研發出量產施打有效疫苗，可排除緊急危難情況之後，有朝一日，時過境遷之後，若有新證據，當事人或利害關係人可在知悉後、法定

救濟期間5年內，向行政機關申請撤銷、廢止或變更。[14]新修正草案可更保障人民的自由權益。

以上這些都是方興未艾，在法律與人權間擺盪的爭議。兩難時，有時個人自由與個人法益，在緊急危難時，得稍微犧牲退讓給公共利益與公共法益。一些特殊案例則交由法官的自由心證。

此外，臺灣衛生福利部也於立法院火速通過〈嚴重特殊傳染性肺炎防治及紓困振興特別條例〉[15]，給予因需被隔離治療的病患每日補助。臺灣以溫馨關懷重視群體健康安危，又顧及個體工作損失的紓困補償，這算是在國際間受到相當讚賞認同之優良措施之一。雖然在遇到英國情侶檔指控，登上國際媒體後他們道歉，曾引起國人對免費幫外國人醫療、如此低廉包吃包住、還給滯臺隔離集中檢疫期間每人每日補助金，臺灣這麼好康的做法，卻還被該對英國情侶嫌棄挑剔，臺灣納稅人普遍感到不能接受。[16]

依據〈嚴重特殊傳染性肺炎防治及紓困振興特別條例〉第3條：

「各級衛生主管機關認定應接受居家隔離、居家檢疫、集中隔離或集中檢疫者，及為照顧生活不能自理之受隔離者、檢疫者而請假或無法從事工作之家屬，經衛生主管機關認定接受隔離者、檢疫者未違反隔離或檢疫相關規定，就接受隔離或檢疫之日起至結束之日止期間，得申請防疫補償。但有支領薪資或依其他法令規定性質相同之補助者，不得重複領取。」即使是未繳稅給臺灣的外國人，只要沒違法，符合此項規定，即可申請防疫補償。這個做法是否適切？作者個人淺見認為，這點似乎尚有商榷之餘地。

---

[14] 2020年3月蘇詠盛的軍中冤案，有出現新證據卻不被受理。這爭議可被正視。

[15] 〈嚴重特殊傳染性肺炎防治及紓困振興特別條例〉Web. 搜尋日期：2020年10月29日。

[16] 〈英情侶報導被國際網友罵翻質疑拿中國錢 BBC急撤〉新頭殼。Web. 搜尋日期：2020年10月30日。

　　試想發明疫苗後，施打疫苗的排序問題。當疫苗剛被研發出來，尚未量產，明顯第一世界國力政經實力強的國家中的重要位階高的官員會可優先施打，那其他開發中國家與未開發國家及偏遠鄉村的人，要放任先死去不管嗎？這施打有效疫苗排序的問題、政經社會現實情況、人道關懷的問題、國籍、種族、階級、年齡等議題，再次於此片真實上映。逼得這部電影之中，位處邊緣弱勢亞洲村莊的地陪翻譯，不得不與當地司機聯手綁架聯合國衛生組織的研究調查專員，以作為人質（圖4-9），交換與第一世界換取疫苗，解救他村莊中殘餘的村民。而該名女研究員因朝夕與村民生活，教小朋友，也有了感情，能體諒其行為，後來主動配合為餌，來交換疫苗。甚至當她脫身在機場，得知給村民的注射管其實是假的，她憤而離

圖4-9　電影《全境擴散》中的綁架畫面。（圖片來源檢索：moviebarf.com）（圖片作者購買獲授權使用自：alamy）

席。

　　綁架犯刑法罪，依據中華民國《刑法》第154條第1款的規定：「參與
以犯罪爲宗旨之結社者，處三年以下有期徒刑、拘役或一萬五千元以下罰
金；首謀者，處一年以上七年以下有期徒刑。犯前項之罪而自首者，減輕
或免除其刑。」《刑法典》第154條第1款的規定，犯綁架罪的，處三年至
十年徒刑。至於該名綁架首謀是否會於該國被判刑罰？因綁架罪的構成要
件「本罪所侵犯的是他人的人身權利，行爲人以暴力、威脅等方式綁架被
害人，綁架過程中，往往對被害人進行虐待、傷害，甚至殺害被害人，直
接危害到被害人的身體健康，甚至生命，必須對這種行爲予以嚴懲，以安
定民心，穩定社會秩序。」[17]作者推斷因該行爲人並無以上構成要件，且
爲該國村落之公共利益，可能行爲發生地的該國在片中不會對該翻譯官逮
捕判刑。

六、結論

　　本章由AI人工智慧切入，在後現代主義以來科技昌明的資訊社會，
或可如分析好萊塢賣座電影一般預測，並實際以研發AI機器餐車與藥
車，至醫院協助醫護人員治療2019-2022全球棘手嚴重可致命的COVID-19
新冠肺炎（圖4-10）。COVID-19引發緊急頒布的一些因應措施，但有些
部分在法律上卻恐涉及違憲，侵害人權。因依據憲法第十條規定「人民有
居住及遷徙之自由」所保障自由設定住居所、遷徙、旅行，包括出境或入
境之權利，卻有實際出入，因爲爲維護更高的社會公共利益及公共法益，
個人想出國趴趴走遊玩，面對現實，在疫情嚴峻的期間是不可實行，與不
宜貿然行動。像是法國於2020年十月底又宣布第二次一個月的封城，西班
牙也宣布緊急狀態延長半年，到2021年5月；葡萄牙首破單日四千確診，
宣布全國口罩令，連至海邊觀賞衝浪都要戴口罩。環顧全球疫情嚴重的三

17　侵犯人身罪https://www.macaudata.com/macaubook/book261/html/0023001.htm#0023005

圖4-10　新冠肺炎肆虐全球。（圖片來源檢索：forumdaily.com）公開論壇新聞為公衛公眾利益。（iStock照片無版權限制）

年期間（2019年底-2023年初），我們有幸生於且身在屬於防疫良好的臺灣，除了繼續維持健康平安、政治穩定、經濟發展、扶持表演藝術產業等深受影響的行業之外，更應珍惜尚能正常上班上學生活的安康日子。

　　最後，本章提供幾點政策建議：

1. 外國人，非本國公民，沒納稅給臺灣的人，不宜領取紓困補助金。
2. 「行政程序法」第128條第一項放寬新證據認定，建議刪除行政程序法第128條第二項但書之規定，因行政訴訟涉及人民財產權。而且刑事訴訟法第420條並無時效之規定，可是行政程序法第128條卻有「已逾五年者不得申請」，不合理規定，似應予修正。
3. 服膺法律「公平正義」與法律「平等原則」，讓全球公民理想上無論種族、性別、階級、貧富，現實上排除國力、政治、經濟、權力、城鄉差距、交通、年齡等因素，都很快可公平都施打到防止新冠肺炎的疫苗。
4. 修法保障人類工作權，AI發展不得傷害危及人類安全。
5. 扶持補助表演藝術產業。

　　綜而言之，本章藉由與COVID-19高度相似的電影《全境擴散》，探討AI、人性、醫療、法律、防疫等議題。期以電影文學研究，貢獻研討

實際疫情爆發下的社會資訊醫療法律問題，以裨記錄防疫記憶，培力抵抗與防範未然。早日已研發量產上市可有效預防與治療COVID-19且無不良副作用的疫苗。臺灣提前部署積極正面抗疫COVID-19與防疫做法，獲得國際社會關注的高度讚譽。畢竟，不像英國佛系達爾文「適者生存、自然淘汰」想法，位居太平洋戰略位置豐富海洋資源的臺灣，在面臨強敵環伺之下，我們奮力團結，努力抗疫防疫，科技部補助五大團隊（臺大、榮陽交、成大、長庚、國防）防疫中心整合型大計畫，作者有幸參與貢獻一己之力。以電影《全境擴散》為借鏡。祈禱人類種族即使物競天擇，不會自相殘殺，勿滅絕，修法使有生之年與人類子孫，不會被外來新科技AI人工智慧演化的機器人所取代之虞。

第五章
行為聯網個資操控選票：以電影《個資風暴》為例[1]

一、個資隱私

　　藉由蒐集從行為聯網（Internet of Behaviors）中的個人資料，商業公司與政黨竟可操控人們在實際生活中的選票？Netflix紀錄片電影*The Great Hack*《個資風暴：劍橋分析事件》（2019）（圖5-1），由製片與導演凱瑞・阿默（Karim Amer）與杰航・努貞（Jehane Noujaim）找到當年在「劍橋分析公司」（Cambridge Analytica）工作的吹哨者布特妮・凱瑟（Brittany Kaiser）（圖5-2），以及窮追不捨揭發此醜聞的英國女記者，還有美國在學院教有關傳播媒體的男教授等人，以紀錄片電影拍攝技巧，包括快速剪接、手持攝影機、搭配側錄，及穿插真實新聞畫面（如臉書創辦人馬克・祖克柏〔Mark Elliot Zuckerberg〕出席美國參議院司法與商業委員會）的影像，交叉穿插，真實呈現這一高度可能性。此紀錄片提出若通訊軟體所蒐集到的大數據，未經當事人使用，被業者或商業公司轉賣個資，使之不當利用，將有極大可能與事實上已造成損壞政治目的時的危險。

---

[1] 本章初稿〈行為聯網個資操控選票：以電影《個資風暴》為例〉口頭發表於專題論壇。主題：行為聯網個資與虛擬遠端互動。臺灣資訊社會研究學會2021年會暨論文研討會。陽明交大線上會議。Nov. 6, 2021.

圖5-1　Netflix紀錄片電影*The Great Hack*《個資風暴：劍橋分析事件》（2019），製
片與導演凱瑞‧阿默（Karim Amer）與杰航‧努真（Jehane Noujaim）。電影
《個資風暴：劍橋分析事件》Netflix英文海報。（圖片取自IMDb）

圖5-2　吹哨者布特妮‧凱瑟（Brittany Kaiser）。當年在「劍橋分析公司」
（Cambridge Analytica）工作，後出面揭弊。（圖片來源：https://www.imdb.
com/name/nm10439175/mediaviewer/rm2816646401/?ref_=nm_md_2）

　　本章申論應爭取個資隱私權為個人權益。因正如在此部紀錄片中的律師拉夫・奈克（Ravi Naik）在片中稍早時曾說：「假如數位權利是基本人權，那麼我們更都應當留心注意當我們在社群媒體按下『喜歡』鍵時，我們放棄了些什麼。」

二、研究方法、理論、文獻回顧

　　本章以此片為例，應用相關「行為心理學」（Behavior Psychology）、媒體、電影理論，傅科（Michel Foucault）的權力、環狀全景圓形監獄（Panopticon）、監視（surveillance）理論觀點，探究行為聯網之個資被操控。依據〈心理學視角下社交網絡用戶個體行為分析〉（姚琦；馬華維；閻歡；陳琦合寫）發表刊登於《心理科學進展》的期刊論文，研究：「以社交網絡的典型代表Facebook為例，……線上和線下社交網絡的交互作用、具體人格特質變量的預測作用以及對社交網絡功能的動態考察等方面。」（2014:1647）由該文以心理學分析，根據Facebook有相當程度的效果，可預測用戶使用社交網絡，分析其在線上與線下之人格心理，及行為動態。也由此可知為何「劍橋分析公司」會要跟臉書購得人們大量個資，以便可準確預測，甚至操控「可動搖選民」的政治選票。

　　即使已有出版及報章雜誌媒體報導「劍橋分析公司」不當使用人們個資，操弄政治選舉，這些已不只是傳言，言之鑿鑿，指證歷歷。即使臉書創辦人祖克柏於參議院否認其知情販售民眾5,000萬餘筆的個人資料給該公司，但就如邁可・熙抖（Michael Seadle）在期刊論文〈*The Great Hack (documentary film)*〉（〈個資風暴（紀錄片）〉）提出：「對某個有基本AI人工智慧常識的人來說，很難相信『劍橋分析公司』有如這部紀錄片所描述的，那麼有影響力，但也是不可能去忽視該公司的確有影響。」（2019:1511）因為政治操弄，的確有很多複雜因素。熙抖提出，就像是歷史學家，也要求有一個不同的標準，而該標準建立在實證的政治科學，與採取長期的角度，來檢視各種社會與文化的影響。其論文結語，「此部

紀錄片電影值得看，但也要觀看者在肯定記者新聞報導的價值的同時，也
能心裡記得還有更複雜的學術議題。」（2019:1511）

　　此部紀錄片的核心爭論點在於大數據與被作為目標的數據已經被成
功地使用來影響足夠「可被游說的」投票者，來影響關鍵選舉的結果。
例如，最近的英國脫歐之公投（圖5-3）與官方統計結果（圖5-4）、2016
年美國總統選舉（圖5-5），及最後投票結果，而這部片則是將這核心主
題，藉由揀選對的事實，來將此案例推至極限。而我們則可將此部片放置
在歷史、政治與技術的脈絡中，本章試著詰問與回答以下問題：如「劍橋
分析公司」的這類分析技術在相當程度上有多危險？

圖5-3　英國脫歐之公投。（圖片來源：istock）

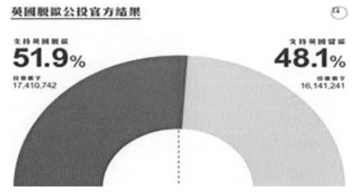

圖5-4　英國脫歐之公投官方結果。（圖片來源：英國脫歐公投官方結果。端傳媒設計
　　　　部）

　　此種醜聞被紀錄片拍攝公諸於世，提醒世人應爭取擁有自身個人資
料的權利，以免在民眾不知情的情況下，自願分享在社交軟體上的照片、
影片、消費紀錄、打卡去過何處、開直播，與導航直接透露所在位置與經

圖5-5　2016年美國總統選舉，受到大量報章雜誌報導，有人利用媒體操控。（圖片來源：右／istock 免費照片圖庫中的免費試用照片、左／作者以Glif生成圖片）

過地點、「你在想什麼？」的臉書貼文，按讚或是憤怒、悲傷、掉淚、大笑等情緒臉部表情，這些本是與朋友互動網路線上情誼的人際溝通，但孰料這些資料卻都被蒐集給有心人士，讓商家廣告投放，與政治操弄者，了解哪些人對哪些事物的喜怒哀樂之人格特質，反而被分析，從中被揀選出「搖擺者」，特定投放有意宣導的廣告與政宣，以成為被操弄購買商品，及心智操控政治投票的關鍵。而這些關鍵少數卻亦可，令人出乎意外地，扭轉政治選情之結果。

　　2016年亞歷山大‧尼克斯（Alexander Nix）當時任劍橋分析公司首席執行長，公開宣稱，該公司協助英國脫歐、利用大數據技術、心理學方法，分析社交網路的數據資料，藉此向搖擺選民投放特定政黨廣告，成功幫助川普獲取美國總統大位。這言論引起美國科技網站主板（Motherboard）、德國雜誌*Das Magazin*的注意，指其「用數據顛倒了世界」。與吹哨者布特妮‧凱瑟選擇揭祕相同，2018年，克里斯托弗‧威利（Christopher Wylie）（前劍橋分析公司研究總監）因擔心劍橋分析有可能與美國國防部合作，進而得以掌握數千萬選民的心理分析資料，所以他也成為吹哨者，向英國《衛報》（*The Guardian*）揭發該公司非法拿取臉書5,000萬筆用戶數據資料，未經用戶同意與授權，不當使用操弄政治選

舉投票的選擇。

依據克里斯多福‧懷利（圖5-6）所著的書籍《Mindf*ck心智操控
【劍橋分析技術大公開】》大膽揭祕（圖5-7），（他擔任劍橋分析公司
前研究總監，參與創立劍橋分析公司），敢勇於揭發該公司涉嫌在用戶不
知情的情形之下，未經當事人同意許可，獲取Facebook上超過8,700萬名
用戶的個人數據資料。更有甚者，該公司竟與俄羅斯私下偷偷合作，操控
許多世界上國際間重大事件，包括英國脫歐、美國2016年川普與希拉蕊競
爭白熱化的總統選舉，以不知不覺的社交媒體、網路行銷廣告，來對選民
作投票與否，以及投給特定候選人的心智操控意向。

圖5-6　吹哨者克里斯多福‧懷利。（圖片來源：*The New York Times* 標題：Cambridge
　　　Analytica Whistle-Blower Contends Data-Mining Swung Brexit Vote. 報導發布時
　　　間：March 27, 2018）

布特妮‧凱瑟曾為劍橋分析公司做事，挺身作為吹哨者揭弊之後（圖
5-8），寫作《Targeted操弄〔劍橋分析事件大揭祕〕》一書（圖5-9），
提出該公司運作方式，並對大眾警告大數據所帶來的危險（2020:21）。
首先，劍橋分析公司是如何拿到廣大民眾數千萬筆個資的呢？凱瑟揭祕，
劍橋分析偽裝成APP開發商，從供應商購買各種個人資料，包括消費物品

圖5-7　克里斯多福‧懷利揭祕著書。（圖片來源：Penguin Random House書名）

圖5-8　布特妮‧凱瑟曾為劍橋分析公司做事，挺身作為吹哨者揭弊。
（圖片來源：作者購買獲授權來自：alamy）

圖5-9　布特妮‧凱瑟著《Targeted操弄〔劍橋分析事件大揭祕〕》https://www.books.
com.tw/products/0010844305（圖片來源：博客來）

及消費額、旅遊地、喜好等。因此可取得「每位十八歲以上美國成人的5,000個資料點，也就是大約2.4億人的資料。」（凱瑟 2020:97）之後劍橋分析公司透過「心理圖像」（psychographics）分析的特殊方法，藉由「行為精準鎖定」五階段的機密技術，來操縱人心智。

　　劍橋分析公司利用問卷分析，借助大數據、心理學，行為心理學、建立民眾性格檔案，分析揀選出作為目標、可被操控的搖擺中間選民，以「精準營銷」向其推送傳播投放相關政治宣傳理念，包括研發出一款Groundgame的上門競選拉票應用程序，操控、影響選民心智對政治的態度（並戰略性地占領希拉蕊於大選辯論期間在網路上的主題標籤），並進而最終達到影響搖擺選民的投票，選擇給商業團隊力捧的特定候選人，例如，川普。

　　穆琳於發表在《網境縱橫》之短文〈劍橋分析事件算法黑箱問題淺析〉點出：「當人們聚焦臉書數據共享機制是否合理、劍橋分析獲取數據途徑是否合乎規定的同時，由算法黑箱引發的數據被濫用、操縱問題，亦不容忽視。」（2018:92）（圖5-10）雖然迄今大眾已明白這些被揭弊的祕密，但在輸入數據和輸出決策結果之間仍存在外界所無法看到的隱形層，而這類數據分析公司並不公開其業務中具有決策作用的算法，這種「算法黑箱」的問題更是如不定時炸彈的大隱憂（圖5-11），也是網軍製造假新聞及輿論帶風向甚至假象亂源的根源。所幸，據穆琳所言，2018年

圖5-10　算法黑箱。（圖片來源：作者以Le Chat 生成圖片）

圖5-11　算法黑箱引發的數據被濫用、操縱問題。（圖片來源：作者以Glif生成圖片）

歐盟即以生效的《一般數據保護條例》，要求所有科技公司解釋其算法自動決策（2018:94）。只是我懷疑「上有政策，下有對策」，施行以來迄今，除了臉書曾有網友們自發性地在個人網頁轉貼以英文書寫「我個人保有個資權，包括肖像權，不容許臉書非法未經本人同意使用。」的貼文之外，有更多app將授權第三方使用的條文暗夾在一大堆使用者同意授權的文字裡，而一般大多數的人們忙著想使用該軟體或app之類的線上服務，不察直接按打勾或同意，而就這樣，個資就無償、免費被他人拿去使用而不知（圖5-12）。

圖5-12　劍橋分析公司與Facebook。（圖片來源：Daniel Leal-Olivas/AFP/Getty）

　　曹偉編寫發表於《網絡預警》的短文〈劍橋分析大起底〉也指出劍橋分析的母公司是英國戰略通訊實驗室（SCL），「一家致力於為全世

界的政府、軍事機構提供數據分析和策略的公司，而劍橋分析是SCL從事選舉事務的部門」。而且，該公司「與英國、美國及俄羅斯三國的關係千絲萬縷」（2018:14）。提出「互聯網數據被用於政治操控有三大特徵」、「互聯網數據隱私被竊之殤和預防性監督思考」（2018:15）（圖5-13）。因此，我認為個資的保護、掌控與如何使用，也可變為資訊戰、心理戰、數據戰，升級為國安重要防禦。

圖5-13　互聯網數據被用於政治操控與隱私被竊。（圖片來源：istock 免費照片圖庫中的免費試用照片）

三、Netflix電影個案分析：操控國際政治選舉

　　Netflix紀錄片電影*The Great Hack*《個資風暴：劍橋分析事件》真實呈現此可能性，與已發生在你我日常生活中的大事，像是包括英國脫歐（Brexit）與美國2016年總統大選川普竟贏希拉蕊。2018年爆發劍橋分析公司不當取得社群媒體公司可蒐集行為聯網中的個人資料大數據，包括購得臉書（Facebook）5,000萬用戶數據，與特定政黨合作，可掌握潛在可被影響的關鍵選民人們之喜好與政治傾向，使人們在不知不覺使用社群媒體的廣告與觀賞影片、瀏覽照片的日常生活中，竟被有心人士蓄意地傳送接收特定挪用訊息影像，以便以「心理戰」（psychological warfare），彷如潛移默化地但實際為洗腦（brainwash）選民，使其於現實生活中選民以為是自己的選擇，去選擇投票與否，及投給誰。但其實已於現實社會

中，被政黨利益勾結下的政商利益團體以大量金錢聘請商業公司情蒐，以心理戰中被選定為中間搖擺選民之目標，不斷於日常生活中常用的社交媒體，廣告投放有意識包裝的短片、短文、梗圖、標語，心理戰操弄腦運作行為之下，可達到對手預期操作的結果。例如，影片中，操控千里達兩政黨選舉，推動Do So!（代表「我不會投票」運動），以黑人與印度人年輕人是否出來投票，成為種族、宗教、政治派別間的關鍵少數致勝選票。只要黑人年輕人參與群體同儕默契活動，都對政治保持冷漠酷，不出來投票，那麼會乖乖聽父母話出來投票的印度年輕人的選票，就可影響這兩種族競爭的重要政治席位之大選勝敗結果。

　　此紀錄片揭發英國是否脫歐的公投、美國總統選舉川普跌破眾人眼鏡於關鍵搖擺州拿下選票，竟贏了事前呼聲高的希拉蕊之萬眾矚目的政治大選，不幸敗選之後，希拉蕊事後受訪，談俄國干預美國總統選舉大選（圖5-14）。因這背後還牽涉俄國竟也干預美國總統大選，希拉蕊電郵事件，抹黑希拉蕊的選舉看板林立於路邊（圖5-15）、抹黑調侃搞笑希拉蕊的梗圖政宣（圖5-16），被對手政黨及背後操控有心人士用大量網路社交媒體傳播。就算是川普事後被揭發的「通俄門」事件等，我們事後諸葛都能明瞭是民眾個資被有心人不當利用，有吹哨者，或是騎牆派，或是拿兩邊好

圖5-14　希拉蕊‧克林頓受訪，談俄國干預美國總統選舉大選。（圖片來源：CNN標題："Probably bigger than Watergate': Hillary Clinton frets over Russian influence in 2016 election."報導發布時間：Sep 14, 2017, 11:11 AM GMT+8）

圖5-15　美國總統競選期間，抹黑希拉蕊的選舉看版。（無版權，作者路邊拍照）

圖5-16　美國2016年總統大選時，協助川普打選戰的媒體曾抹黑希拉蕊。（圖片來源：由作者參照美國大選時媒體曾抹黑希拉蕊的梗圖政宣以Glif 生成示意圖片）

處又倒戈者等人的揭祕。

四、數據戰爭與大數據

正如這部紀錄片首先占據大約半個小時的人物Brittany Kaiser在片首說出：「數據戰爭已經開始。」（Data wars have begun.）（《個資風暴》，2019,0:50），我認為此片提出一個令人驚訝的核心爭議，即是網

路通訊軟體與社群媒體，像是Facebook臉書等社交溝通軟體，所蒐集到的大數據，與被設定爲目標的數據，已成功地被使用，影響足夠可被游說動搖的選民投票者，來操弄關鍵選舉的結果，例如，英國脫歐之公民投票、2016年美國總統選舉代表人州選票。而此部紀錄片電影藉由揀選對的一些事實，來推進強化此一主題，成爲以上爭論確切的一個實際案例。縱然此紀錄片會抽絲剝繭，藉由幾位眞實人物願意當吹哨者，挺身而出說出事實，我們也仍須注意政治問題是相當複雜的操弄過程，而政治、歷史、科技技術的特定脈絡，也有許多其他細微面向值得考慮。

　　此外，不只英國脫歐團體，與2016年美國總統大選，使用劍橋分析公司提供的服務，法國總統馬克宏，及我們身處的太平洋小島臺灣等，數十個國家都是劍橋分析公司的客戶，曾借助數據分析公司，了解選民政治傾向。其實連臺灣政府也是SCL（「劍橋分析公司」前身母公司）的客戶，臺灣近年包括在學術界都推行大數據的研究計畫，但在面對全世界都對隱私權以及個資法如此敏感的時候，要如何能衡量孰輕孰重？以及事情的輕重緩急呢？（圖5-17）

圖5-17　SCI宣稱很多國家都是其客戶。（圖片來源：*Economics* 標題："Mapped: The breathtaking global reach of Cambridge Analytica's parent company." 報導發布時間：March 28, 2018）

　　就像是先前所敘述分析評論的政治選舉操弄、政宣洗腦、大內宣、小粉紅躁動、兩岸的網軍等，從商業機密到維基解密，再到臉書販賣用戶個資給劍橋分析公司，商業公司有來自包括俄羅斯、美國、英國、中國等國際客戶，收取大量金錢，即可為各國特定政黨選舉操弄選情，甚至動搖翻盤整個改變原先預測結果，導致美國紐約商業房地產大亨（電視節目I am the Boss實境秀名言：「You are fired!」）政治素人竟能擊敗美國民主黨籍曾任國務卿的希拉蕊・柯林頓，她已從政多年（包括已輔佐丈夫比爾・柯林頓擔任美國第42任總統〔1993-2001〕）。川普跌破世人眼鏡地竟掠取美國總統大位，其在位4年政權，卻牽一髮而動全身，影響全世界許多強國重要結盟締約或拆夥，包括川普退出G7，甚至對外政策的變化決策，像是「Make America Great Again」、「白人至上」、「對墨西哥築牆」、對各國移民的政策等，都是詭譎萬變。從個資洩漏被販賣，到影響全世界政治與生活，行為聯網個資竟可操控選票，其威力以及殺傷力，甚至後座力，都不容小覷。

　　因為若以個資保護法所限制而無法進行社會公共利益，例如，調查犯罪嫌疑犯逃逸者的追蹤線索，或是追求人類福祉的知識資訊科技與學術進步，大至國安、情報工作，以及探索外星人、外太空等科技，則非原法之立法宗旨。正如葉志良在《資訊社會研究》期刊，所發表刊登的期刊論文〈大數據應用下個人資料定義的檢討：以我國法院判決為例〉所指出：

　　　大數據應用技術對資訊經濟、科學發展與商業利益帶來極
　　　大貢獻，然而資訊主體經常於不知情下被他人蒐集其各種
　　　資料，滋生隱私侵害疑慮，不過隱私保護須與社會其他價
　　　值進行權衡，或可透過去識別化做法，以確保資料處理合
　　　法性。法律雖對個資有其定義，但是否所有與個人有關之
　　　資訊皆屬值得保護之個資，有其疑問。本章透過檢討2014

年一則司法判決，探討行動電話用戶之所屬電信業者別是
否屬於法律所保護之個資，結論提出不可合理期待之隱私
資訊，或經適度去識別化後可供利用之資訊，應可運用於
大數據時代資料的探勘與分析，以創造資料經濟之效率，
並有利於公共利益與福祉之最大化。（2016:1）

對於大數據或許侵犯個人隱私權，以及個資法的保障，在面對追求公益及
人類福祉的兩難之下，法律以「不可合理期待」之隱私資訊，或建議經適
度去識別化後可供利用之資訊，來作為兩難之中的解套（圖5-18）。

圖5-18　兩難之解套 法律。（圖片來源：出自istockphoto免費照片圖庫中的免費試用
圖片）

五、結論

　　綜上所論，藉由蒐集從行為聯網中的個人資料，Netflix紀錄片電影
The Great Hack《個資風暴：劍橋分析事件》導演與製片邀請布特妮・凱
瑟現身說法揭祕商業公司與政黨，取得人們不經意於社交媒體上分享的大
量個資之後，以「心理圖像」（psychographics）特殊分析方法，以「行
為精準鎖定」的機密技術，以大量投放的廣告文宣，來逐漸操縱人的心
智，動搖甚至導向其抉擇，最後竟可操控人們在實際生活中的政治選票！

創立劍橋分析公司之一的克里斯多福・懷利於其所著的書籍《Mindf*ck心智操控【劍橋分析技術大公開】》也揭祕，採用社交媒體、網路廣告、大內宣來對選民洗腦決定是否要去投票，以及投給哪位候選人，都可操控其心智選擇。行為聯網大數據隱私被竊之濫用與損害，已昭然若揭，例如，WeChat已被中國共產黨監控。我建議三點，如下：

1. 我們應思索如何預防再有類似網災，監督社交媒體如臉書、Instagram、Twitter等不可販賣用戶個資，在用戶不知情、未同意、沒授權的情況下，將個資賣給第三方使用。

2. 很多app落落長的同意使用須知中，不應偷偷夾帶同意將個資賣給第三方使用的文字。

3. 應爭取個資隱私權為個人權益。以便讓人們可享受便利網路，而網路上的行為卻須注意，以免個資被竊，還不自覺被心智操控。

　　畢竟，用戶於社交媒體網路上的使用者大數據，已可變成資訊戰，及心智操控戰的政治選戰武器，不可不防更應謹慎面對。而且如同傅科（Michel Foucault）於《瘋癲與文明》（*Madness and Civilization*）一書中，將現代權力比喻為節省少數人力的國家社會制度監視者，可有效採用英國哲學家傑里米・邊沁（Jeremy Bentham, 1748-1832）所設計的環狀全景圓形監獄（Panopticon），來無形監視（surveillance）。但竊取個資視同犯罪行為，沒有人喜歡隱私權被侵犯。以此紀錄片的例子為警示，檢視近年情況，在政府因疫情嚴峻時期，要求全民手機掃條碼，以便掌控「數位足跡」（digital footprint）之時，這些用戶行為聯網個資也成為大數據，未來工作乃需小心別外洩，並需拿捏在合理程度、適法的情況下，審慎使用，以免侵犯憲法於第7-24條所保障的人民權益，包括第12條「人民有祕密通訊之自由」。以及第22條「凡人民之其他自由及權利，不妨害社會秩序公共利益者，均受憲法之保障。」因此，本章據上，呼籲應爭取個資隱私權為個人權益。新媒體觀影經驗的變化，亦可督促我們於現實社會起而行。

Part 3
新科技、元宇宙與
後人類

網飛（Netflix）《碳變》中的非物質再現：性、身體與記憶

一、反烏托邦的非物質再現

　　本章探討主題為新科技Netflix新黑色電影風格，科幻電視系列影集，以美國作家理查・摩根（Richard K. Morgan）2002年的賽博（Cyber Punk）小說為藍本拍攝的《碳變》（*Altered Carbon*）（2018-2020）（圖6-1），其中的非物質概念與再現。《碳變》背景是距離現在數百年之後的反烏托邦未來的海灣城市（現今的舊金山）。在《碳變》未來的時間線如同英國著名導演雷利・史考特爵士（Sir Ridley Scott）的電影《銀翼殺手》（*Blade Runner*）（1982）背景在洛杉磯，墮落天使之城，也是在未來。《碳變》角色設計，比《銀翼殺手2049》（2017）中由萊恩・高斯林所飾的角色奈克斯9號複製人K愛上全息投影女AI機器人（圖6-2）更為先進，在《碳變》中的人類角色，在遙遠的未來世界將不會死去，因到時候人的生命將可不伴隨他的肉體衰亡而死亡，藉由「堆疊防護罩技術」的科學先進技術，人的意識可被數位儲存，來替換身體。本章申論雖然物質身體在《碳變》裡可被拋棄與替換，然而，在非物質再現之中，弔詭的是，身體仍舊至關重要。例如，女主角克莉絲汀・奧爾特加（Kristin Ortega）由身材姣好曲線玲瓏的女星瑪莎・希加瑞達（Martha Higareda所飾），女警官會跟男主角上床做愛，主要也是因為男主角的靈魂與記憶，乃是被移植入她逝去男友健壯的肉體身體。

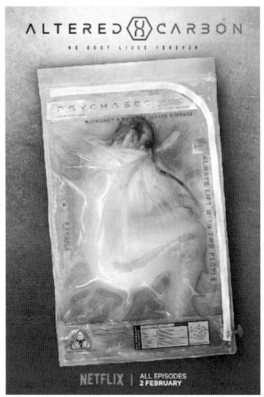

圖6-1　Netflix 《碳變》*Altered Carbon* (2018-2020). (Photo: Courtesy of Film.ai)

圖6-2　在科幻電影《銀翼殺手*2049*》（2017）中，未來的城市可有全息投影女AI機器
　　　人的裸體。（Photo: Courtesy of Film.ai）

　　沒有實體的身體，作爲非物質的價值，一個人的意識被儲存在被稱爲「皮質堆疊」，可從所謂「原有的」身體被移除，而轉換被放置在「儲存盒小裝置」人體（或是虛構身體）而獲得復活再生。由於「堆疊防護罩技術」的科學先進革命技術，一個人的意識（記憶、個人歷史、想法與經驗）被數位化儲存在一個稱爲「皮質堆疊」的小裝置，放在人腦後腦杓下方脊柱。因此，假如一個人夠富有到能負擔整個手術過程，他／她就可以延長他／她的生命，達到潛在有可能的永生。在劇中未來世界，梅斯（Meth）是一群超級富豪上層階級，住在高聳入雲的豪宅大廈上面，可買到不勝枚數的強壯、健康、美麗的身體，不斷替換身體來獲致永生。有些極度有錢的梅斯人，甚至視其他人類爲他們的（性）玩具；可被梅斯人虐待或毀損，之後替換掉即可，來爲變態的梅斯人之虐待狂或是性愛癖而來服務。

　　男主角武・柯瓦奇（Takeshi Kovacs）之前是傭兵，之後被統治的政黨宣稱是戰犯。原因是柯瓦奇後來參加反叛軍奎爾派，反抗執政政府，因奎爾派人反對違反原有生死循環的自然生命法則。他們不苟同如果能負擔「堆疊防護罩技術」，即可有多重的生命週期，就像是富有的梅斯人可獲得永生一般的這種觀念。柯瓦奇如同一個商品被超級有錢富豪羅倫・班克羅夫托（Laurens Bancroftto）所購買聘用爲其財產。柯瓦奇被購買而得以死後復生，用以解決該謎團——到底是誰謀殺了Bancroftto的前生？柯瓦奇同意被雇用去調查解開此神祕謎團，用以交換獲得他的自由與報酬。

　　然而，此卡司的演員身體，包括數不盡的許多有色女性的裸體，仍然對觀看者有強烈的視覺衝擊。這些意義可用視覺文化理論來被詮釋。有趣的議題，像是性、暴力、階級、權力、死亡、慾望、夢、記憶、色情、永生、靈性、意識，與人工智慧，充滿在以超眞實的視覺現實的《碳變》中。文學的互文性也交織在這虛擬現實的未來賽博龐克Netflix電視影集之中。美國詩人暨短篇小說作家艾德格・愛倫・坡（Edgar Allen Poe）的短篇小說中的文學傳統，在此Netflix劇《碳變》中，被以人工智慧人形機器

人名：坡（由演員克里斯‧寇納所飾演），以一個古怪但熱誠的男人外型所呈現。這位人工智慧人形機器人坡經營烏鴉旅店，並協助主角柯瓦奇。在《碳變》中的非物質再現可讓我們思索「後人類實體」，與充滿無限觀念的「非物質介面」。

非物質的定義與爭論

本章之研究方法應用理論，包括法國傅科（Michel Foucault）的書論「性與權力」（Sex and Power）、「在監獄中被懲罰訓誡的身體」、「有限制的經驗」、尚‧布希亞（Sean Baudrillard）的後現代「擬仿物與擬像」、「消費社會」，麗莎‧布萊克曼（Lisa Blackman）「非物質的肉體」（Immaterial Bodies）的觀念，與定位「影響的主體」、認知心理學，及心理分析的拉岡式閱讀。非物質的定義可參見布萊克曼的書《非物質的身體、影響、體現、調解》（*Immaterial Bodies, Affect, Embodiment, Mediation*），援引身體研究[1]與影響理論來發掘非物質身體。根據布萊克曼所言：

> 身體並不被認為是穩定的事物或實體，而反而是延伸進入與沉浸入世界的過程。那即是，與其說是身體，我們或許可說是頭腦—身體—世界的糾結，而在那，如何與是否我

---

[1] 身體研究，根據布萊克曼的原文是Body studies "has a rich tradition of phenomenological and post-phenomenological work which explores the dynamic, kinesthetic processes that enable bodies to respond to changes in both morphological structure and environment. Bodily integrity is the term coined by researchers interested in the incorporations and extensions that enable bodies to live and respond to changing conditions and that challenge any notion of bodies as being fixed or stable, for example. The term 'body' is usually replaced by the concept of body-subject within these traditions, which displaces a mind–body dualism but does not reduce bodies to material (physiological, neurological, biological) processes. The incorporations enacted by a body-subject include technical, material extensions which articulate the body in new ways (a prosthetic limb, for example), but do not occlude the complex psychic incorporations that enable new bodily configurations to be brought into being" (Blackman 2012:9).

們應該嘗試要去劃分介於人類與非人類、自我與他者、物
質與非物質的疆界。（2012:1）

對我們來說，要劃開與拆開在《碳變》中的物質身體和非物質記憶之糾
結，並不容易。因為在科幻小說新黑色電影《碳變》中，腦裡的意識、記
憶、經驗，以及在心靈中的感情、情緒、精神，可被儲存在小裝置「封
套」，下載與傳輸到另一個身體，與未來世界有所接觸。「身體重要」
的觀點在「後生理門檻」被採納，替換介於物質的vs.非物質的、活的生
物體的vs.非活的生物體的、有機的vs.非有機的，之間的區隔，而不是人
類／機器的裝配組合（Thacker, 2004, 2005, 2010）。這點也被布萊恩·
透納（Bryan Turner 1996）、麗莎·布萊克曼（Lisa Blackman 2008）、
克利斯·先令（Chris Shilling 2003），與尼克·克洛斯理（Nick Crossley
2001）加強，他們都貢獻於所有假定「身體的重要介於紀律之中」的論述
（Blackman 2012: 3）。所有支持爭論介於非物質再現，弔詭地是，身體
仍舊很重要，可由《碳變》作為一個例子來證明。

《碳變》的故事情節

　　流行的Netflix電視影集有兩季的《碳變》之故事，奠基在由理查·摩
根所寫的小說，在未來，人們將不會死去（假如他們能負擔的起），無限
下載他們的意識與記憶等，進入放在人體後腦勺下方頭頸的「封套」（圖
6-3），再換個新身體即可。因此，也只有超級富豪才有足夠的錢能夠永
遠活著，藉由購買他們想要的任何身體容器。在未來世界，可獲得的資源
是可被那些富有到有能力去升級他們身體副本的人；相反的，窮人無法演
化，而只能降級至可得到的較差的身體裝載容器，完全與他們原本真實的
年齡、性別、性傾向無法吻合，要不然就是他們真的死去，經由破壞不只
是身體，而且是該承載意識記憶等的「封套儲存裝置」。

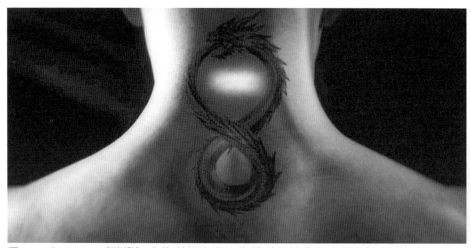

圖6-3　在Netflix《碳變》中的科幻未來，由於科學革命的「封套儲存科技」，人的意識（記憶、個人歷史、思想與經驗）可被數位儲存在一個被稱為「經驗轉換器」的小裝置，放在人體後腦勺下方頭頸的「封套」。（Photo: Courtesy of Film.ai）

　　男主角柯瓦奇是個外國傭兵士兵，有著複雜難懂的過去、模糊的記憶。柯瓦奇從沉睡250年後被喚醒。他被購買後喚醒，他被富有的梅斯貴族Bancroftto強迫雇用，以便嘗試去找出是誰謀殺了Bancroftto之前的身體。與之交換的條件是柯瓦奇可獲得自由與報酬。在電視劇第一季的後半部分，男演員李威尹（Will Yun Lee）加入演出陣容（圖6-4）。Lee飾演同樣一個主角角色柯瓦奇，250年前所活著的那個身體軀體，滿懷怨恨與抱負，為之後該季影集鋪陳情節與情緒感染力。Lee身為亞裔，有著黃種面孔，與其他種族的男女演員們加入演員陣容，幫助主要角色柯瓦奇（在這兩季電視劇裡，大多是由白皮膚的演員喬爾・金納曼〔Joel Kinnaman〕所飾演）（圖6-5）完成複雜前世的故事。並為Netflix影集《碳變》提供一些種族平衡，來吸引全球觀賞者的眼球。

圖6-4 最初始的柯瓦奇是位傑出的前外籍傭兵（由韓裔美籍演員Will Yun Lee飾演），出現在第一季的影集中間。（Photo: Courtesy of Film.ai）

圖6-5 男主角色柯瓦奇的記憶被轉移放置在女警克莉絲汀‧奧爾特加之前去世的男友的強壯身體上（喬爾‧金納曼Joel Kinnaman飾）。（Photo: Courtesy of Film.ai）

二、研究方法、理論、文獻回顧

論非物質觀念與再現，本章應用包括「影響理論」（Affect Theory），來詮釋《碳變》。這科幻Netflix電視影集兩季包含的觀念，令

人想起黑色電影《銀翼殺手》，由導演雷利・史考特執導，都是屬於黑色電影類型。物質影響的傳輸必須根據布萊克曼在她的書《非物質身體、影響、體現、調解》中指出，說明什麼是被傳輸的非物質性。「影響」可追溯至雷蒙・威廉斯（1977）參考〈感覺的結構〉。「影響」可指涉為那些經驗「不能容易被看見與可能不同地被描述為非—感知的、跨過主觀的、非—意識的、非—再現的、無形體的，與非物質的。」（見Blackman and Venn, 2010; Blackman, 2012:4）意識可被傳輸，如本章探討這個例子，《碳變》中人類上傳意識至頭後頸的「封套」，人類用完即棄的身體。介紹主體的理論至影響研究，從感知心理學與現象學研究，布萊克曼在她的書《非物質身體》指出，人類經驗世界從內在關係。正如同東尼・桑普森（Tony D. Sampson）在書評評論布萊克曼「提出理由，假如身體不再是一個意象或是自我包含的實體，主觀尚未離開。那麼，它已變成甚麼？」（2013:168）

　　主觀可被保持來經由傳輸到另一個身體以便存活。我認為在《碳變》之中的角色們，希望能活下去，即使是經由不同身體的形象。自我包含的實體可被繼續保持，因為假如他們現有的身體死去，假如那角色能夠負擔用足夠的金錢，或是發現資源可與老闆交換，來獲得他或她的主體性與意識，被上傳，經由傳輸，至下一個新的「封套」，那麼他／她的主體性便尚未離開。代替的反而是，主體性如同意識與記憶，將仍然會變成存在於下一個新的「封套」裝置，被置換的人類身體。那就是經由通靈精神變成體細胞軀體的過程。那就是甚麼是被傳輸的，即「非物質」。

　　延杰伊・貝斯塔（JędrzejBurszta）在書評中介紹由柯伯斯與莫尼奧斯基（Aldona Kobus and ŁukaszMuniowski）共同編輯的書合輯《《碳變》中的性、死亡與復活：Netflix系列的論說文》（*Sex, Death, and Resurrection in Altered Carbon*）的第十三章。它「提供閱聽人吸引人的觀看，現代掙扎於認同、性別、身體與性。人生必也死亡，探究道德，具新自由生物力量的政權。」經由聚焦在女主角克莉絲汀・奧爾特加（Kristin

Ortega）的角色上（圖6-6），我們可與藉由科技進步，想像投射在遙遠未來的身體而體現。

圖6-6　女主角克莉絲汀‧奧爾特加（Kristin Ortega）的角色，由女星Martha Higareta
飾演這位具有正義感且身材姣好的女警官。（Photo: Courtesy of Film.ai）

　　《碳變》中女警官奧爾特加之後與男主角色柯瓦奇陷入愛河。也很可能有一部分原因是因為柯瓦奇被復活的記憶載體，這次是使用她逝去男朋友的身體。有關於身體與科技，傑德澤伊‧貝斯塔（Jędrzej Burszta）指出：

　　即使宣稱「堆疊防護罩技術」解放人類從體現的束縛之
　　中，作者觀看它仍較為一個複雜的關係在於134篇劇評之
　　中的認同、慾望，與科技的身體，實現一個由柯瓦奇武志
　　所作的評論，被這篇短文用來作為標題，即科技進步，但
　　人類並沒有隨之進步。

　　　　　　　　　　　　　　　　　　　　　——貝斯塔Burszta, 133-134

很諷刺地是雖然科技有進步，但是人類卻沒有進步；相反的，在《碳變》的例子之中，人類仍可以藉由破壞記憶匣封套裝置而被殺死，無論「堆疊防護罩技術」有多進步。那是人性的問題。我覺得就像是莎士比亞用角色哈姆雷特來詢問：

> 生存還是毀滅，這是一個值得考慮的問題；
> 默然忍受命運暴虐的毒箭，
> 或是挺身反抗人世無涯的苦難，
> 通過鬥爭把它們掃個乾淨，
> 這兩種行為，哪一種更加高尚？死了；睡著了；
> 什麼都完了；要是在這一種睡眠之中，
> 我們心頭的創痛，以及其他無數血肉之軀所不能避免的打
> 擊，都可以從此消失，
> 那正是我們求之不得的結局。
>
> ——《哈姆雷特》第三幕第一景

莎士比亞讓哈姆雷特發出人類的大哉問——生存還是毀滅？活著或死去？生存或是存在？當遭遇障礙困境與困難時，是賴活或是快死？然而，更多甚過生存危機，在《碳變》之中，在永生之後，還有其他大的、社會的、道德的、犯罪的、哲學的、合法與否的問題。

除此以外，亞歷山大‧豪爾（Alexander N. Howe）討論克莉絲汀‧奧爾特加「在《碳變》中顛覆的角色，從批評的後人類主義與心理分析的角度」。聚焦在克莉絲汀‧奧爾特加與柯瓦奇的關係，柯瓦奇是前傭兵，他的意識等被再度封套放入克莉絲汀‧奧爾特加之前去世的愛人的身體。該文加入新黑色龐博的性別幻想，與拉岡對於難以解釋的三角愛之閱讀討論（Burszta 133）。

如同我稍早曾提到有關梅斯人對待使用其他人如同他們的性玩具的色

情甚至是虐待狂，來分析「梅斯─色情」（Meths-eroticism），格瓦斯・騰博（Kwasu David Tembo）則參考米歇爾・傅科有關「限制─經驗」（limit-experience）的觀念。「限制─經驗」被定義爲「生命的那點，在於盡可能的接近活著的不可能性，在於限制或是極端」。發現Netflix《碳變》包含性、生物科技與生物權力，特別是在與新─未來世界的怪獸性的超越菁英們對於性、死亡與權力有相關聯（Burszta 134）。

　　物質如斯是，身體的重要性可被顯示在期刊《身體&社會》與期刊《理論、文化&社會》。邁克・范特斯通（Mike Featherstone）領先分析體現，連結消費者文化，注意到老化。范特斯通在《消費者文化》與《後現代主義》爭論到：「介於身體形象與自我形象之間的關係，可能不會以如同鏡子──視覺所暗示的視覺理性，如此簡單的方式來運作。」（2007:196）的確，在《碳變》之中，身體形象、自我形象，與眞實年紀，在一些窮人的情況中，並不相符吻合。窮人們無助地被迫以插入他們的皮質堆疊封套裝置，在一些較差的身體裡，外表並不適合他們眞確的年齡、性別、性別傾向、與社會認同外貌，以便能再活下去。例如，在有一集的影集裡，有個窮男人的太太可復活，但卻是以另一個男人的身體回來。相對地，在《碳變》裡，老化與外表的問題可被富有的梅斯人解決，有錢的梅斯人可以達到永生，與選擇優質的好身體再生，或是複製他們英俊美麗的身體，經由財富與權力。

三、性暴力與情色死亡的權力幻想

　　就像是雷利・史考特具有開拓性、有深遠影響的電影《銀翼殺手》（1982），背景放在未來的墮落天使城洛杉磯相似，《碳變》背景是設在舊金山，但卻是距今數百年之後的反烏托邦未來的海灣城市。在《碳變》中的科幻觀念比電影《銀翼殺手2049》（2017）中的連鎖9複製人角色K，還要再先進。在《碳變》（2018-2020）中的人類角色，在遙遠未來世界將可不會死去，假如他們能負擔獲得另一個身體，並插入他們原有非

物質的記憶裝置匣，放入那個被代替的肉體身體。他們的記憶、經驗、思想，與個人歷史內涵非物質的價值。

「堆疊防護罩」科技儲存人的意識

藉由令人讚嘆的「堆疊防護罩」科技，一個人的意識（記憶、個人歷史、思想、經驗）被數位儲存在稱為「皮質堆疊」的小裝置，放在後腦杓下方脊柱，如同軟體；可被從「原有的」身體移除，被傳送置換到「套筒」（人類〔或人工〕身體），如同硬體，來獲得另一個生命的復活再生。關鍵議題是要能足夠的富有與維持富有，以便能夠負擔這個昂貴的外科手術步驟程序，以便於一個人可以延長他／她的生命，達到潛力無窮的永生不死。在《碳變》中，梅斯是超級頂級富豪上流階級，住在高入雲端的大廈豪宅之中，他們有能力可以購買無數大量的強壯、健康、英俊、美麗的身體，以便為他們自己獲得永生不死。有些很惡劣的有錢梅斯貴族，甚至太超過、很過分地對待其他悲慘窮困的人們為性玩具（圖6-7）。被腐敗富有變態男性梅斯人所購買的高級娼妓，在雲端上的高級隱密豪宅私人俱樂部裡服侍著他們（圖6-8）。那些男妓與妓女們冒著生命危險，甚至願意被性虐待、被變態的富豪梅斯白種男人們以殘忍暴力殺害，因為那些窮苦的娼妓們與男妓們知道，在他們現有的身體被虐待與毀壞之後，他們的非物質記憶可以被帶回去存在，藉由因為服務完梅斯鉅富的性虐殺戮遊戲，滿足頂級巨擘的虐待與情色之後，可以被置換於較好的身體。

就性而言，《碳變》描述梅斯們的性為「過分的、虐待狂的，添加了性暴力與情色死亡的權力幻想，在虛擬現實與在別人的身體上而被實現」（Burszta 134）。然而，邁可‧克拉塔（Michał-Klata）指出許多批評家評論《碳變》的第一季充斥太多不需要的性與女性裸體的場景。克拉塔的文章使用愛因斯坦（Sergei Einstein）的蒙太奇理論觀念，配對以蘿拉‧莫薇（Laura Mulvey）被高度引用的「男性凝視（the male gaze）」的觀念。

圖6-7　一些貧窮女性的身體，被當作富有男性梅斯人的性玩具。（Photo: Courtesy of Film.ai）

圖6-8　超級頂級富豪的梅斯人住在高聳入雲的超高豪宅中。（Photo: Courtesy of Film. ai）

　　柯瓦奇的歷史碎片在Netflix第一季的第七集中被整個片段呈現。主角柯瓦奇，由白皮膚演員Joel Kinnaman飾演，是位前傭兵，在他加入反叛軍企圖推翻腐敗掌權的政府之後，被該政府政客宣稱他是戰犯。柯瓦奇如同物件被購買雇用，成為富有泰坦巨擘貴族羅倫・班克羅夫托（演員詹姆斯・普里福伊所飾，以一種平和圓滑有技巧但有威嚇的表演方式扮演）的

財產。柯瓦奇被帶回復生，以便去解決一樁犯罪神祕案件——到底是誰謀殺了那位頂級貴族富豪羅倫‧班克羅夫托的前世生命？柯瓦奇同意接下此工作，因為若這樣做，柯瓦奇可獲得他的報酬與換取自由（圖6-9）。在柯瓦奇充滿勇氣的追尋、打鬥、努力的過程之中，正如同莫林‧瑞安（Maureen Ryan）在《多樣性》線上期刊評論《碳變》：「它結合動作、在一連串扣人心弦的場景裡，挖掘個人歷史與世界建築，在那些時刻之中，感受到對電影《駭客任務》的致敬。」

圖6-9　柯瓦奇（Joel Kinnaman飾演），嘗試解決梅斯富豪羅倫‧班克羅夫托（Laurens Bancroftto）之前身體被神祕謀殺的案子，以換取他的自由與報酬。（Photo: Courtesy of Film.ai）

「景觀」（Spectacle）評析

　　以亞里斯多德於《詩論》中所提出的戲劇六項元素，之中最後一項的「景觀」（spectacle）來評析，甚至於那些可被「用完即棄」的身體之非物質「再現」而言，這部Netflix長篇影集《碳變》充滿豐富奇幻的景觀，（包括難以置信高聳入雲的豪宅城堡建築、虛擬現實、記憶拼接、增量戴著黑色面具的士兵們、大小不斷的戰役）都依賴於警察影視類型呈現。女

警偵查官克莉絲汀‧奧爾特加（由瑪莎‧希加瑞達飾演）在警察局工作，是男主角柯瓦奇經常碰到的人。

在《碳變》想像的未來世界之中，由於「堆疊防護罩科學技術」的進步，當一個人的身體死亡，他們的「裝置」可以被「再皮質堆疊」儲存到另外一個身體。這種方法可以使得死亡變成只是一個暫時的狀態。它可以允許讓那些可以負擔起這種程序步驟的人，延長他們的生命。因此，在《碳變》的未來世界之中，對那些超乎尋常極為富有的人來說，死亡不再是永久的。富有的梅斯階級可達永生。艾斯拉‧寇克索（Esra Köksal）與布洛谷‧貝肯（Burcu Baykan）共同寫了專書篇章來研討《碳變》，以「後人類」的角度來檢視，藉由革命的技術進步，達到脫離軀體的未來性。反烏托邦世界贊同心靈（堆疊）（stacks）勝過身體（封套）（sleeves）。所謂「浮動的意識」無具體肉身地存在於虛擬現實分開的次元。在《碳變》中，並未死去的人類可以被視為「技術的—有機的混合種，具延展性的混合資訊與肉體，人類與非人類的代理者。」（Burszta 135）

「賽博格主觀性」

在《碳變》中的「技術—有機的混合種角色」再現唐娜‧哈拉維（Donna Haraway）所稱的「賽博格主觀性」（cyborg subjectivities）。如同寇克索與拜肯（Köksal and Baykan）指出那些角色實際上「仍然強烈地與有影響地貼附連接於他們的物質身體」（Burszta 135）。因此，非物質存在仍在依靠於身體。正如同貝斯塔（Burszta）概述總結寇克索與拜肯的想法：

這貼附連接於後人類認同的物質性，與該系列和南希‧凱薩琳‧海爾斯（N. Katherine Hayes）的後人類主義觀念保持一致：一個假定的未來，在那時我們的認同以科技、數

位與混和的重新配置，將不會消滅我們物質的具身化─身
體將仍然重要。

── Burszta 135

因此，貝斯塔的觀點支持我的看法。記憶、意識與心靈（堆疊）經驗的非
物質再現，將依賴於人類身體（封套）的體現。因而，甚至人們的記憶、
經驗與意識以非物質再現，身體仍然重要。

四、非物質再現，身體仍重要

　　非物質如同記憶、意識，與經驗可謂之。即使如此，在非物質再現
之內，弔詭的是，身體仍然重要。例如，女警官克莉絲汀・奧爾特加（瑪
莎・希加瑞達所飾）之所以會跟柯瓦奇做愛，部分也是因爲他的身體是用
她摯愛的逝去男友的身體。他的身體與外表使得她很容易愛上他。而且，
在這卡司中的男演員與女演員的身體，包括數不盡的女性（許多各膚色）
的裸體，對瀏覽觀賞者而言，有強烈視覺影響的衝擊。性與裸體經由意象
的再現，種族、階級、權力、性的意義，藉由視覺文化，內涵在身體之
中。

傅科的理論

　　雖然布希亞在1977年出版了他的小手冊《忘記傅科》（*Forget
Foucault*），然而，布希亞在十年之後承認，米歇爾・傅科的智識力量
仍然是很巨大的。傅科位居著名的思想家之列，像是德希達（Jacques
Derrida）、茱莉亞・克莉絲蒂娃（Julia Kristeva）、德勒茲（Gilles
Deleuze），都屬於後結構主義學派。在傅科的三個寫作歷程之中──考
古學哲學的歷史研究、系譜學的階段，與倫理的階段，他主要代表作書籍
《瘋癲史》、《事物的秩序》、《性史》、《規訓與懲罰》等，提供他建
設性力量的想法，挑戰保守的性別、精神疾病、政治、不良行爲、性、虐

待狂的觀念。傅科認爲權力與知識形式的關係可以創造臣民。傅科的書論性、權力、「被規訓的身體在監獄中被懲罰」，與「限制—經驗」可以被拿來參考，用以探索在《碳變》中的相關議題。

　　在《碳變》之中，人們的記憶與經驗可以被存在堆疊皮質的小裝置之中，再被移植儲存到另一個新的身體，而身體也可以被社會規訓；而社會是被未來世界中住在高聳入雲的高樓豪宅府邸的富裕梅斯們所控制。傅科的中心思想是關於「馴化的（docile）」或是「被規訓的（disciplined）」身體。傅科的《性史》也包括權力關係。傅科理論的分析，附帶的性鞏固了權力與性及愉悅的關係。在《碳變》之中，柯瓦奇的知識與實體打鬥的力量，可以擊敗富有的梅斯們，包括腐敗的政客和法官，當那些貪腐政客與法官經由虐待其他貧窮妓女、男妓的身體，沉溺放縱於尋找性愉悅之時。在《碳變》中，權力擴展，當非物質的意識與記憶，經由多重的身體再復活。社會規訓藉由新規則，被在身體上再度衡量，被侵入不同的瘋狂的、合法的、非法的、暴力的模式，被運行在未來黑暗反烏托邦的社會。

身體研究理論

　　麗莎・布萊克曼從社會學的角度，也分享關於身體相似的想法；正如布萊克曼在她的書《身體》（The Body）提出質問：「關於人類身體是否有任何是自然的呢？」（2008:1）布萊克曼提供批評，以社會的，來代替生物的決定論。依安諾普羅（E. Yiannopoulou）評論布萊克曼的見解：

> 雖然社會建構身體的研究方法認知到它對於可模塑性的能力，它們繼續視它爲「惰性不動的大眾」（inert mass）。那即是經由社會規範被動地被寫出，並剝奪它因此的能力來保護與抵抗規訓權力的運作。換言之，社會建構主義，儘管它的反本質主義者的政治，經由裝配它如封閉的臣屬於心靈，繼續排擠身體。（2009:1-2）

以本書作者的觀點而言，大眾的身體是否惰性不動，乃是被馴化的、被動的，藉由社會機構來被規訓，特別是在資本主義中。然而，身體仍然很有價值、很重要，因為它是被經由插入（在被儲存以那個人再恢復活力的心靈、意識、記憶與經驗）封套來啟動使有能力，來讓他／她人再生。那是一種可達到永生的方式，至少是生命的永續。

布希亞後現代理論

　　而且，尚・布希亞後現代「擬仿物與擬像」（*simulation and simulacra*）、「消費社會」（consumption society）的理論觀念，可以在《碳變》中，被視覺化呈現，一個歹托邦（dystopian）未來消費社會。視覺地呈現為在片中的海灣城市（今日的舊金山）之新黑色大都會之景。然它是像更多使人回憶起在導演雷利・史考特之具有開拓影響力的電影《銀翼殺手》（*Blade Runner*）（1982），以電影視覺呈現「復古未來主義式」（retro-futuristic）的洛杉磯的景象。作者認為正如布希亞在後現代主義文化理論〈擬像的進程〉（The Precession of Simulacra）使用博爾赫斯故事地圖的寓言（帝國製圖者是如此鉅細靡遺地畫地圖，以致於最後地圖的確涵蓋了版圖），來解釋他的「模擬」觀念。正如同布希亞指出，「就是那地圖在版圖之先——擬像的進程——是那地圖使版圖形成」（2009:409）。同理可推，在《碳變》的例子中，相似與超真實的，就是意識、記憶與經驗的非物質再現，形成了身體。抽象的象徵與隱喻，再現了有形的實體。

消費社會中身體的商品化

　　斯趣梅克（Lars Schmeink）的文章細看介於心靈與身體之間的關係，聚焦在身體的商品化（Burszta 135）。貴族梅斯們代表一種激進的再想像斯趣梅克所稱為「人類所有權的資本、新自由的觀念，與身體的精通熟練」。這種賽博控制論的後人類主義的洞察，是一種的確沒被解放於以種

族、性別與階級來體現的差別。梅斯們象徵經濟與政治霸權，允許富有的梅斯們可以對其他人的身體施以暴力，然後再用錢來爲他們過分逾越的行爲，付財產損失費用。這展示在那集好色的有權勢的梅斯男性們，施加了虐待性犯罪於那些可憐的妓女身上，他們甚至殺害她們，然後只是付給妓院賠償費，藉由付錢以其他身體容器來置換。盧卡斯・慕尼奧斯奇（Łukasz Muniowski）也詮釋梅斯們的消費行爲是對身體的物化。以作者之見，藉由使用極端的性交易，也是馬克思主義中的「異化」與對資本主義的譴責。

　　在人類／非人類裝配的非物質力量（如同唐娜・哈拉維〔Donna Haraway〕所提倡的人類／機器裝配），可以在Netflix科幻電視影集《碳變》之中被察覺出來。在影集第一季中，男主角柯瓦奇上一世死亡250年之後，換以一個新的白人男子（由喬爾・金納曼Joel Kinnaman飾演）的身體甦醒，讓他死而復生的原因，是雇用他來發掘工商業巨擘大亨前身被誰謀殺的謎團。在過程中，柯瓦奇（此主角角色）也回憶起他前世的記憶與身體（以韓裔美籍黃種皮膚演員Will Yun Lee李威尹所飾演）。第二季柯瓦奇此角色改由非裔美籍男演員安東尼・麥基（Anthony Mackie）所飾演。此影集兩季相當國際化多種族膚色的演員卡司陣容。

《碳變》的動漫版影片

　　況且，在麗莎・布萊克曼之書《非物質身體、影響、體現、調解》（*Immaterial Bodies, Affect, Embodiment, Mediation*）中第三章，所提到的體現經驗與「著迷與害怕那種在遠方經由精神靈媒的轉換，可穿越和控制人類的力量」（Stage 2013: 55）。我想這也由《碳變：義體置換》（2020）中的動漫版本裡的視覺而再現（圖6-10）。

　　在動漫版裡的黑幫頭目強迫年輕女刺青師，祕密地私下轉換他的腦記憶、心理的與精神的經驗至其他年輕男人精壯健康的身體。老邁的黑幫首領先前假裝挑選傳位他的權力給下一代年輕最強壯者，但他其實在一代一

圖6-10　《碳變》在Netflix也有動漫版。（Photo: Courtesy of Film.ai）

代的轉換儀式過程中，偷偷殺害那些年輕男性，以便來使用那些被他所挑選後使用的年輕壯碩男人的身體。身體形象或是「鏡子影像」如同馬蘇彌（Massumi, 2002）所言的詞語，可以在這個例子之中被用來詮釋；那移動的影像捕捉在轉換之中身體的精力。在轉換儀式之後，另一位（他所選來使用該身體的）年輕男性會死去，而他可藉由記憶等移植至該年輕男人的身體，但假裝是該位年輕男人，而延續活下去（圖6-11）。

圖6-11　《碳變：義體置換》*Altered Carbon: Re-sleeved*（2020）動漫版。（Photo: Courtesy of Film.ai）

文學互文性

　　文學的「互文性」（Intertextuality）也交織在這虛擬現實的未來賽博Netflix電視影集。美國詩人愛倫・坡（Edgar Allan Poe）的哥德式短篇小說的文學傳統，被一位名爲「坡」（Poe）的人工智慧機器人所體現，該角色由克力斯・寇能（Chris Conner）所飾演，外型是位古怪但卻熱誠的男型擬人化機器人（圖6-12），經營著（如同聯想呼應愛倫・坡〔Edgar Allen Poe〕的著名詩標題〈渡鴉〉〔Raven〕）烏鴉旅店。有著人類外型的人工智慧機器人「坡」，與男主角柯瓦奇成爲朋友，成爲柯瓦奇的助手協助他。

圖6-12　文學傳統愛倫・坡的哥德式短篇小說中的詭異，被體現在人工智慧機器人坡（克力斯・寇能飾），以其古怪但熱誠的男性人類形體身上。（Photo: Courtesy of Film.ai）

　　在墨林・雷恩（Maureen Ryan）所寫的電視評論中，雷恩指出他最喜歡的「可能是『坡』（克力斯・寇能所飾），那位辛辣但卻熱心的人工智慧機器人，他經營著以愛倫・坡來命名的烏鴉旅館。那位穿著黑衣的旅館經理，太陷入在這故事英雄（這旅館的唯一客人）的無畏與甚至浪漫的追

尋之中——變爲恰當的哥德次文化與悶悶不樂。」（89）我個人也喜歡這個人工智慧機器人「坡」的角色，他有點古怪但卻溫暖且充滿浪漫理想的性格特質，而且還又涉及美國文學作家愛倫・坡（1809-1894）的「互文性」，指涉愛倫・坡極負盛名的詩〈渡鴉〉與短篇驚悚神祕充滿懸疑的故事。Netflix《碳變》該季的後半部包括神祕謎團與氛圍，作者同意雷恩以下的看法：

> 有些資訊這部戲劇可能應該早一點傳達出來給觀眾閱聽者。在那兩個主要的故事線之中，柯瓦奇武志的過去——在那兒他遇見了一位神祕的游擊隊指揮，變成陷入困難在兩方相互衝突的忠誠之中——他感覺更被推進憂傷中。這些之後的影集包括場景有瑞內・愛麗絲・葛斯拜睿（Renée Elise Goldsberry）所飾演的游擊隊指揮，以及迪辰・拉克曼（Dichen Lachman）所飾演的與柯瓦奇的過去相關的人。酷斃了，在好幾個充滿活力、劈哩啪啦的動作連續之中，它是值得從那系列較慢區塊中，被爲了那些單獨的刹那間而延伸出來。當《碳變》不害怕去擁抱那些柔軟性來作爲它的核心時，它就會變得更讓人可享受，以及更能有質感地上癮（89）。

《碳變》劇作家顯示神祕的的過去用這順序，而不是編年體。或者是因《碳變》的第一季很受歡迎，使得續集有可能才有第二季，Kovac此角色一開始換了許多身體，包括女性的身體，後來主要改由黑人演員安東尼・麥基（Anthony Mackie）健壯精碩的身體擔綱演出男主角（圖6-13）。劇作家也增加情節中的故事線，從Kovac過去與他妹妹悲慘的童年記憶解開，而且增加更多關於戰役，以及政治的複雜故事（圖6-14）。

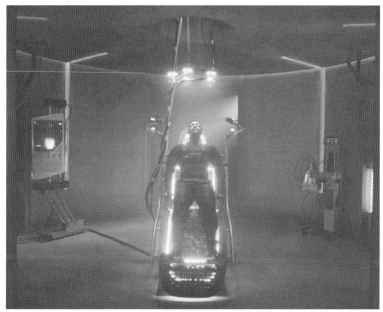

圖6-13　《碳變》第二季Kovac此角色改由黑人演員安東尼・麥基（Anthony Mackie）
擔綱演出。（Photo: Courtesy of Film.ai）

圖6-14　多元種族的演員陣容於Netflix兩季電視影集《碳變》（2018-2020）。
（Photo: Courtesy of film.ai）

四、結論

　　引人入勝的議題，有性、暴力、階級、權力、死亡、慾望、夢境、記憶、情色主義、永生、靈魂性、意識、人工智慧，等等，充滿在《碳變》裡的這些超真實虛擬實境之中。在《碳變》中的非物質再現，讓我們思索後人類實體，與充滿著無限的意念之非物質介面。在現今現實世界，在展覽會場有許多虛擬的身體，讓觀者可觀賞，甚至購買，彷如他們也身處在《碳變》的科幻未來世界之中（圖6-15）。

圖6-15　在現今現實世界，也有讓觀眾及玩家宛如身處在《碳變》的科幻未來世界，在展覽會場有許多虛擬的身體，讓觀者可觀賞，甚至購買。（Photo: Courtesy of Film.ai）

　　在新科技與新媒體的發展之下，Netflix是個創新的串流媒體平臺，投資大錢在拍攝《碳變》，這電視影集提供觀賞者虛擬實境的場景、多重的世界、穿梭運行的飛船、飛行的警車，以及片中令人瞠目結舌的新穎發明科技。這些華麗的景觀藉由《碳變》為例的視覺文化而被呈現，是具有意

義的，特別是在「非物質肉體」（immaterial corporeality）理論的觀念，確定「感情影響感染的主體」（the subject of affect），以及在麗莎·布萊克曼之書《非物質身體、影響、體現、調解》中的認知心理學觀念。更何況這演員陣容卡司，包括不勝枚舉數不清的許多種膚色的女性裸體，是對觀賞者帶來很大強烈的視覺衝擊（圖6-15）。性與裸體大賣。複雜的意義漂浮流動著，當符旨、符徵、意義，在再現現實的擬像之視覺文化的意象中很豐富。爭論點是身體不僅是多過於肉體存在，而是藉由插入記憶庫的小裝置於新身體的非物質再現。因此，「靈魂性」像是意識、記憶、夢境與經驗，可以被儲存在物質的堆疊；然而，為了給靈魂性來棲息於以便生存與存在的身體，可以被替代為用後即棄的商品，來延長生命，假如那封套住的堆疊沒被毀損的話。如此這樣做，生命或是永生可以被永續，而身體將變成宛如擬仿物般的非物質。新科技的未來，使人類企求永生的願望，於Netflix影視中呈現。

第七章

影像的元宇宙：電影《一級玩家》與《奇異博士2》身體／主體困境與超越[1]

一、元宇宙「類存在」的人類主體

　　元宇宙於虛擬網路，多元時空的另類擬真，「類存在」的人類主體（圖7-1），也具有社會性及社交性的特性（像是Facebook更名為Meta，

圖7-1　元宇宙於虛擬網路，多元時空的另類擬真，「類存在」的人類主體。（圖片來源：WeChat）

---

[1] 榮幸應中研院之邀請參加高端文學會議，發表本章〈影像的元宇宙：電影《一級玩家》與《奇異博士2》的身體／主體困境與超越〉。口頭發表於中研院文哲所邀請參與研討會「災難與希望：身體／主體的困境與文本／影像的元宇宙」。Aug. 18 (Thu.)-19 (Fri.), 2022. 臺北：中研院。（全文19,555個中文字，初稿版收錄於中研院會議論文集）。經過擴增修潤後的22,289字版本（附39張劇照），並無投稿至他處，特別保留首次正式發表收錄於此本書。

推出能在虛擬實境中辨識的120Hz螢幕與實體鍵盤的Infinite Office）。加上沉浸式、交互性的互動鍵盤及神遊方式，以及共感性的想像，超越單一宇宙的多重宇宙廣大浩瀚，於影像的元宇宙於電影、動漫、電玩等影視文創產業商機無窮，於故事與情節的擴展，與合作交集延伸新增的無限題材，可不斷編劇，新增創意無限。

　　元宇宙發展將使人沉浸於虛擬場景中，以即時互動於另一空間交流。曾大受歡迎用電腦做出來的的線上虛擬社群互動遊戲《第二人生》，亦吸引物理空間真實世界的跨國大企業在虛擬《第二人生》開創販賣商機，及美、韓總統候選人與總統競選造勢場合之一。此外，任天堂Switch版於2020年發布的《集合啦！動物森友會》，提供充分的自由度，並給予《第二人生》沒有的激勵獎勵機制，讓玩家願自創無人島和私人區域的悠閒慢活，也有設計極小規模的個性化小社群，可適度平衡可與其他玩家們島嶼互訪互動的社會化元素。《精靈寶可夢GO》引發現實社會狂熱的抓寶可夢風潮，可視為第一款全球AR類擴增實境遊戲，體驗到現實世界也可以Google地圖及即時GPS座標，於現實世界平行時空擴增成的元宇宙，完成捉捕、遠征、收集、擁有的快感。[2]

㈠元宇宙定義

　　元宇宙（Metaverse），Meta-意指「超越的、更高的」，-verse可指「世界、宇宙」。合起來元宇宙此字，意謂「超越宇宙」的概念，「即一個平行於現實世界運行的人造空間」（陳根，2022:3）。這個由數位構成無窮盡的虛擬空間。也是同時存在著多維時空的世界。「這個多維時空有著能與使用者互動的情境」（崔亨旭，2022:29）。元宇宙指平行於現實

---

[2] 已收集完能在美國捕捉到的142種寶可夢的美國玩家尼克・強森（Nick Johnson），得到跨國飯店企業萬豪酒店主動提供住宿，Expedia贊助全程旅費，他由法國巴黎出發，在12天內，到香港、澳洲雪梨、日本東京，尋找、抓捕在歐洲、亞洲、澳洲全球剩下的三隻寶可夢。（筆者改寫參考自崔亨旭2022:105）。

世界運行的人造空間。元宇宙的驅動，包括以算力重構搭建元宇宙，5G
高速網路雲宇宙、人工智慧、數位孿生、區鏈、NFT、XR、VR、MR、
虛擬實境、全息投影、電玩、虛實交互、虛擬現實、真實與想像。有實效
性（virtuality）的虛擬貨幣，與真實世界的貨幣有等價關係，如挖礦的比
特幣，甚至可交換真實物品及成為高風險投資貨幣。近年許多電影都呈現
影像的元宇宙，虛實交映的觀念不斷發展，例如《駭客任務》（1999）中
的母體或稱矩陣（Matrix）（圖7-2），《一級玩家》（2018）中以虛擬

圖7-2　《駭客任務》（1999）中的母體或稱矩陣（Matrix）。（圖片來源：作者已購
　　　　買獲授權，Alamy.）

化身進入虛擬實境參與賽車與尋寶線上遊戲（圖7-3），《蜘蛛人：無家
日》（2021）集結三個不同平行時空的蜘蛛人（圖7-4），《媽的多重宇
宙》（2022）楊紫瓊所飾角色在各時空宇宙中，嘗試化解家庭危機（圖
7-5），《奇異博士2：失控多重宇宙》（2022）自己的化身在不同時空
個性迥異（圖7-6）。本章探討在電影《一級玩家》（*Ready Player One*）
（2018）（圖7-7）與《奇異博士2：失控多重宇宙》（*Doctor Strange in
the Multiverse of Madness*）（2022）中的身體／主體困境，如何以劇情及
影像呈現元宇宙的突破（圖7-8）。

圖7-3　《一級玩家》（2018）中以虛擬化身進入虛擬實境參與賽車與尋寶線上遊戲。
　　　　（圖片來源：作者已購買獲授權，Alamy.）

圖7-4　《蜘蛛人：無家日》（2021）集結三個不同平行時空的蜘蛛人。（圖片來源：
　　　　作者已購買獲授權，BAZAAR SUMMIT.）

圖7-5　《媽的多重宇宙》（2022）楊紫瓊所飾角色在各時空宇宙中，嘗試化解家庭危
　　　　機。（圖片來源：作者已購買獲授權，Alamy.）

圖7-6　《奇異博士2：失控多重宇宙》（2022）自己的化身在不同時空個性迥異。
（圖片來源：作者已購買獲授權，ai film.）

圖7-7　電影《一級玩家》身體／主體困境，探究如何以劇情及影像，呈現元宇宙的突破。（圖片來源：作者已購買獲授權，Alamy.）

圖7-8　電影《奇異博士2：失控多重宇宙》結合串流媒體Disney＋《汪達幻視》（*Wanda Vision*）（2021）。（圖片來源：作者已購買獲授權，Alamy.）

韓劇《阿爾罕布拉宮的回憶》：線上打鬥滲入現實真實死亡

　　此外，在影像的元宇宙充滿許多例子，也可於Netflix上可觀賞到遠至西班牙、匈牙利布達佩斯、利奧波德城，及鄰國斯洛維尼亞實地拍攝，編、導、演皆優異的韓劇《阿爾罕布拉宮的回憶》（*Memories of the Alhambra*）（2018）（圖7-9），由帥哥玄彬飾演韓國J-One控股科技公司排名第一的創辦人頂級高富帥投資家富豪劉鎮宇，洞燭先機飛衝去西班牙格拉納達，想搶下跟鄭世周簽電玩遊戲的獨家專利權，並親身測試真實人可用特殊先進科技，戴上特殊能看到虛擬擴增實境的隱形眼鏡，即能看到、進入同時存在於現實世界的先進研發出尚未發表的虛擬電玩遊戲，變成以真人進入虛擬電玩遊戲的化身。剛開始Level 1先與從噴泉雕塑上跳下的栩栩如生的中古武士，以生鏽的長刀刃砍殺，逐步進階進級到現代手槍拚搏，但現實人物生死，竟奇幻地亦於虛擬遊戲戰鬥同步，最大震驚是與其競爭卻背叛的好友車亨碩（朴勳飾）於該電玩中打鬥輸給男主角，男主將其於虛擬電玩遊戲中殺死之後，該人竟然於真實世界的公園長椅上，雙眼睜開著被人發現離奇死去！

圖7-9　Netflix韓劇《阿爾罕布拉宮的回憶》（*Memories of the Alhambra*）（2018）。
　　　　（圖片來源：IMDb）

　　此劇將AR／VR虛擬的影像，以虛實融合，互動完美結合現實世界真實場景所有人事物，例如，高速鐵路火車、飯店、餐廳、咖啡館等，馳騁於AR世界的想像。還結合體驗式商業，例如，在劇中若想要補充在虛擬AR電玩遊戲中搏鬥奔跑攻擊閃躲所消耗的能量，可以到現實世界裡的便利商店購買特定飲料喝的橋段。以及在餐廳菜單可點選購買食用西班牙當地有名的薯條套餐等。編劇也巧妙將女主角鄭熙珠（朴信惠飾），其父親為栽培她學古典吉他，從南韓移民西班牙後，卻不料父母雙亡，導致她必須放棄學業，辛苦經營該老舊Bonita旅社，為扛起整個家的生計，照顧老奶奶與扶養教育弟妹，還得兼許多份差，包括在西班牙兼職導遊來鑲嵌入旅遊業，以及女主角的天才自閉弟弟鄭世周（十七歲又10個月）所開發設計該巧奪天工的電玩，亦設計Emma為Level 5以上的玩家才能跟她對話的漂亮會彈古典吉他的電玩虛擬角色（由同一女主角扮演），呼應現實世界西班牙著名的佛朗明哥（Flamenco）舞古典吉他。諸如此類，許多可讓觀賞者／玩家能同時感受到觀賞影視元宇宙的虛擬與現實之不同時空交錯與結合，當下有趣，讓觀者彷如男主角親身沉浸式互動體驗般，享受樂趣、危險與懸疑。

　　本章探討在電影《一級玩家》（2018）與《奇異博士2》（2022）中的身體／主體困境，如何以劇情及影像呈現元宇宙的突破。以電影研究的敘事（narrative）與電影攝影（cinematography），精神分析（Psychoanalysis）研究方法，探究《一級玩家》，為逃避現實貧民窟的身體／主體困境（圖7-10），精神寄託可經由在虛擬的網路遊戲「綠洲」（OASIS）尋求金蛋（圖7-11），而虛實交融，鹹魚翻身，脫貧成功（圖7-12）。申論《奇異博士2：失控多重宇宙》在多重宇宙中穿梭的汪達與奇異博士，以838號宇宙中不同的自己或正或邪化身，宛如心理分析本我、自我、超我（Id, Ego, Superego）的分裂（split）。在這方面，類似Netflix影集《碳變》中的記憶儲存堆疊，可換不同性別、年齡的肉體，甚至奇異博士之精神可操控其腐屍化身之上，超越單一身體／主體的極限，在影像的元宇宙中達成任務，成就實現（圖7-13）。

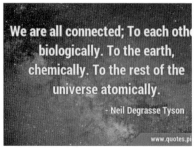

圖7-10　身體／主體困境，宇宙原子空間。（圖片來源：www.quotes.pics）

圖7-11　《一級玩家》，為逃避現實貧民窟的身體／主體困境，精神寄託可經由穿戴式裝置，在虛擬的網路遊戲玩「綠洲」（OASIS）。（圖片來源：作者已購買獲授權，Alamy.）

圖7-12　《一級玩家》，為逃避現實貧民窟的身體／主體困境，精神寄託可經由在虛擬的網路遊戲「綠洲」（OASIS）尋求金蛋，而虛實交融，鹹魚翻身，脫貧成功。（圖片來源：作者已購買獲授權，Steam.）

圖7-13　《奇異博士2：失控多重宇宙》在多重宇宙中穿梭的汪達與奇異博士，以838
　　　　號宇宙中不同的自己或正或邪化身。（圖片來源：作者已購買獲授權，ai
　　　　film.）

(二)影像的元宇宙

　　影像的元宇宙也發展於影視製作、視頻平臺、網路遊戲、動漫、AI
人工智慧賦能語言學習等領域。「元宇宙」（Metaverse）此詞可追溯至
小說家尼爾・史蒂芬森（Neal Stephenson）於1992年的賽博龐克科幻小說
《潰雪》（*Snow Crash*）之中。引述Kevin Chen（陳根）於書籍《元宇宙
Metaverse：連結虛擬和現實，開啓無限可能性》：「《潰雪》第五章描
繪主角Hiro Protagonist所處元宇宙的場景。」（2022:3）此外，電影《駭
客任務》也以哲學觀來比擬虛擬神經網路matrix（母體矩陣），類比現
實。元宇宙的內容產能，與主流社交型態的文娛矩陣，已有高品質大幅度
的提升。影視以AR/VR的互動形式呈現。電影公司和動漫內容產出公司
以構建多重宇宙的世界觀來擴大製作無限商機。以漫威電影公司成功製作
行銷全世界的一連串的系列漫威宇宙電影爲例，自《鋼鐵人》（2008）起
始，《黑寡婦》，漫威與迪士尼合作肖像權版權共享的三位蜘蛛人合體於
《蜘蛛人：無返家日》（2021），到劇情連結至跨業結合線上影視《汪
達》，於劇情連結超越多重時空宇宙的迄今最新的漫威電影《奇異博士
2：失控多重宇宙》（2022），十四年來已累積製作出許多相關以漫威漫
畫爲基底，來打造出來的龐大漫威電影與動畫系列的多元宇宙。

　　有關漫威開啓以「平行宇宙」觀念來製作一系列的影像作品，復仇者

聯盟電影系列，一開始是由漫威多部漫畫中的各種英雄人物所改編，包括
鋼鐵俠、綠巨人、雷神索爾、黑寡婦、鷹眼等角色。汪佩洵在期刊論文中
提出：

> 「復聯」的宇宙概念不僅針對該系列電影，也對應著相關
> IP的獨立電影。面對自創辦以來數量眾多的人物與龐大的
> 架空世界，為了保證故事的延續性與創新性，漫威開啟了
> 「平行宇宙」的概念，並將階段性特徵沿用至漫威電影
> 宇宙中。從第一階段中的初代「復仇者」英雄集結到「復
> 聯」終章後即將進入的第四階段宇宙，清晰的階段劃分讓
> 漫威電影宇宙的層次性更為突出。（2020:126）

影像的元宇宙，可藝術再現於漫威電影開啟「平行宇宙」的概念，由此將
許多英雄串聯、結合合作與不斷延伸，像是在電影《蜘蛛人：無家日》
中，平行宇宙的三個蜘蛛人可跨越黑洞，集合到現下時空的物理空間，來
共同協助完成打擊惡勢力的任務。

二、研究方法：電影理論及精神分析

　　本章採用電影理論，主要以電影研究的敘事（narrative）與電影攝
影（cinematography），及精神分析（Psychoanalysis）研究方法。電影
理論包羅萬象，本章主要以電影敘事分析，參酌德勒茲的影像理論，及
佛洛伊德與拉岡的精神分析，來探究此文兩部電影《一級玩家》與《奇
異博士2》中的身體／主體。電影理論從歷史綜論由早期的無聲電影切
入，逐步萌芽發展，蘇聯的「蒙太奇」（montage）理論、俄國的形式
主義（Formalism）與巴赫汀學派（Mikhail Bakhtin）的「眾聲喧譁」
（heteroglossia）、歷史前衛派（Historical Avant-garde）。有聲電影出現
後，百家爭鳴，有法蘭克福學派、寫實主義的現象學、從作者崇拜到作者

論，也有第三世界電影與理論。逐漸發展由結構主義探討電影語言、特性，反思作者身分、探究類型電影。1968年左翼轉向，古典寫實主義文本回歸。

德國劇作家布萊希特（Bertolt Brecht）由「史詩劇場」（Epic Theatre）帶入電影的「疏離理論」（The Alienation Effect）。一九七〇年代末期出現到二十世紀前十年興盛的反身性策略，二十世紀到二十一世紀初都在突破尋找另類美學。眾聲喧譁，從語言符號學到精神分析，加入女性主義（Feminism）豐富視野，又出現後結構主義（Post-structuralism）的變異。由精細的文本分析（Textual Analysis），詮釋，從文本擴大到「互文性」（Intertextuality），也探討電影的聲音。稍後文化研究（Cultural Studies）興起，也關注觀眾接受面（Audience Reception），還有認知及分析（Cognition and Analysis）理論、符號學（Semiotics）。

㈠德勒茲的影像理論

德勒茲由哲學的根基來論電影的時間－影像（Cinema Time-Image），與電影的運動－影像（Cinema Movement-Image）。酷兒研究理論（Queer Studies）以同性戀各群體LGBT加入性／性別探討，多元文化主義（Multiculturalism）協助探究種族與族群（race and ethnicity）議題，「再現」（Representation）則更刻畫美學（Aesthetics）議題。後殖民主義（Post-colonialism）研究也輔助研討第三世界電影，二十世紀末的後現代主義（Postmodernism），雜沓堆疊探索詩學與政治面向，大眾文化（Pop Culture）強化社會意義的探討。二十一世紀因科技日新月異的突飛猛進發展，之後電影有傾向數位理論（Digital Theory）與新媒體（New Media）的多樣化理論研發。

與德勒茲及電影相關的文獻，包括周多螢期刊論文〈感覺與純粹形象／影像──論德勒茲的「感覺的邏輯」與電影思想〉提出：「現代電影以感覺符號（主要是視覺和聽覺符號）取代了感知──運動影像符號。感

覺不再與感知──反應──動作機制連繫，而是與時間的各個層面建立連繫。電影從敘事的、再現的影像跨越到了表現的影像。」（2016:129）閱讀德勒茲的著作，可見他透過哲學來反芻其他理論家的相關論點，包括巴贊（André Bazin）論新寫實主義[3]、布萊希特（Bertolt Brecht）論自主場景、大衛・鮑德威爾（David Bordwell）論古典電影、巴索里尼論自由迂迴等等。

(二)電影研究

參考《電影研究》（*Film Studies*）書中第二章〈電影的語言〉的電影攝影（cinematography）章節，包括重要的鏡頭「場面調度」（mise-en-scène）要素（2007:36）。即只把所有東西（如演員走位、背景、道具、服裝化妝、燈光、音效音樂聲音、鏡頭快慢、拍攝角度、距離、景深、鏡頭運動等），放進一個被攝影機的鏡頭拍攝錄影時的畫面場面配置安排。

何謂「場面調度」（mise-en-scène）？引述大衛・鮑德威爾（David Bordwell）與克莉絲汀・湯普遜（Kristin Thompson）合著的書《電影藝術：形式與風格》：

> 場面調度的法文原文mise-en-scène，意為「將動作舞臺化」，被引申為導演戲劇的能力。電影學者將這一詞彙擴大到電影的戲劇上，意指導演對畫面的控制能力。因為原為戲劇的術語，因此場面調度包括了許多與舞臺藝術相同的元素：場景、燈光、服裝及肢體動作。所謂場面的調度，就是指導演為攝影機安排調度某事件的場景，以利拍攝。（2008:135）

---

[3]　如義大利的新寫實電影。

影像的元宇宙常見導演巧妙的場面調度，將平行宇宙或多重宇宙之間的跳接，或是以及本章《一級玩家》中的虛擬電玩世界和現實世界，得以在視覺上以電影鏡頭切換與剪輯，明顯劃分區別。

㈢模擬擬仿（Simulation）與「男性凝視」（the Male Gaze）理論

　　身體藝術與擬仿和真理的起源，可回溯自柏拉圖於《理想國》第七卷開篇所提出的洞穴（cave）寓言，洞窟裡的原始人圍繞著火堆跳舞，誤認火光映照在黑暗洞窟牆面的影子，未出洞窟不解外在世界陽光所代表的真理，提倡哲學教育，企圖達到物質世界到理念世界的昇華（sublime）。亞里斯多德的模仿論（Mimesis），進一步尊崇戲劇。布希亞（Jean Baudrillard）的後現代主義擬像（simulacre）擬仿物的擬像論（simulacrum），與模擬（Simulation）[4]，相當適切地可被引用來詮釋電影《一級玩家》其中的線上虛擬電玩遊戲，相當程度地模擬擬仿現實世界。尤其是線上虛擬賽車遊戲、線上虛擬尋寶，猜謎、追尋、逃躲、奮戰、闖關等，擬仿現實世界人生有著的身體／主體困境。

　　觀眾視角伴隨著男主角孤兒少年韋德·瓦茲，無論是他進入電玩選擇的Avartar化身，或是觀眾以蘿拉·莫薇（Laura Mulvey）著名超高被引論文〈視覺快感與敘事電影〉（Visual Pleasure and Narrative Cinema）的電影「男性凝視」（the Male Gaze）快感，來觀看男主角於電影大螢幕上，電影敘事中該身體所處世界，主體意識憑藉線上電玩虛擬化身的努力，實際肉體身體穿戴可感受裝置，結合虛擬化身，進入線上虛擬電玩世界「綠洲」所創造的烏托邦，不斷闖關突破難關，最後竟夢想成真，超越末日（apocalypse）原生身體與主體所處的艱困環境（圖7-14）。

---

[4]　重新排版：擬像的三種類別@遊蕩的哲學：ERRANCE, ERRARE HUMANUM EST, & LES PLAISIRS D'ERRER, ET CAETERA. :: 痞客邦 :: (https://errance.pixnet.net/blog/post/48239274)

圖7-14　電影《一級玩家》主角在現實世界穿戴裝置進入虛擬網路遊戲冒險。（圖片來源：作者已購買獲授權，Alamy.）

布希亞的「超現實」（Hyper-reality）理論

　　根據布希亞的「超現實」（hyper-reality）理論：「超現實是沒有起源或是現實的真實的複製品的重複。」（Hyper-reality is the reduplication of replicas of a real without origin or reality.）、「這些超現實的效果，被經由不同的電影技巧來再現在描繪虛擬世界如同一個真實世界的影像之中，而被創造。」（These hyper-real effects are created through representations in the images portraying the virtual world as a real-world through different cinematic techniques. (Baudrillard, 1988) 這些「再現」是以文字與影像的密碼與符號的形式來被製作。在此文的兩部電影中，可見超現實的影像與虛擬世界的幻像，藉由漫威電影的CGI特效，強化視覺的敘事在每個影像／鏡頭框之中，對觀賞電影的觀眾造成強大視覺衝擊，尤其是以4DX IMAX超大圓弧形螢幕的3D立體影像與環場立體聲音響所帶來的聲光影效刺激，如同英國女性主義電影學家蘿拉・莫薇（Laura Mulvey）所指出的電影視覺觀賞快感，很能滿足觀眾需求。而且符號學（Semiotics）也可分析電影《奇異博士》中，魔法密碼咒語與穿越的不同平行宇宙。

㈣身體／主體

　　中研院曾辦國際漢學會議，收錄的第四屆會議論文集《身體、主體性與文化療癒：跨域的搓揉與交纏》，包括余德慧、林耕宇、彭聲傑三人共同作者所寫的會議論文〈身體內景的知覺現象與身體情緒〉，探討身體記憶如何表述集體的離散認同與再現歷史。該文推測道家修道的理論裡，「外宇宙與內宇宙是觀想的兩大區塊；外宇宙可以是抽象的星象，也可以是具體的名山『仙洞』（深山洞窟），而內宇宙則是以『心眼』（非肉眼）的想像來呈現身體內部的風光」（2013:211）。而這點與本章探討影像的元宇宙的兩部電影案例相似，電影《奇異博士2：失控多重宇宙》中的許多多重宇宙都是外宇宙，像是片首在617號宇宙的捍衛者史傳奇與艾美莉卡・查韋斯在逃避魔物追殺時，他們所處的外宇宙即是以抽象的星象、幾何造型背景與誇張顏色，來顯示影像的超現實物理空間以外的外宇宙相似。此外，以理論來研討身體／主體，該文並發現：

> 　　柏格森─德勒茲的影像理論比較接近現象，亦即當意識試圖去感受身體（情緒）變化，有一種接近德勒茲零度影像或柏格森的純粹知覺影像出現，作為生成（becoming）的基礎，而且影像由其自身差異（體覺及其他多元官能）生成所定義，並不受制於現成的符徵，所以，身體操作的變化彷如柏格森所謂的潛質（the virtual），隨體動的狀態生成隨起隨逝的「接近零度」的影像（2013:209-210）。

該文以德勒茲的影像理論，以及德勒茲臨死前所寫的最後一篇文章探究內在性的最內層第三層「悟性」，即「超越日常意識的智性」，也就是「啟悟」的「純粹內在性」，來嘗試研究「人文的身體是否＝虛擬的身體？身體感是否是虛擬的真實？」（216-217）。

　　而本書作者此章則是援引德勒茲的影像理論，詮釋兩部電影。例如，德勒茲所提出的「無器官身體」觀念，也可用來詮釋電影《奇異博士2：失控多重宇宙》中，史傳奇運用夢行（dream walk），來附身在影片稍早前在主宇宙中被埋葬的捍衛者史傳奇的屍體之上。這實際已無器官運作的腐屍身體，雖本被骷髏頭幽靈們所騷擾阻撓，但奇異博士突破逆境，反借其力，運用亡者靈魂們的力量，把他意志附身的死屍送達到萬達格聖殿，並打贏汪達，成功解救王和查韋斯。因為德勒茲的「無器官身體」理論觀，是指透過多層感官知覺的綜合整體作用，來使感官感受之間出現相互跨越的綜合，以便使整體的感受越過單獨感官而出現另一層感受性，也就是無器官身體的感受。說是「無器官」，實乃「綜合無數器官而產生的天羅地網，無器官身體恰好是取消單一感官之後的另一階層的感受。這種感受被現象學者指稱為「身體感覺」。[5]由此，經由腐屍的「無器官身體」，史傳奇可超越「身體感覺」，以其有主觀（subjectivity）的意識，操控之上，跨越生死疆界，與穿越多重時空，達成其穩定物理空間之人事物秩序的英雄任務（圖7-15）。

圖7-15　探究電影《奇異博士2》的身體／主體。（圖片來源：作者已購買獲授權，ai film.）

---

[5]　德勒茲（2009），《感覺的邏輯》。陳蕉譯。臺北：桂冠。轉引自余德慧三人會議論文，頁214-215。

　　電影理論從語言符號學發展到精神分析，[6]也著重電影機制產生的「主體—效果」（subject-effects）。像是理論家皮耶‧鮑德利（Pierre Baudry）於〈基本電影機制的意識形態效果〉（"Ideological Effects of the Basic Cinematic Apparatus"）（1971）文中提出：「電影機制把觀看的主體稱頌為意義的中心和來源，而討好觀眾幼稚的自戀慾。」（Robert Stam 2000: 223）因為觀眾尤其喜歡自我誇張成為一個全知主體的感覺。[7]瑪莎‧沃芬斯坦（Martha Wolfenstein）和南森‧萊茲（Nathan Leites）的書《電影：一個心理學的研究》，提出「電影具體化了一般人共有的夢幻、神話、及恐懼」（轉引自Robert Stam, 陳儒修、郭幼龍譯 2000:219）。佛洛伊德《夢的解析》，從病人朵拉的夢所解析出來潛意識，以及社會性壓抑[8]，「本我、自我、超我」（id, ego, superego）、「意識、潛意識、無意識」（consciousness, subconscious, unconscious）。拉岡應用語言符號學的「心理分析」（Psychoanalysis）。提出窺淫慾（voyeurism）、窺視慾（scopoohilia）、戀物癖（fetishism）、鏡像階段（the mirror stage）、想像階段（the imaginary stage）、象徵階段（the symbolic stage）等，可應用於電影分析的心理分析專有名詞觀念。例如，電影《奇異博士2：失控多重宇宙》中，無意識的腐屍被有主體（subjectivity）意識的奇異博士所運用。而以拉岡的概念來詮釋，「無意識便是主體進入語言／象徵秩序的效果」（Lacan, 1997, p. 76）。從而觀者可見殭屍腐屍詭異恐怖的外型形體，卻執行有主體意識充滿正義感奇異博士的意念行動，欲匡正時局，

---

[6] 佛洛伊德在1896年首度使用「精神分析」一詞，只比盧米埃兄弟在巴黎的大咖啡館放映電影晚一年。（Robert Stam, 2000: 219）

[7] 有時導演與編劇會安排片中角色非全知觀點，為半知，相對之下，觀眾則為全知觀點，觀賞片中角色發現經歷的過程。讓觀眾享受彷彿有如神的全知觀。

[8] 有些病人乃幼時少女被性侵，甚至有些腦前葉記憶體被蓄意開刀割除，來隱瞞父權制度與社會集體惡意噤聲，甚至男醫生與精神病院也為幫凶。可參見佛洛伊德《夢的解析》、《朵拉的故事》、《性學三論》。

挽救元宇宙的象徵秩序。而且奇異博士與汪達都是用「夢行」（dream walk）的方式，來操控另一平行宇宙的本體卻是「他者」（the Other）身體，這也可解釋心理分析的「置換作用」，乃指以主體的無意識會將主體對某一客體的情緒或慾望轉移到其他客體或對象上。這尤其可說明緋紅女巫於電影《奇異博士2：失控多重宇宙》中的情況。以「互文性」（Inter-textuality），電影指涉汪達在受歡迎的迪士尼串流影集Disney +平臺《汪達與幻視》（2021）；汪達無法忘懷在Disney+影集中她想像出與愛人幻視（Vision）生活在小鎮，想像與其所生兩個雙胞胎兒子，她跟小孩子們生活在一起的快樂，於是在電影裡，用她的夢思與夢行。來轉移慾望與黑化行動的動機。

㈤研究議題

　　簡介應用的理論之後，本章接下來探討在電影《一級玩家》（2018）與《奇異博士2》（2022）中的身體／主體困境，如何以劇情及影像呈現元宇宙的突破。以電影研究的敘事（narrative）與電影攝影（cinematography），精神分析（Psychoanalysis）研究方法，探究《一級玩家》，為逃避現實貧民窟的身體／主體困境，精神寄託可經由在虛擬的網路遊戲「綠洲」（OASIS）尋求金蛋，而虛實交融，鹹魚翻身，脫貧成功。申論《奇異博士2：失控多重宇宙》在多重宇宙中穿梭的汪達與奇異博士，以838號宇宙中不同的自己或正或邪化身，宛如心理分析本我、自我、超我（Id, Ego, Superego）的分裂（split），類似Netflix影集《碳變》（Altered Carbon）中的記憶儲存堆疊，可換不同性別、種族、年齡的肉體，甚至奇異博士之精神可操控其另一宇宙的腐屍化身，宛如本我（解救年輕女主角艾美莉卡·查韋斯、防止惡勢力侵奪艾美莉卡可穿越不同宇宙時空的超能力），超越單一身體／主體的極限，在影像的元宇宙中，達成英雄超越凡人俗體的超人任務。應用「後人類理論」（Post-humanism），該腐屍也承繼這幾年流行的殭屍電影，以在本我男

主角奇異博士所居住的這時空，以穿越來卻死去的殭屍（Zombie）奇異博士，來操控其超越人類的後人類，超越生命的幽冥闇黑的冥界黑暗力量，飛越上緋紅女巫黑化後的高空山壁萬達格聖殿，突破人類身體肉身（corporeality）局限，奇異博士之主體意識凌駕腐屍，超越死亡，突破困境，以後人類特殊化身，達成元宇宙的超越時空超人任務。

三、研究案例分析

㈠電影《一級玩家》

　　在電影《一級玩家》（*Ready Player One*）（2018）中的身體／主體困境，探究如何以劇情及影像呈現元宇宙的突破。「元宇宙」與「虛擬分身」（Avatar）一詞同時發明。根據《元宇宙》一書作者崔亨旭所言，「Avatar源自梵語，指在現實世界中經過肉體化的神之分身或化身」，現則賦予新意，指由圖像構成之遊戲裡的分身，玩家角色（2022:28）。在此電影《一級玩家》中，即有在虛擬電玩世界中的玩家角色，為包括男主角等人可選擇的電玩遊戲分身。

1.劇情與連結元宇宙

　　故事是假設在未來的2045年，該時電影中的現實世界混亂不堪，瀕於崩潰邊緣。許多像是男主角的年輕少年韋德·瓦茲為孤兒，生活身體處於低下貧民窟，只得寄託於穿戴上體感服的AR/VR設備，意識進入由天才開發者詹姆士·哈勒所設計的虛擬線上世界「綠洲」（OASIS）中，尋找心靈寄託，以及刺激賽車冒險的感官體驗之中。男主角在「綠洲」中的代稱是「圓桌武士珀希瓦里」。他後來成為守護「綠洲」的平民英雄，勇敢挺身對抗壟斷的大型企業IOI。而這點有文學與電影的相互指涉「互文性」（Intertextuality），因彷彿是在致敬元宇宙一詞創始的小說《潰雪》裡的主角英雄。

　　電影名導史蒂芬·史匹柏的電影《一級玩家》（2018），其中所呈現塑造的虛擬線上世界「綠洲」（OASIS），連結很接近元宇宙的概念及型

態。這個虛擬的綠洲線上世界，可以自我選擇一個虛擬化身（圖7-16）。
虛擬化身跳脫出現實世界的階級、性別、性傾向、年齡、種族、國籍、教
育背景、身體限制，即使在現實世界是個失敗的社會邊緣人，也有可能因
爲該「綠洲」雖是虛擬，但卻是建構一個獨立的經濟系統；在綠洲內的繁
華城市景觀中，如男主角一般，可打電玩打到夢想成眞，一躍成爲虛擬世
界的超級英雄，以及現實世界的獲得財富名利者。

圖7-16　電影《一級玩家》進入虛擬電玩的化身。（圖片來源：作者已購買獲授權，
　　　　Alamy.）

　　劇情連結元宇宙。這彷如平行於現實世界的另一個鏡像世界，或是
平行宇宙的觀念，可擺脫當下唯一現實世界宇宙的挫折與沮喪，讓人尋求
跳脫至另一個更美好（即使是線上虛擬）的快感刺激烏托邦（Utopia）。
甚至在虛擬世界的冒險，破除謎語的尋寶任務完成，所獲寶物可被承認成
功，代幣等價爲現實世界銀行可兌現的現金或支票。實際金錢回饋至現實
生活，讓成功的玩家，不僅於虛擬線上遊戲中獲得破關的成就感，並於眞
實世界，可享有較好生活待遇，與社會尊敬崇拜感（圖7-17）。

圖7-17　電影《一級玩家》劇情連結元宇宙。（圖片來源：作者已購買獲授權Alamy.）

2. 虛擬電玩與現實世界

　　電影影像的元宇宙從小說《潰雪》文學文字的描述，投射至大銀幕上，《駭客任務》（1999）可見男演員基努·李維所飾演的男主角，最後奮力看清身體實受限處於小舟艙，而精神主體則於龐大電腦虛擬線上世界的母體矩陣中，衝鋒陷陣，與敵人子彈時間凝固在半空中的特殊電影特效的搏鬥。逐步發展到《一級玩家》（2018），已越來越成熟地將人類對元宇宙的想像與未來科技進步的期許，投射在電影大銀幕上。

　　改編自同名小說的電影《一級玩家》中，有呼應眞實世界的許多部份，包括歷史上在1983年在美國曾有遊戲業大蕭條之前，由雅達利所風靡的遊戲機時代。電影中第三個任務即是雅達利2600遊戲機，「該任務內容就是1979年上市的《魔幻歷險》（*Adventure*）。《魔幻歷險》是遊戲史上第一款動作冒險遊戲，編寫它的程式設計師，起先把它藏在遊戲彩蛋中。因爲遊戲內容跟電影設定一樣，對於知道這件事的用戶來說，《一級玩家》不但是一部科幻電影，也是一部能喚起往日回憶的復古電影」[9]（崔亨旭 2022:338）。電影《一級玩家》結合虛擬與眞實世界的電玩（圖7-18）。

　　電影《一級玩家》中，虛擬世界和現實世界的比例爲6：4。可見片中更重視以影像來平行投射所描繪出的虛擬實境線上世界。用電影視覺影

---

[9] 在我們的現實世界，「之後，雅達利發行了自己的加密貨幣（ATRI），將電子遊戲、網路金融和區塊鏈連結，在Decentraland建立了賭場和遊戲室」（崔亨旭 2022:338-339）。

圖7-18　電影《一級玩家》虛擬電玩與現實世界。（圖片來源：gagadget.com
　　　　標題：Fresh trailer "The first player to prepare": a virtual battle for the real world
　　　　發布時間：16.02.2018）

像打造出模擬彷如線上大型電玩遊戲的大螢幕大景觀場景，描繪末世男女
生活在低下貧民窟，在現實世界受盡挫敗，沮喪、萎靡、逃避，卻可穿
戴AR、VR裝置，進入「綠洲」，尋找快感。甚至意外成爲虛擬電玩世界
裡，過關斬將的平民青少年勇者，在平行於現實世界的「鏡像世界」，或
平行的影像元宇宙，重拾自我價值。

　　高潮之後的轉折點定調是在電影近結尾，在主角們完成任務之後，研
發設計開發此虛擬世界的詹姆士·哈勒現身，提出振聾啓聵的勸世感想：
「我創造綠洲是因爲不適應現實，不知道怎麼與人溝通。……在我的生命
到了盡頭的時候我才明白，現實世界可以是可怕又痛苦的，但它也是唯一
你可以發現眞實的快樂的地方。因爲現實是眞實的。」也因現實世界才是
你眞實可吃到喝到東西的地方，所以此片雖描繪虛構世界的影像之比例較
大，但結局仍重視回歸現實世界。

　　元宇宙的概念從《潰雪》發想到《駭客任務》，進階至《一級玩
家》，由超脫現實世界，發展至與現實世界「平行、相互影響，並且始終
線上的虛擬世界」（陳根 2022:6）。接下來我們可探討好萊塢電影《奇
異博士2：失控多重宇宙》，該部電影的影像元宇宙，更進一步超脫到多

重平行宇宙之間的互相影響，甚至脫序失控，男主角奇異博士企圖力挽狂瀾，匡濟時局。

㈡電影《奇異博士2：失控多重宇宙》

在最近的漫威宇宙電影《奇異博士2：失控多重宇宙》（*Doctor Strange in the Multiverse of Madness*）（2022）中的身體／主體困境，更是躍進一個層次，結合串流媒體Disney＋影集2021年受歡迎的《汪達幻視》（*Wanda Vision*）中在汪達緋紅女巫操控整個小鎮的獨特生活經歷之後，來做影視結合，元宇宙平行時空觀念的眾多龐大，多重時空故事情節互相指涉銜接，與再創造的突破。在串流影視《汪達》緋紅女巫的好幾集影集中，呈現汪達在元宇宙的其他平行時空中，創建一個以整個西景（Westview）鎮小鎮居民都被操控涉入，以劇中劇電視通俗肥皂劇（soap opera）形式，共同架構和攝入扮演她的夢想平靜美好家庭生活，她因在先前漫威電影中痛失其愛人「幻視」（Vision），在傷心之餘，她竟創立一整個讓她愛人活著，一起彷如平凡人在美國從首集一九五〇年代的鄉下小鎮生活，之後幾集並幻想生出雙胞胎兒子，快速進展到第三集一九六〇年代留直長髮懷孕大肚子，隨著第一季共9集，劇中劇小鎮中的時代背景每集快速進展至一九七〇年代→一九八〇年代→一九九〇年代→二〇〇〇年代現代→二〇一〇年代→到二〇二〇當代生活。以劇情前兩集是黑白影像，但精心設計穿插加入彩色影像表示片中有小鎮之外，眞實世界的映照疊影，呈現眞實世界不斷介入汪達的想像世界。從汪達創造出懷孕之後，她家及該小鎮社區周遭環境轉換變爲彩色世界。此乃最新影像的元宇宙中，平行時空觀念的突破——汪達試圖可共存，維護外界不戳破該幻想的美好平靜家庭小鎮生活的小泡泡圈，在影視劇的現實世界，汪達用巫術魔法創造的平行時空。

此部電影《奇異博士2：失控多重宇宙》（*Doctor Strange in the Multiverse of Madness*）（2022）主要演員陣容，由英國著名的男演員班

奈狄克‧康柏拜區（Benedict Cumberbatch）飾演男主角「奇異博士」（Doctor Strange）／史蒂芬‧史傳奇（Stephen Strange），以及多重平行宇宙裡，838號宇宙中的至尊史傳奇（Supreme Strange），617號宇宙中的捍衛史傳奇（Defender Strange），以及另一宇宙中的邪惡史傳奇（Sinister Strange）（圖7-19）。

圖7-19　英國著名的男演員班奈狄克‧康柏拜區（Benedict Cumberbatch）飾演男主角「奇異博士」，以及多重宇宙中的數個正反派史傳奇化身，演技超凡。（圖片來源：作者已購買獲授權，Alamy）

　　筆者認為班奈狄克‧康柏拜區有著扎實的演員功力，得獎代表作眾多。除了2011年班奈狄克‧康柏拜區曾輪流交替不同夜晚飾演瑪麗‧雪萊的小說改編成的舞臺劇《科學怪人》中的兩個角色──科學家維克多‧弗蘭肯斯坦（Victor Frankenstein），以及他所創造的生物怪物（creature），此足以證明班奈狄克‧康柏拜區很會飾演正反兩派，且都具有深度人性與性格缺陷的特殊角色。除此之外，康柏拜區2010年到2014年開播的第三季，還曾演過《新世紀福爾摩斯》影集裡，聰明但特立獨行，孤僻奇特的偵探福爾摩斯。並且2004年他在BBC電視電影《霍

金的故事》中，飾演英國知名的天文學家漸凍人史蒂芬‧霍金（Stephen Hawking, 1942-2018），獲得霍金本人公開讚揚，為康柏拜區著名得獎代表作。2015年康柏拜區也主演莎士比亞的劇本《哈姆雷特》（*Hamlet*），等等許多膾炙人口的好電視、電影、舞臺劇作品。

　　此部電影《奇異博士2：失控多重宇宙》中的主要女主角反派角色，是由伊莉莎白‧歐森（Elizabeth Olsen）飾演「緋紅女巫」（Scarlet Witch），以及包括在838號宇宙與兩個兒子幸福快樂生活的汪達‧馬克希莫夫（Wanda Maximoff）（圖7-20）。英籍華裔演員黃凱旋（Benedict Wong）飾演角色王（Wong）。導演後改為山姆‧萊米（Sam Raimi），導演電影拍攝風格，擅長以大量使用「多種視角的切換」，和「不規則的扭曲誇張鏡頭」來呈現，導演萊米代表作是《蜘蛛人》1、2、3，分別於2002、2004、2007三部上映的電影，為較多世人所熟悉。此部電影《奇異博士2：失控多重宇宙》的編劇，則是麥可‧沃爾德倫（Michael Waldron）。

圖7-20　主要女主角，是由伊莉莎白‧歐森（Elizabeth Olsen）飾演「緋紅女巫」（Scarlet Witch），以及包括在838號宇宙與兩個兒子幸福快樂生活的汪達‧馬克希莫夫（Wanda Maximoff）。（圖片來源：作者已購買獲授權，Alamy）

1. 以電影研究（敘事、鏡頭、聲音、剪輯等元素）與德勒茲來詮釋劇情

　　此部電影的形式與風格（form and style）屬於漫威動作冒險片。慣例是英雄解救。電影一開始就以電影緊湊的特效，加上後製剪接鏡頭，搭配變化多端的場面調度（mise-en-scène）[10]、超特寫、特寫、近景、半身鏡頭、中景、遠景、廣角、切割畫面等，呈現不同於當下現實物理空間，以外的平行時空發生的不同事件與角色行為。電影敘事（narrative）之情節與故事是先發生在平行宇宙中的617號宇宙裡的捍衛者史傳奇（看起來有白髮的外貌，比較在當下紐約的史傳奇要來的年長），與年輕的艾美莉卡・查韋斯，為了躲避魔物的追殺，他們奮力逃脫在多個宇宙間，在多重宇宙的夾縫空間裡，求得逃逸的一線生機（圖7-21）。

圖7-21　電影《奇異博士2：失控多重宇宙》在多重宇宙間穿梭奮戰。（圖片來源：作者已購買獲授權，ai film.）

　　捍衛者史傳奇受到重傷，因他自知無法擊敗魔物，但怕艾美莉卡・查韋斯的特殊超能力落入敵手，因此他決定自行吸取查韋斯的特殊能力。但

---

10 「場面調度」之法文原文mise-en-scène，原為戲劇的術語，意謂「將動作舞臺化」，意指「導演對畫面的控制能力」（Bordwell, 2009: 135）。《電影藝術：形式與風格》。第八版。

他還未完成，就被魔物所殺。查韋斯很害怕，無意中打開了跨維度超越該宇宙的時空傳送門。她掙脫魔物的捆綁後，與捍衛者史傳奇的屍體一起摔入傳送門。這一段落整體空間中的場面調度，場景、服裝與化妝，加上鏡頭色澤調性，都是科幻未來、超寫實主義的強烈色彩風格（圖7-22）。

圖7-22　電影《奇異博士2：失控多重宇宙》連結元宇宙之真實與想像。（圖片來源：作者已購買獲授權，Alamy）

　　接下來的電影場景換成寫實主義室內臥室床上，剪輯鏡頭畫面一轉換，切換到這個世界主宇宙男主角—— 史蒂芬‧史傳奇（奇異博士）所居住的616號宇宙，他在床上睡醒，片頭宛如他所做的一個奇異夢。導演用了一個中距（Medium）鏡頭，來呈現主宇宙中的奇異博士從他紐約寓所的床上，於夢中驚醒，上身赤裸秀肌肉的鏡頭，來讓觀眾大飽眼福。接著一個特殊運鏡，導演將主宇宙中奇異博士驚恐的臉。疊影（superimposition）在一個鏡面破裂的手錶之上。而這手錶象徵著時間、之後多重宇宙的時空穿越、還有奇異博士仍愛著他前女友。因為這手錶是他前女友所贈送的，雖鏡面破裂，但他仍珍藏保存至今。電影中「疊影」技巧也在其他場景出現（圖7-23）。

圖7-23　《奇異博士2：失控多重宇宙》中的電影技巧：疊影。（圖片來源：作者已購
　　　　買獲授權，ai film）

　　下一段場景就是他正式著裝，去參加他仍深愛的前女友克莉絲汀‧
帕瑪的婚禮。導演鋪陳完他們於教堂見面，及飯店餐會敘舊場景，然後，
窗外突然的喧鬧聲引起史蒂芬注意，史傳奇一如既往英雄式去解圍。這裡
導演先運用聲音音效，來引起觀眾注意到，銀幕上及銀幕外空間所發生的
事件。聲音音效也常被使用在此部電影的許多其他場景（圖7-24）。承接
片頭原來是艾美莉卡‧查韋斯意外穿越到這個男主角史傳奇所生活主宇宙
的紐約街頭。她正被另一隻異次元巨大的章魚怪物追殺。至尊魔法師王
（Wong）也趕來，跟史傳奇合力擊殺大章魚怪。查韋斯被解救後，向史
傳奇解釋這些大魔怪物的背後指使者，乃意圖搶奪她還無法自由控制的特

圖7-24　《奇異博士2：失控多重宇宙》常運用聲音音效，來表示鏡頭內與鏡頭外空間
　　　　所發生的事件。（圖片來源：作者已購買獲授權，ai film）

殊超能力——即是她擁有穿越多重宇宙能力。到此，本書作者認爲電影已將多重宇宙的的鋪陳基底已打好，釋義完成序幕第一幕。

　　接著是本書作者略分的第二大幕：至尊魔法師王在章魚的屍體上，發現使用巫術的痕跡，史傳奇因此前往拜訪在西景鎭事件後，獨自隱居的汪達・馬克希莫夫。詢問她是否知道多重宇宙，她知道多重宇宙是很危險的。之後他卻發現原來追殺查韋斯的始作俑者竟然是汪達，原來汪達靠翻閱黑暗神書，自學禁忌魔法（圖7-25）。由於汪達每晚都夢見自己曾以幻像魔法創造出的兩個兒子比利和湯米，因此她認爲他們在另一宇宙中眞實存在，便決定綁架查韋斯，意圖奪取其能力，以便她能夠跟兩個兒子團圓。然而史傳奇在考慮到需維護多重宇宙的安危之後，拒絕交出查韋斯。於是氣憤的汪達攻破卡瑪泰姬天空防線，殺死許多位魔法師。查韋斯在被汪達綁起時，再一次因極度恐懼，而意外開啓傳送門，與史傳奇一同被吸入傳送門，穿越到838號宇宙（圖7-26）。汪達爲了盡快找到查韋斯，所以她就施展黑暗神書中的禁忌咒語「夢行」（Dream-walk）。從而在附身838號宇宙中的汪達分身自己時，發現該宇宙中的自己，正跟比利和湯米一起快樂地生活。一名倖存的女魔法師莎拉，在此同時犧牲，以便摧毀黑暗神書。氣極敗壞的汪達脅迫王（Wong）。要王（Wong）帶她去黑暗神

圖7-25　《奇異博士2：失控多重宇宙》緋紅女巫，靠著翻閱黑暗神書，自學禁忌魔法。（圖片來源：作者已購買獲授權，ai film）

圖7-26　《奇異博士2：失控多重宇宙》汪達穿越到838號宇宙。（圖片來源：作者已
購買獲授權，ai film）

書的來源地：萬達格山脈。

　　導演運用「交叉剪接」（Crosscutting），處理兩條敘事線的同步發展（圖7-27）。與此同時，史傳奇和查韋斯抵達838號宇宙後，到達至聖所，卻被838號宇宙的至尊魔法師卡爾·莫度解送到了光照會的基地。史傳奇在光照會基地與眾多主要的光明會成員見面，包括美國隊長卡特、黑蝠王、驚奇隊長、李德·理查斯，以及查爾斯·賽維爾。這些都是漫威宇宙中的許多著名連環漫畫改編的漫威超人電影系列的有名人物，此部電影

圖7-27　《奇異博士2：失控多重宇宙》運用「交叉剪接」（Crosscutting）技巧，穿插
剪接呈現兩條敘事線的同步發展。（圖片來源：作者已購買獲授權，Google
公開）

投資下重本，集結許多賣座人物的肖像權，並邀集這些知名演員，共襄盛舉來一同演出。也佩服編劇的巧思，豐富的漫威英雄電影之「互文性」，互相指涉，可讓觀眾一次看到這麼多大咖在這部電影演出。附帶一提，838號宇宙光照會基地裡的眾多戴著面罩，穿著整身銀色盔甲的侍衛扮相，作者個人覺得有點類似著名電影《星際大戰》（*Star Wars*）的整身白盔甲士兵。

　　導演運用「正／反拍鏡頭」（shot/reverse shot），來呈現由同一名演員所飾演的主宇宙的奇異博士，面對838號宇宙中亦正亦邪的奇異博士（圖7-28），兩人間的法術超能力之對抗。劇情描述史傳奇得知838號宇宙中的他自己，竟然不顧後果也使用了黑暗神書，並使用夢行，穿越多重宇宙，尋找對抗薩諾斯的方法，但不幸的是結果反而造成了「宇宙撞擊」（Incursion），竟因此摧毀了另一個宇宙。在該宇宙中的他自己反省過錯。選擇向光照會坦白，在光明會使用維山帝之書，擊殺薩諾斯，阻止宇宙撞擊後，他自願被光明會處決。因此，莫度認為多重宇宙中所有的史傳奇，都是最大的威脅，但汪達在山上聖殿獲得更強的力量，重新建立夢行，成功附身838號宇宙中的汪達自己分身之後，她在光明會審判史傳奇

圖7-28　導演運用「正／反拍鏡頭」（shot/reverse shot），呈現由同一名演員班奈狄克．康柏拜區所飾演的主宇宙奇異博士，面對838號宇宙中亦正亦邪的奇異博士，兩人間的法術超能力之對抗。（圖片來源：作者已購買獲授權，ai film）

前，闖進基地，並在史傳奇用計困住莫度時，汪達殲滅整個光明會。史傳奇與成功逃脫的查韋斯，其後與838號宇宙的克莉絲汀（她在這平行宇宙是光明會的科學家）會合，他們三人一同進入多重宇宙間的夾縫空間，以便尋找維山帝之書。但維山帝之書卻被及時趕到的汪達摧毀，查韋斯亦被汪達以魔法控制，而不得不開啓傳送門，史傳奇與克莉絲汀因此而被傳送至其他宇宙，汪達則在主宇宙中，開始施咒，準備奪取查韋斯可以穿越不同宇宙的超力量。

　　導演活用「空間連戲」、「動作連戲」（match on action）、「視線連戲」（eyeline match）的拍攝剪接技巧（圖7-29）。轉換鏡頭至另一方面，被傳送至其他宇宙的史傳奇和克莉絲汀，發現他們身處在一個被捲入宇宙撞擊而千瘡百孔的未知宇宙中。得知災難的始作俑者竟是這個宇宙的史傳奇，他也是因翻閱黑暗神書而遭心靈腐化，淪爲「邪惡史傳奇」。鏡頭呈現正派自己史傳奇與反派自己邪惡史傳奇在自相殘殺。史傳奇奮力擊敗邪惡史傳奇後，決定爲了拯救查韋斯而代替她使用該宇宙中的黑暗神書，夢行附身早前在主宇宙中埋葬的死屍捍衛者史傳奇屍體，突破幽魂的糾纏阻撓困境，正派自己史傳奇主體意識所駕馭的殭屍史傳奇死屍後人類身體，終於來到萬達格聖殿。

圖7-29　《奇異博士2：失控多重宇宙》接續連戲手法多樣。（圖片來源：作者已購買獲授權，Alamy）

　　本書作者認爲德勒茲《電影II 時間──影像》書中第八章〈電影、身體與大腦、思維〉所論電影身體的看法，也相當適用於此處。根據德勒茲，「身體還有另一極端，另一種思維─電影─身體的連結；於是「給予」一個身體，意即將攝影機瞄準身體，便會獲得另一種意義：它不再跟隨或追捕日常身體，而是讓身體通過典禮，引導它走進一個玻璃箱或水晶，爲它準備一場嘉年華、一場使得身體變得怪誕滑稽的化裝舞會，但同時也萃取出一個優美而光耀的身體，而最終得以取消可預見的身體」（2003:630）。此部電影中的奇異博士於多重宇宙中的不同身體，有838號宇宙被光耀榮耀的雕像，也有在打鬥中運用殭屍的詭異屍體。擊敗汪達，解救了王和查韋斯。靠王的協助。成功阻止了汪達欲意搶奪查韋斯的超越平行宇宙的能力。

　　史傳奇並教導查韋斯學會掌握她的能力，而對汪達反擊。查韋斯在史傳奇的激勵下，努力突破自我，集中精神，超越她原有年輕懵懂，最終成功將緋紅女巫汪達擊潰至838號宇宙。然而試圖與兩個兒子「團圓」的緋紅女巫黑化汪達，卻將838號宇宙的善良汪達擊傷，但接著她從兩個兒子驚恐的表情和反應，才終於覺醒意識到兒子們對她恐懼。恍然大悟的汪達決定放棄幻想，並爲了防止黑暗神書再次腐化他人的心靈，所以她用魔法摧毀萬達格殿，也因此整個多重宇宙中的所有黑暗神書的所有副本都因此被毀。這時汪達緋紅女巫的容貌與形體逐漸「淡出」（fade out）消逝，引用德勒茲的話，「容貌便是藉由這朝向一轉離來表現「動情力」的起降，而「抹拭」（effacement）則會超過動情力疊降的界限，將動情力淹溺在空無中，並使得容貌失去所有面向」（2003:191）。電影中以緋紅女巫被擊敗之後，其容貌於鏡頭中逐漸消逝的「抹拭」，將觀眾原本對此角色因思念雙胞胎兒子的母愛，才導致這些災難的同情，湮滅化爲空無，「動情力」降低。

　　接續連戲手法以常見的「溶接」、「淡入」或「劃接」鏡頭，表示時間的過程。下一個鏡頭是完成任務使命的史傳奇與克莉絲汀望向彼此，查

韋斯協助他們返回各自的宇宙。在這些複雜劇情的各大小爭戰過後，「淡入」與「淡出」鏡頭表示過了一段時間，他們回到正在整修的卡瑪泰姬，查韋斯爲了熟練能力而成爲魔法學徒，正與倖存的魔法師們一起訓練，史傳奇則回到紐約至聖所。

　　這部電影《奇異博士2：失控多重宇宙》以及上述的電影《一級玩家》都有許多特寫鏡頭，例如，男女主角與主要配角的臉部表情。依據德勒茲於《電影I運動——影像》書中第七章〈動情——影像：質性、力量、任意空間〉指出，「在特寫中有著一種『內部構成』（法文爲composition interne；英文爲composition intermal），也就是有著一種純然感人的取鏡、分鏡和剪接，此外，我們稱之爲『外部構成』（composition external）的則是特寫與他種鏡頭（如與他種影像之間）的關聯性。然而，『內部構成』指的是特寫與其他特寫，或與它自身之元素、相度的關聯性」（2003:189）。例如，在《奇異博士2：失控多重宇宙》中的特寫，有著間隔的接續特寫，像是奇異博士掉入不同多重宇宙時的特寫臉變成像是樂高積木碎片的一塊一塊拼接起來的臉，快掉下萬達格殿萬丈高空懸崖下的至尊魔法師與王的鏡頭，右下的特寫大喊的臉部表情，以及鏡頭由特寫汪達瀕臨黑化半邊臉的詭譎破裂，再到拉遠整個鏡頭雜亂紛飛，象徵世界因汪達變緋紅女巫干預其他宇宙的平衡，造成破壞失序的分崩離析。容貌線條與眉眼鼻嘴的各組成部分的緊密特寫，有關聯性的變化。[11]

　　本章申論《奇異博士2：失控多重宇宙》在多重宇宙中穿梭的汪達與奇異博士，以838號宇宙中不同的奇異博士自己或正或邪化身，像是在主宇宙中的正義化身，與838號宇宙中。因翻閱黑暗神書而心靈走入邪途的「邪惡史傳奇」。以心理分析（Psychoanalysis）裡的本我、自我、超我（Id, Ego, Superego）來看，本我（Id）或許可是電影一開始的617號宇宙的「捍衛者史傳奇」；自我（Ego）則是838號宇宙中。翻閱黑暗神書而

---

[11] 例如，著名電影中，有特寫拍女子的眼睛與眼睫毛，接續關聯性之變化，令觀眾驚恐的切眼白連續鏡頭畫面。

心靈偏斜的「邪惡史傳奇」，因為他表現自我原始的慾望；超我則當然是
已經超越凡人醫師的物理世界存在，已學得魔法可來去時空面向維度，具
打擊超能力，變成超級英雄的本宇宙的奇異博士，盡其所能，保護我們的
世界。而這些或正或邪的分裂（split），除了像人格分裂，筆者認為也類
似本書第六章所研討Netflix影集《碳變》（*Altered Carbon*）中的記憶儲存
堆疊（圖7-30），可換不同性別年齡的肉體，甚至奇異博士之精神可操控
其腐屍化身之上，超越單一身體／主體的極限，在影像的元宇宙中達成任
務，成就實現。

圖7-30　《奇異博士2：失控多重宇宙》或正或邪的分裂（split），類似Netflix影集
　　　　《碳變》（*Altered Carbon*），超越單一身體／主體的極限，在影像的元宇宙
　　　　中達成任務。（圖片來源：作者已購買獲授權，Alamy）

　　這部電影片尾連結下一部電影的預告，運用「時間的省略」
（temporal ellipsis），「空鏡」及「過場」，來表示中間被省略的時間。
以「切接鏡頭」，呈現史傳奇某天在紐約街上，突然感到頭痛欲裂，隨後
他的額頭上竟然出現了第三隻眼！之後，一名神祕女子於紐約街頭找到史
傳奇，告訴史傳奇他的行為引發了另外的宇宙撞擊，請求他幫忙阻止，史
傳奇二話不說，立刻奮不顧身跟著她進入了黑暗維度。[12]讓我們拭目以待

---

[12] 參考維基百科的劇情，作者至電影院觀賞過該部電影，加入作者的想法與文字改寫。

下一部續集。看元宇宙能以電影影像，再有何種突破、變化與超越。

2. 連結元宇宙之真實與想像

本章研究這兩部電影有與元宇宙相關處。如前所述，元宇宙包含目前研發的5G高速網路雲宇宙，學術界電子研究計畫前瞻的5G─6G高速聲音幾乎零時差，影像稍微有延遲（Lag），上傳數據影音檔案儲存於雲端雲宇宙。電影都以宛如預想預言預設的第八藝術想像，創造出未來的科技或許可做到的東西，先呈現於大銀幕。例如《駭客任務》（1999）中的母體或稱矩陣（Matrix），即恍若先行預示由基努李維所飾的角色，在電影末看清，許多人的身體在小盒中，但人的意識卻活在由眾多電腦網絡所搭建，以電腦計算機，算力驅動所重構搭建的元宇宙（圖7-31）。

圖7-31　《駭客任務》（1999）中的母體或稱矩陣（Matrix），即恍若先行預示基努李維於電影末看清，許多人的身體在小盒中，但人的意識卻活在由眾多電腦網絡所搭建，以電腦計算機，算力驅動所重構搭建的元宇宙。（圖片來源：作者已購買獲授權，ai film）

另一部電影《全面啟動》（Inception）建造夢的多層建築，潛意識下的一層一層之下的深層潛藏意識，亦可再現出虛實交互、虛擬現實、真實與想像的元宇宙特性（圖7-32）。元宇宙也發展數位孿生、區鏈、NFT、XR、VR、AR、MR。有實效性（virtuality）的虛擬貨幣，與真實世界的貨幣有等價關係，如挖礦的比特幣，甚至可交換真實物品，及成為高風險投資貨幣。

此外，許多電影也反映近幾年熱門研發的人工智慧、虛擬實境、全息

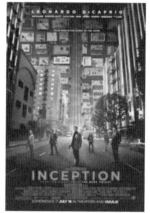

圖7-32　電影《全面啓動》（*Inception*）由夢的多層建築，亦可再現出虛實交互、虛擬
　　　　現實、真實與想像的元宇宙特性。（圖片來源：作者已購買獲授權，Alamy）

投影。舉例，《人工智慧》（*Artificial Intelligence*）（2001）、《魔鬼終
結者1, 2, 6》（*The Terminator 1, 2, 6*）（1984）（1991）（2019）、《變
人》（Bicentennial Man, 1999）、《超完美嬌妻》（*The Stepford Wives*）
（2004）、《機械姬》（Ex-Machina）（2014）、《雲端情人》（*Her*）
（2013）、《虛擬偶像》（*Simone*）（2002）、《銀翼殺手》（*Blade
Runner 2049*）（2017）等等，不勝枚舉。[13]近年許多電影都呈現影像的元
宇宙，虛實交映的觀念不斷發展，《一級玩家》（2018）著墨刻畫於現實
世界中的電玩與營收日益衝高的電競產業。以虛擬化身進入虛擬實境，參
與賽車與尋寶線上遊戲（圖7-33）。《一級玩家》於虛擬電玩世界獲勝，
還可於眞實的物理世界當下的平行宇宙主宇宙致富得名，另一方面圓了眞
實世界青少年若打電玩，正當化消遣／理由／夢。連結本章同樣有多重
時空及相同演員班奈狄克·康柏拜區所參與的電影《蜘蛛人：無家日》
（2021），則邀約集結三個不同平行時空的蜘蛛人（圖7-34、圖7-35），

---

[13] 有關人工智慧的電影，詳請參考Iris H. Tuan國際英文專書*Pop with Gods, Shakespeare, and AI:
　　Popular Film, (Musical) Theatre, and TV Drama (Palgrave Macmillan, 2020)書中的第9章"Robot Theatre
　　and AI Films."

圖7-33　《一級玩家》於虛擬電玩世界獲勝，還可於真實的物理世界當下的平行宇宙
　　　　主宇宙致富得名，似合理化電競產業，並吸引此類觀影觀眾。（圖片來源：
　　　　作者已購買獲授權，Alamy）

圖7-34　電影《蜘蛛人：無家日》集結三個不同平行時空的蜘蛛人，《奇異博士2：失
　　　　控多重宇宙》中相同演員班奈狄克‧康柏拜區也在此片《蜘蛛人：無家日》
　　　　尷戲一角助陣。（圖片來源：作者已購買獲授權，Alamy）

圖7-35　角色由左至右，緋紅女巫、奇異博士、蜘蛛人。在漫威與Disney+合作，延伸
　　　　互相加入互文性，多重擴張的複雜編劇裡之多重宇宙。（圖片來源：作者已
　　　　購買獲授權，Google公開拼貼圖）

《媽的多重宇宙》（2022）楊紫瓊所飾角色在各時空宇宙中，嘗試化解家庭危機，《奇異博士2：失控多重宇宙》（2022）自己的化身在不同時空個性迥異。本章探討在電影《一級玩家》（2018）與《奇異博士2》（2022）中的身體／主體困境，如何以劇情及影像呈現元宇宙的突破。

四、結論

　　《一級玩家》與《奇異博士2：失控多重宇宙》兩部電影都充滿了超現實（hyper-reality）。《奇異博士1》就已有超現實。史傳奇原本是一位外科醫生，卻在發生意外之後，獲得一位巫師教導傳授給他，精通神祕藝術，超現實的可操控時間維度與空間。由Danish四人合寫的期刊論文探究在電影《奇異博士1》之中，「超現實如何混淆介於實際現實與虛擬現實之間的疆域」（Danish, Ikhtiar, Bashir, Parveen 2022: 48）。

　　除了該兩部電影之外，本章先前提到在影像的元宇宙充滿許多例子，有與本章探討電影高度相關的Disney+《汪達幻視》（*Wanda Vision*），也有於Netflix上韓劇《阿爾罕布拉宮的回憶》（*Memories of the Alhambra*）。常採用多人視角回憶，跳接拍攝方式的《阿爾罕布拉宮的回憶》，以韓國科技公司CEO劉鎮宇（帥哥玄彬飾），親身進入天才少年研發的超先進線上電玩，其中打鬥人物與場景真實到投射運用現實世界的空間、建築物及物品，使虛擬電玩中古世紀歐洲場景人物進入玩家真實世界。虛實交映、擴增實境本是很炫、很酷的科技電競，擊殺獲得更好的武器與金幣。但懸疑詭譎恐怖的是，竟然是戴上如隱形眼鏡進入虛擬電玩世界打鬥被擊敗的玩家（男主角原本的朋友，後卻背叛他，另組公司搶生意，並娶他前妻使其懷孕），竟然在真實世界也奇異地表面看來無異狀，但體內卻失血過多而死去。並且在男主角繼續玩此遊戲，以便試圖能尋找到該名失蹤的電玩遊戲設計者（清純善良吉他手女主角鄭熙珠〔朴信惠飾〕的弟弟），對手一直不斷穿著他死去那天的服裝，全身血淋淋地出現，要殺男主角。之後男主不斷升級到Level 90以上，與其忠心的貼身男

特助回西班牙格拉那答車站，該特助也奇異地即使在與現實世界融入的電玩中，被多名中古世界的外國射箭手與吉普賽搶匪等包圍下，即使他緊急拆除卸下電玩特殊隱形眼鏡，欲逃離電玩搏鬥險境，卻還是於電玩被擊殺，及現實世界身體與意識竟也都死去。該電玩出現可將玩家參與虛擬電玩遊戲，卻真的於現實世界的身體及主體意識會受傷，產生攸關生死致命的Bugs問題。

因此我們應深究的是，元宇宙的研發與應用是否適切的場域，引用法國社會學家皮埃爾・布赫迪厄（Pierre Bourdiu）的「場域」與「慣習」理論，將場域界定為：「在各種位置之間存在的客觀關係的一個網絡，或一個構型。」場域有位置、權力的網絡關係。慣習是人在社會化過程中，所積累傾向的認知、感覺、思考、做事態度。若影像的元宇宙以電影與串流平臺戲劇影集前瞻式地對人類無限發展，包括現實世界炒作元宇宙的相關產品，像是虛擬貨幣的高風險投機導致投資失利，NFT非同質化代幣的電子畫作，即使藝術的原真性（authenticity），與藝術家獨特的唯一實作的概念藝術都被電子數字代替，藝術品保有收藏炒作買賣的市場價值尚待觀察。《一級玩家》之中的貧民窟中的貧窮孤兒少年，雖以電影美化，其以獲得財富來跨越階級鴻溝，但實際上，階級與權力在你我當下現處的現實世界物理空間，甚至各平行時空，與跳躍至任何的多重宇宙中的時空，階級與權力關係都皆存在。如同布赫迪厄所言的「文化資本」及「社會資本」，VR／AR的設備也需資本家投資大資本研發開拓，與玩家使用者皆願購買，這虛擬實境與擴增實境的產值才能實現獲利。

或是電影《奇異博士2》多重宇宙的失序混亂危機，玩家若沉迷線上電玩，瘋狂無法分辨於現實世界的差別，身體與主體意識都在現實世界也會被損傷。《阿爾罕布拉宮的回憶》裡，男主角於電玩中被對手攻擊到從樓梯上摔下來導致腳受傷，精神上又數年無止盡被擊敗的生命中死去對手，卻於電玩中鬼魅地一再出現朝其殺戮的痛苦，而旁人卻以為他發瘋的崩潰困境，以及被指控為謀殺者的內疚，還有現實生活中被偽證誣告，

恐遭警方逮捕的危機。在不斷嘗試進入電玩與越來越晉級難度高的高速列車與西班牙開往格拉那達的火車上，被許多蒙面黑衣恐怖份子殺手槍擊。與阿爾罕布拉宮地底下，地窖內的監獄死囚殭屍們，如潮水般不斷蜂擁而上的圍攻殺戮之中，精疲力竭。甚至竟然如耶穌般犧牲，以解決Bugs問題，挽救該公司與他的使命，真的在電玩與現實中同步被刪除而消失！電影戲劇預示元宇宙這些如AI人工智慧的研發「水能載舟，亦能覆舟」的隱憂，都值得我們關注。以資通社會學家曼紐・卡斯提爾（Manual Castells）翻轉現待研發的virtual reality（「虛擬實境」），提出的新術語real virtuality（「真實虛境」）的文化，即使可帶來虛擬旅遊，數位經濟的商機；[14]但也有人活在身處真實世界，但眼戴特殊裝置，腦心在虛擬境地的困擾。例如，即使如影視預示未來科技真研發成功，電玩玩家眼戴特殊彷如隱形眼鏡般的裝置，進入電玩虛境，卻在擴增實境的真實物理世界的空間打鬥，在沒進入該同一電玩的其他人眼裡，或許會造成公眾秩序的混亂。而且現在外送員眼睛活在Google地圖上的搜尋取送貨地點，也實際在趕時間送達的橫衝直撞裡，在真實世界衝撞路人的新聞時有所聞。[15]

　　但在另一方面，正面思考來看，元宇宙雖在技術上仍有穿戴式裝置的局限，以及其他科技技術的限制，[16]但仍有未來發展的潛力。影像的元宇宙搭配人類的想像力，在影視、動漫、電玩等文創教育休憩產業，商機無窮，有高營收產值。

　　因此，新科技元宇宙並不僅是想像的虛擬世界，虛擬實境和擴增實境的高科技技術所創的平行宇宙之一。正如本章所舉例的電影《一級玩家》所啟發，元宇宙可以是由我們從現實世界中進入一個我們所想要選擇設定

---

[14] 可參閱Open Access 的L.P. Voronkova論文 "Virtual Tourism: On the Way to the Digital Economy." IOP Conference Series: Materials Science and Engineering. Vol. 463. Issue 4.

[15] 謝謝與會者陽明交通大學社會與文化研究所楊子樵分享Manual Castells所提出的術語real virtuality的想法。

[16] 馬斯克曾言：「無人想蠢呆醜得每日穿戴上笨重的穿戴式裝置在路上走來走去。」

角色，與行動所參與的虛擬的電腦線上世界，我們可在其中冒險，發掘擴
增虛擬世界，在虛擬世界冒險犯難，智取勇闖，破關成功獲得獎金之後，
回到現實世界相對應的獲得等值的名利雙收，改變現實人生，因而形成的
另外平行宇宙時空。元宇宙的未來發展，亦有可能可穿越時空到如本章中
的另一個電影例子《奇異博士2：失控多重宇宙》一般，掉進時空門，跳
躍超越到企圖改變過去、現在、甚至未來。新科技新媒體觀影經驗的改
變，都充滿許多發展的可能性。

第八章

科幻生態重啓與後人類：《末世男女》與AI機器人[1]

摘要

　　本章以加拿大小說家瑪格麗特・愛特伍德的小說《末世男女》（2022新譯本），以及網飛科幻動畫影集《愛×死×機器人》（2019, 2021, 2022），應用後人類主義、生態女性主義、電影研究理論，以及文學理論「新批評」的細讀（Close Reading），探討科幻文學中有關生態重啓與後人類議題。《末世男女》回憶敘事觀點來自存活的人類「雪人」，敘事現在與過去交織。身處於後末日啓示、後人類的世界，雪人被迫身為人類倖存者，照顧天才科學家好友克雷科所創造出來的新基因改造生物——純真善良如孩童的克雷科人是道德升級的後人類生物。彷如無水之洪的大災難後，當下廢墟與基因怪物肆虐，經由雪人的敘事，帶著讀者回顧其奇異悲傷經歷。此外，後人類時代生態重啓，亦以詼諧手法呈現於《愛×死×機器人》的未來科幻世界。未來來自外星球的AI機器人來地球探究，AI機器人好奇探索，為何人類無論貧富，最後竟都死亡滅絕？此網飛串流媒體影集以未來的科幻批判人類中心論，這動畫影集也反映近期現實世界裡，人們對生態環境保護、極端氣候、（人造）病毒瘟疫、地震海嘯、天災人禍，以及戰爭的擔憂，所投射出的未來想像。關注議題涵蓋跨媒介之文字

---

[1] 本章初稿口頭發表於第四十五屆全國比較文學會議。主辦：臺灣大學臺灣文學研究所　中華民國比較文學學會。2023年6月17日。本人唯一作者著作可首次收錄於作者專書。

文本與影像作品，使用多樣理論視角，探究後人類（生物）、基改動物、跨物種、基因變種怪物，及人工智慧機器人。以生態女性主義的視角觀之，皆有女性與生態環境被男性暴力逼迫。連結這兩部作品共同的後人類及生態重啓的主題。

關鍵字：後人類主義、《末世男女》、《愛×死×機器人》、生態重啓、文學影像

Science Fiction Ecology Reboot and Posthuman: *Oryx & Crake* and AI Robots

Abstract

This chapter applies Posthumanism, Ecofeminism, Film Studies, and "close reading" in New Criticism to explore the novel *Oryx & Crake* and the streaming media Netflix animation *Love, Death +Robots* (The First Season 2019, The Second Season 2021, The Third Season 2022). Ecology reboot and posthuman can be seen in Canadian novelist Margaret Atwood's fiction. Ecology reboot means to repair the damage of the ecosystem and restart the cycle of ecological succession. The narrative is from the survivor Snowman's point of view. His recollection is intertwined with the present and the past. In the post-apocalyptic posthuman world, Snowman is forced to be, as the human survivor, to take care of the new genetically modified creatures-the innocent naïve Crakers are the upgraded moral posthuman creatures. With all ashes and genetic monsters are raging, he sadly recalls his strange experience. Ecology reboot in posthuman era can also be predicted in parody in Netflix Sci-Fi animation *Love, Death +Robots*. AI robots from the other planet come to the Earth to investigate why human beings no matter rich or poor in the end were all dead to be in extinction? The unknown scientific fiction of *Love, Death +Robots* is filled with the criticism of Anthropocentrism. It reflects the extreme weather in the reality, (man-made) virus plague, ecological environmental protection, worries about earthquakes, tsunami, natural disasters, man-made calamities, and wars projected upon the future imagination. This chapter argues that the science fiction ecology reboot and posthuman can be imagined by literature and Netflix image in the two cases which contain the issues of the posthuman (creatures), genetic animals, cross-species, genetically mutated monsters, and AI robots. From the perspective of

Ecofeminism, women and the natural environment are all oppressed by the men's violence. To connect the two cases is the common theme on posthuman and ecology reboot.

Keywords: Posthumanism, *Oryx & Crake*, *Love, Death + Robots*, Ecology Reboot, Literature and Image

一、文學影像中的科／幻生態重啟

　　本文探討科幻生態重啟、文學影像於兩個案例——加拿大著名小說家瑪格麗特・愛特伍德（Margaret Atwood）《瘋狂亞當三部曲》反烏托邦小說中的《末世男女》（*Oryx & Crake*），[2]以及串流媒體網飛（Netflix）科／幻影集《愛×死×機器人》（*Love, Death, +Robots*）（2022）。除了應用後人類主義、生態女性主義、電影研究理論，也採用愛特伍德於多倫多大學研習文學時，師從「新批評」（New Criticism）加拿大文學評論理論家佛萊（Herman Northrop Frye），所提倡的「細讀」（close reading），仔細引用相關小說文本，來詮釋重要議題科幻生態重啟與後人類。開展個人論證人類於科幻基改、氣候變遷、AI機器人是否取代人類的隱憂與關懷人類生存。希望帶出後人類主義、生態女性主義的問題意識，來建構詮釋新生物與女性神話機器怪獸倖存的框架，進而應用在小說文本與多部單元影像作品的分析。

　　愛特伍德學習佛萊的《解剖批評：四論》（*Anatomy of Criticism: Four Essays*），如單德興指出《解剖批評：四論》「涉及文學作品深層結構的模式、象徵，神話與文類」（2022：25）。愛特伍德除了寫作著名《使女的故事》（*The Handmaid's Tale*, 1985），本文第一例探討《末世男女》愛特伍德所寫的《瘋狂亞當三部曲》中的一部，也屬於反烏托邦小說，生態重啟的後人類時代尤其彰顯於《末世男女》。愛特伍德充滿科幻未來的奇幻小說，她自稱是「推想小說」（Speculative Fiction）。愛特伍德此部推想小說充滿科幻元素，對未來的想像，描述在末世人類滅絕的後人類世界，基因新變種兇殘生物任意橫行地球，在巨大生態災難與生存

2　《劍羚與秧雞》為漫遊者文化於2022年重新出版之*Oryx and Crake*中譯版本書名，所使用書名翻譯雖與2004年天培出版的《末世男女》書名不同，但此新版本譯者仍為韋清琦，可是2022年譯者還加上袁霞。單德興教授受邀為新版《劍羚與秧雞》撰寫導讀一。導讀二是郭欣茹所寫。本章引文使用《劍羚與秧雞》（漫遊者文化，2022年）的頁數。

危機之下，倖存的雪人（他在人類還存在時，被稱為吉米）照顧、看護他的天才科學家好友所研發創造出的新基改生物——純真善良孩童的克雷科人，他們如何在生態重啟的後人類世界存活？此外，共同連結有象徵與神話，及生態重啟與後人類議題的第二例網飛動漫《愛×死×機器人》，還呈現未來AI機器人探究人類何以滅亡之因？以生態女性主義的觀點，受到暴力父權帝國主義商業剝削壓迫的女性，如同遭受人性險惡破壞以陰柔大地之母為譬喻的生態地球，並以電影研究的影像剖析。這兩個文學小說與網飛動漫影集再現弔詭議題，是否得以基因改造生物才能存活於科幻生態重啟後的地球？或力弱的女性得藉由科幻機械賽博，結合神話女狐怪物金屬身、AI怪獸之類的後人類形體，才得以在後人類科幻未來世界有力反抗黑幫男性霸權而勉力存活？

　　本文應用後人類主義，檢視小說文本《末世男女》中的生態重啟，跨物種的概念在天才科學家克雷科（Craig）對人類腐敗邪惡貪婪墮落感到失望，因而研發埋藏在「喜福多」的病毒讓人類大滅絕。「喜福多」在設計時考慮倭黑猩猩（現代智人的近親），「倭黑猩猩並非實行一夫一妻制，或一夫多妻或一妻多夫的取向，而是一視同仁地隨意交配，不存在成雙入對的現象。他們醒著的時候不是在吃東西就是在交媾。種內攻擊係數非常低」（2022:289）。作者想這可防止人類因忌妒情殺的許多兇殺案。小說中，喜福多的目標是：「製造出一顆藥就可以實現如下功效：1.保護使用者，抵禦所有已知的性疾病傳播：不論是致命的、造成殘疾的，或只是損害容顏的；2.提供無限的性慾和性能力，配上一種擴大的力量與舒適感，從而降低會導致嫉妒和暴力的挫折感及睪丸素受阻程度，以此消除自卑情緒；3.延長青春。」（2022:289）作者認為這反映人類上至帝王亙古的慾望：青春永駐、長生不老。

　　科學家克雷科對墮落腐敗的人類完全失望，也不想長生不老，他設計只剩下他信任可照顧他所研發出的純真克雷科人的好友吉米。吉米（存活的人類，後自稱雪人），是克雷科可信賴的兒時好友，於後末日啟示、後

人類的文明崩潰後的世界中，他必須照顧克雷科所創造出來的新生物——純真善良孩童的克雷科人——道德升級的後人類生物，並且與其他基因重組具威脅性的生物和怪物共存。例如，愛特伍德的小說中〈魚〉篇章即述及：「把食物碎屑隨處留在陸地上極不明智，因為會引來浣鼬、狗狼、器官豬以及其他食腐性動物。」（2022:116）浣鼬、狗狼、器官豬以及其他食腐性動物，都是由科技生化公司所用先進生化基因重組技術，將所原有物種以跨物種交配，培植出來的變種生物與怪物。

　　小說中用另外一面極端摧毀虛構人類滅絕的後人類世界充滿警示，來強調對現世我們身處地球環境保護和永續發展的重要性，並提出生態重啟的觀念，即通過人類的努力來恢復環境和生物多樣性。在小說這個新的末世後人類世界中，人類需要學習與其他人類科技創造出的新生物及基因改造出的怪物共存，因此，跨物種關係變得非常重要。在這種跨物種的關係中，人類需要學習如何與其他生物溝通和理解彼此的需求和感受。小說中也描述了人類如何保護和照顧道德升級的後人類生物——純真善良孩童的克雷科人，例如，在食物和棲息地上給予他們支持和幫助。這種跨物種的關係展現了人類與其他生物之間的相互依存和互惠關係。跨物種的關係強調了人類和其他生物之間的相互依存和互惠關係，提供了一個新的思考方向，讓人們重新思考和反思人類對待自然和其他生物的方式。

　　在小說第一人稱雪人的回憶與現在交織中，逐步揭曉為何他的好友聰明的科學家克雷科，因對人性險惡邪惡腐敗而徹底失望，所以決定研發先進生物科技與變種病毒，使全人類滅絕，包括設計讓他倆都愛的情人奧麗克絲及克雷科本人都死去。但不幸也造成新變種兇殘生物任意橫行地球之巨大生態災難。愛特伍德小說以〈芒果〉篇章開頭：「雪人在天亮前醒來。他靜靜地躺著，傾聽潮汐湧向岸邊，海浪一波接著一波拍打著各種障礙物，呼拉嘩啦，呼拉嘩啦，節奏猶如心跳，他寧願自己仍在睡夢中。」（2022:30）雪人寧願仍在睡夢中，這些都是一場夢，那他就不用面對科幻生態重啟的後人類生活。

後末日啓示後的後人類生活，倖存的雪人要如何面對生態重啓？陌生基因跨物種交配後，衍生各種亂象的叢林世界？愛特伍德於推想小說中藉著主人翁之口建議：「嚴格遵守日常規定才能保持良好的精神和健全的心智。」他大聲說：「考慮到舒緩潛在的危險。」（2022:31）面臨巨大突變的科技生態重啓的後人類生活要如何存活？小說家愛特伍德以主人翁雪人之口說出建議：「考慮到舒緩潛在的危險」，面對危險怪獸威脅，與小說開頭唯一人類倖存物種獨居的情況下，雪人以照顧看護單純純真的新基改生物克雷科人，來作爲後人類生活的目的（purpose）。

除此以外，連結第二例同樣是有著後末日啓示、後人類的世界，《愛×死×機器人》是網飛動畫短劇集，到目前已有三季，第一季十八集，第二季中有八集，第三季有九集，每集都是一個獨立的故事。因篇幅有限及主題之故，本文並非探討全三季所有35集，而是挑選探討全三季內容中，篩選根據有關人工智能、機器人和人類之間的關係的特定幾集。探討這部影集該幾集蘊含科技和後人類主義的概念，展示了機器人可以超越人類的能力和智慧。同時，這部網飛動漫影集中也呈現了科技發展所帶來的問題。例如，其中，第三季中的第一集〈三個機器人出口策略〉（Three Robots Exit Strategy），動畫影像用想像預示未來從外星球來的先進智慧機器人，探究人類無論貧富權貴，爲何科技進步人類卻仍皆全滅亡？揭露人性及道德問題。這部Netflix影集通過科幻故事的形式，探討了人類、人性、愛、死亡，與科技機器人的關係，對於當代科技倫理問題提出了重要的質問。

二、研究方法：後人類主義與生態女性主義

以後人類主義與超人類主義的理論來引用，後機器人倫理、跨物種、怪物性，與人工智慧機器人可被探究，藉由文學的想像，以劇場與電影的再現，假如致命的重大災難發生之後，重啓的狀況。在後人類主義與超人類主義的理論，可被應用於探究愛特伍德的《瘋狂亞當三部曲》反烏托邦

小說，尤其彰顯於《末世男女》。愛特伍德充滿科幻未來的奇幻「推想小說」（Speculative Fiction）。在反烏托邦、充滿環境災難的後末日啓示的後人類世界，沒有人類物種生存，僅剩下雪人（他在人類尚存時被稱爲吉米）。在人類滅絕後，雪人被迫身爲唯一人類倖存者，以便照顧他天才科學家好友克雷科所創造出來的新生物——純眞善良孩童的克雷科人——生物工程使道德升級的後人類生物。

　　有關後人類主義及超人類主義的文獻回顧，道格拉斯‧波爾波拉（Douglas V. Porpora）的期刊論文〈在理論中的去人類化：反人類主義、非人類主義、後人類主義，與超人類主義〉（Dehumanization in Theory: Anti-Humanism, Non-Humanism, Post-Humanism, and Trans-Humanism）檢視「挑戰批評寫實主義由那些方式，在那之中原有的後現代感性已被轉化爲各種不同形式的反人類主義、超人類主義，和後人類主義」（2017: 53）。探究後人類主義理論的萌發起源，乃寫實主義中原有的後現代感性，已轉化爲各種不同形式的反人類主義、超人類主義，和後人類主義。除此以外，迪特‧畢拜徹（Dieter Birnbacher）在書籍《醫學增強與後人類性》（*Medical Enhancement and Posthumanity*）之第六章〈後人類性、跨人類主義與人性〉（Posthumanity, Transhumanism and Human Nature），給予有關後人類性與跨人類主義較清楚的解釋。畢拜徹注意到：

　　　　這一點在很大程度上揭開我們文化中態度的分裂，即在那些歡迎「後人類性」作爲正面的願景適當來引導我們在科學研究、技術和醫學方面制定策略的人，以及在那些認爲這一願景內在的危險遠遠超過了其所承諾帶來的好處之中，因此我們應該抵抗通過科學和技術來「改進」人類種族的誘惑。（2008:95）

本書作者分析，畢拜徹在所謂「改造」人類種族的方面，採取反對的態度。作者比較，在一方面，「超人類主義者」，像是尼克‧伯斯壯（Nick Bostrom）（cf. 2003, 2005），對「後人類」未來的展望，則採取一個正面的觀點。而在另一方面，「生物保守主義者」，像是里昂‧凱斯（Leon Kass）（cf. 1997），則對該展望較懷疑，凱斯同派的生物保守主義者，警告我們不要於心智及經濟上投資太多於那些看起來更像是威脅，而不是樂園的事物上。由以上分析比較可知，愛特伍德的《末世男女》小說中由科學家發明的基改怪獸，即是反映威脅，人類滅絕後的後人類生活也並非樂園，反而是滿目瘡痍劫難後，單純無知的基改克雷科人之文明文化從零的重啟。

　　至於語意學（Semantics），詞語「超人類主義」（Trans-humanism）與「後人類主義」（Post-humanism）緊密連接。「超人類主義」可被定義為想要我們去通過超越目前人類形態，進入「後人類」道路的一個主張。超人類主義想要我們進入一個過程，藉由嘗試，現在與近期未來，最終導至「後人類」，「超越我們所知在人類狀況中內在的某些限制」（Birnbacher 2008: 95）。但詞語「超人類主義者」與「生物保守主義」仍只是理想的、還沒被實現的概念。然而，長期來看，人類物種的界線或許將可被延伸，以便可包括技術創新。例如，人機雜種、生化人、客製理想的單純道德跨物種，像是在愛特伍德小說中的克雷科人。那些想像中看似「後人類」生物，在現今現實世界尚未被實現，但已在奇幻文學中被創造，且在數位媒體平臺串流媒體影片與電視劇中被再現。讓我們可探討神祕有趣的議題，例如，像是大災難與在不同形式中的身體。

　　愛特伍德小說中，由科學家克雷科研發基因創造的克雷科人，突破現行人類一夫一妻制感情的性愛折磨。「標準形式是五人一組，就是處於熱烈情欲中的四男一女。所有人對她的狀態都一目瞭然，因為她的臀部和小腹會呈現蔚藍色」（2022:171）。「只有藍色組織和費洛蒙激素能夠刺激男性，所以就不會再有單相思，不再有受挫的情欲」（2022:171）。「願

望與行動之間不再有陰影。費洛蒙激素散發出來，皮膚也微微泛出淡藍時，求愛便開始了」（2022:171）。科技基因製造的克雷科人之有趣的求愛儀式如下所述：

> 男性向女性呈上鮮花——這時他們還像燕雀般忙著引吭高歌。他們的生殖器變成明亮的藍色，和女性的藍色腹部相映襯，他們還跳藍色陰莖舞，舞者整齊劃一地來回晃動勃起的陰莖，並隨著舞步、歌聲合拍。這個特性是克雷科從能發出性訊號的螃蟹得到的提示。女人從獻上的花朵中挑中四枝，落選的求愛者其性氣味便立刻消散，他們也不會耿耿於懷。接下來，當她腹部的藍色達到最深時，女人及其四個伴侶就找個僻靜處交配，直到完成受孕，她的藍色也隨之消退，便是如此。（2022:171）

這種設計可不再有賣淫、兒童性虐待、性交易，沒有拉皮條、性奴隸與強姦。因為科學家克雷科研發給了這些克雷科女人配了超強度的外陰，使能承受馬拉松式的性交。也因不再有財產繼承制，所以誰是孩子的父親無關緊要。性交不再神祕，不會再引發想去得到你得不到的人的自殺或情場他殺。反而更像「體育表演」、「一種輕鬆自在的遊戲」（2022:172）。讓後人類時代生態重啟的克雷科人能自然盡情享受群體體育表演遊戲。生態重啟意指科學家克雷科意欲修復人類道德敗落所造成損害地球大自然的生態系統，他散播病毒讓人類滅絕，發明創造純真無邪基因改造的克雷科人生存於地球，來重新啟動生態演替的循環。

　　比較發現，後人類主義和超人類主義是兩種不同的哲學觀點，旨在探討人類未來的發展和進化。後人類主義認為，隨著科技的進步和人類基因的改造，人類可以超越現有的生物界限，變得更強大、更智慧和更長壽。後人類主義者相信，透過這種進化，人類可以克服許多現有的問題，如疾

病、貧窮和死亡，並實現更高的人類目標。後人類主義的基本假設是，人類的身體和智力可以透過科技和基因工程的改造來增強。這種改造可以幫助人類克服許多現有的問題，如疾病、貧窮和死亡，並實現更高的人類目標。後人類主義者認爲，人類的進化和發展是一個不斷進化的過程，而科技和基因工程是人類進化的關鍵因素之一。後人類主義的思想源於對現代科技的發展和基因工程的研究。這些技術可以被應用於改進人類的健康和智力，使人類可以達到更高的生產力和更長的壽命。後人類主義者相信，透過這種進化，人類可以實現超越現有生物界限的目標，成爲更強大和更智慧的生物。

　　然而，後人類主義也存在著許多爭議和挑戰。一些人像是上文已引用畢拜徹的原文表達抵抗，擔心人類的改造可能會導致道德和社會問題的出現，如不平等、歧視和人權侵犯。此外，一些「生物保守主義者」，像是里昂・凱斯，也擔心後人類主義可能會導致人類與自然的脫節，從而對生態環境造成嚴重的破壞。儘管存在爭議和挑戰，後人類主義者相信，透過科技和基因工程的改造，人類可以實現更高的生產力和更長的壽命，進而克服許多現有的問題。

　　相反的，超人類主義認爲，人類進化的重心不在於自我強化和改造，而是通過了解和運用宇宙自身的能力，實現人類自身和整個宇宙的進步和發展。超人類主義者相信，這種進化是一個更有意義和更符合宇宙規律的進程，可以幫助人類更好地理解和運用自然力量。值得注意的是，後人類主義和超人類主義並非互斥的觀點。實際上，許多人認爲，人類未來的發展需要同時考慮到這兩種觀點，才能實現最大的進步和發展。例如，透過科技和基因改造，人類可以提高自身的能力和智慧，同時通過更好地理解和利用宇宙的能量，實現更大的進步和發展。總之，後人類主義和超人類主義都是關於人類未來發展的哲學觀點，可以幫助我們更好地理解人類的進化和發展。

　　除了後人類主義，作者認爲生態女性主義（Ecofeminism）亦可援引

詮釋本章中的兩個案例。生態女性主義理論介紹方面有許多著作,作者挑以下這幾本作介紹,因爲以下這幾本有合編當代多位生態女性主義者的重要著作,閱讀這幾本即可一窺堂奧。生態女性主義是一種將生態環境和性別連起來的思想流派,主張女性和環境受到類似的壓迫和剝削,需要進行聯合抗爭。生態女性主義認爲,環境破壞和性別歧視是相互交織的,人類對自然的掠奪性行爲與男性對女性的支配和剝削相似。生態女性主義強調女性在環保和可持續發展方面的作用和意義,主張通過提高女性地位和權利,來達到兩性更加平等和社會可持續發展。以下以代表性的幾位生態女性主義學者和他們的觀點,舉例說明:

1. 瑪莉亞・麥斯(Maria Mies)與奇瓦(Vandana Shiva)合寫的英文原文書籍《生態女性女義》(*Ecofeminism*)(1993)中,指出生態破壞與工業大災難造成日常生活的直接威脅。資本主義和西方現代化對環境和女性的雙重壓迫,主張重建基於互惠和平等的社會關係和生產方式。此書提出女性解放、生殖技術與生物技術等倫理問題。

2. 奇瓦在上本合寫書中,則強調全球化和現代農業對生態環境和農村女性的負面影響,主張保護傳統農業和社區經濟,並將生態保護與社會正義相結合。

3. 卡羅琳・摩倩特(Carolyn Merchant):在高被引期刊論文〈科學革命與自然的死亡〉(The Scientific Revolution and The Death of Nature)介紹其專書《自然的死亡:女性、生態與科學革命》(*The Death of Nature: Women, Ecology, and the Scientific Revolution*)(1980)。該書挑戰機械科學作爲進步指標的霸權。因十七世紀以來的科學也隱含生態危機、對自然的主宰,並低估女性對科學知識的生產。探討科技與環境之間的關係,主張通過發展一種新的科學方法,來實現人與自然之間的和諧共處。此書貢獻生態女性主義、環境歷史,科學發展的重新評估。

以上生態女性主義與所要探討的文本的關聯。以生態女性主義的角

度來詮釋，提出分析同被科學家克雷科與吉米所愛的女子奧麗克絲，由被人類惡劣毀壞德行所拐賣的童妓，被克雷科拯救後，聘用她至機密實驗室「天塘」內建的仿天然叢林，她轉變角色，如大地之母，慈愛甚至天然不著衣物地，教育同樣不著衣物的純眞基改克雷科孩童，以便以相似的裸體，拉近與他們的距離。

　　《末世男女》確是一部經典的科幻小說，描述了一個世界末日後的荒涼景象和倖存者之間的關係。地球作爲大地之母，被未來科技及貪婪人性所蹂躪，這個小說涉及到許多複雜的主題，其中一個是本文所關注的生態重啓和後人類。在小說中，生態重啓是指地球上的生態系統進行了巨大的變化，而人類已經無法掌控自然界。後人類是指在科學家克雷科計畫性地研發純眞的基因變種克雷科人，他們與現代人類有著不同的基因和適應能力，可以在艱難的環境中存活。科學家克雷科以生化病毒大毀滅人類之後，倖存的雪人，及小說近結尾發現倖存的三個人類，也得適應後人類的新生活。被天才科學家克雷科用先進科技混種基因改造的克雷科人「他們能充分適應其棲息地，所以永遠也不必修建房屋、製造工具和武器，連衣服也不需要。也無須發明任何有害的符號體系，如王國、偶像、神及錢幣」（2022:300）。作者認爲女主角奧麗克絲在此小說中從被販賣的童妓，轉變爲被科學家克雷科拯救，邀她至高科技生化公司的機密圓頂樓「天塘」工作。她變成爲教育純眞的新基因合成克雷科人，這角色奧麗克絲亦返璞歸眞。在死去前，奧麗克絲也脫去衣服，跟同樣一絲不掛裸體的克雷科人，自然地在創造出的圓頂屋中互動，教導傳授給他們基本生存之道。

　　以生態女性主義的角度來檢視，這本小說反映在現實生活中，隨著氣候變化和環境破壞的日益嚴重，許多科學家都在探討生態重啓的可能性。生態重啓可能需要將地球上的生態系統完全重建，以恢復其健康狀態。這可能涉及到重新引入某些物種，以及移除對環境有害的物種。原著中的克雷科人，實爲基因改造人類。女性則可爲救贖者，協助生態重生。

　　小說中的女主角奧麗克絲被兩個男人（科學家克雷科與吉姆）所愛，她恰巧是他們在青少年時期觀賞色情網站時曾看過的女孩。之後當他們長大，他們把她從被迫賣爲一名妓女而救出。奧麗克絲被比喻爲「灰姑娘仙杜瑞拉」的母題，在羅娜・梅・羅恩（Rona May-Ron）的期刊論文〈收回凝視〉之中。「灰姑娘仙杜瑞拉」作爲互文文本，在愛特伍德的《末世男女》裡。根據羅娜・梅・羅恩，奧麗克絲：

> 當這個不可捉摸的、非聚焦的角色被經由愛特伍德以循環重現的灰姑娘仙杜瑞拉的母題（作者按：motif）的濾鏡穿越被閱讀之時，在童話和啓示錄小說之間出現了一個雙重重疊的交集：在一方面，愛特伍德經由情節、角色塑造和將奧麗克絲的角色民謠化的方式，在整個小說中引涉暗示了這個經典童話故事；在另一方面，這兩個文本都引發經由傳統的文化將女性同景觀，特別是藉由窺視的男性凝視的視角所呈現的女性形象。
>
> ──May-Ron 2019, 260

順著這條脈絡精神，奧麗克絲和灰姑娘仙杜瑞拉都是被窺視的「男性凝視」所慾望渴求的女性客體。況且，我們也可以生態批評（Ecocriticism）及生態女性主義（Ecofeminism）的視角，檢視愛特伍德的小說《末世男女》。如同杰妮・葛洛佛（Jayne Glover）的期刊論文〈人類／自然：愛特伍德的小說《末世男女》中的生態哲學〉，以生態觀點爭論這本小說挑戰我們重新再評價「是否可能，假如能夠在不變成爲工具主義者或是破壞我們作爲人類的特質的情況下，創造一個生態倫理的社會」（50）。畢竟，克雷科人的器官是非常實用的，且經由極端科學家克雷科（作者覺得他除了作爲「工具主義者」〔Instrumentalist〕的動機之外，還有點偏執狂〔paranoid〕的因素）。因他所有被設計的事物，都是

他認為值得，才被留在地球的。克雷科把吉米（後稱為雪人）留下來，以便照顧那些道德純真的科技研發基因改良混種新生物——克雷科人，彷彿他們是天真無邪的孩童，善良單純、無害純潔、完好的物種，才值得重新以生態重啟的新生物，活在這地球上。

三、小說《末世男女》以回憶交織現在，想像未來奇幻

　　這個小說中的世界充滿了各種推想奇幻科技未來和基因改造，人類和其他生物之間的關係也被重新定義。小說中的主人公雪人，生活在一個被病毒摧毀的世界中，雪人是一個孤獨的倖存者，與一群基因改造的生物相互依存作伴。故事透過他的回憶，展現了人類如何透過科技和基因改造來掌控自然，卻最終導致了人類的毀滅。小說探討了科技和基因改造的倫理和道德問題，並提出了一些關於生物多樣性，以及假若沒對地球善盡環境保護，將可能衍生的未來問題與危機。《末世男女》中的基因怪物主要包括：

1. 突變生物：在小說中，基因工程技術產生了各種具有突變能力的生物，包括病毒、細菌和真菌等。這些生物在全球範圍內造成了災難性的傳染病，導致了人類文明的崩潰、人類大規模的死亡，人類種族滅絕。

2. 基因改造生物：小說中有天才科學家克雷科所創的科技生化公司，製造了各種基因改造生物，用來生產食物、清理環境和進行實驗等。其中最著名的是「器官豬」（pigoon），這是一種被改造成可以長出人類器官的生物。「正式名稱為多器官生產者」（2022:46）。「器官豬計畫的目的，在基因變種宿主豬體內，培植各種安全的人體器官組織——這樣器官很容易移植也比較不會產生排斥，還能抵禦每年越來越多的細菌和病毒」（2022:46）。此外，基因改造生物還有狗狼（wolvog），「嗷嗚嗷嗚地嚎叫」（2022:36）。狗狼的體型乃狗與狼

基因混種，但個性不像狗的忠實，卻像狼的凶狠。此外，還有奧根農場生化實驗室中一名高手合成的浣鼬，被當成寵物。「吉米十歲時他爸爸送他一隻浣鼬當寵物」（2022:68）。

3. 克雷科人（Crakers）：克雷科人是一種由人類基因改造出來的全新生物種類，被設計成具有各種人類所渴求擁有的優點，例如，天性純眞善良像孩童一般、不需要睡眠、天生免疫許多疾病、不會感到嫉妒或憤怒等。小說以雪人（第一人稱，進入角色人物內心）回想：「那是他第一次看到克雷科人。他們一絲不掛，但與裸體的人不同，沒有絲毫扭怩，一點都沒有。起初他不相信他們是眞的，他們那麼美麗。黑的、白的、棕的、膚色應有盡有。每一位都那麼標致」（2022:297）。此外，克雷科人被設計成可以自行繁衍「一開始的時候」克雷科說，「我們得改造正常人類的胚胎，這些胚胎我們是從 —— 別管我們從那兒找來的吧。但現在這些人可以自體生殖。他們可以自行繁衍」（2022:298）。

克雷科人「沒有領地意識」、「一直困擾著人性的那種想稱王稱霸的野心已解除。」、「他們只吃樹葉、草、根以及一兩種莓果；所以他們的食物數量豐沛，唾手可得。」、「性生活對他們而言並不是一種持續不斷的折磨，並非是荷爾蒙的劇烈噴發；他們定期發情，像大多數哺乳動物那樣，而不像人」（2022:300）。

他們定期發情交配的方式爲五人一組的組合，至林子空地處，有求偶儀式。克雷科男子的生殖器是藍色的，整齊劃一地左右搖晃。就如同在小說近末尾的〈布道〉該篇章中所描述：「雪人能想像，這些平靜異常、肌肉發達的男人齊一地走上前，唱著它們稀奇古怪的歌曲，綠眼睛發著光，藍色的生殖器整齊劃一地左右搖晃，雙手向外伸展得像僵屍電影裡的臨時演員。這情景怎不會讓人膽寒呢？」（2022:355-356）小說末尾才發現除了雪人之外，還有倖存的三個人類，他們碰到實驗室研發出來的克雷科男子搖晃著藍色生殖器的奇異地迎接方式，的確讓讀者可想像那奇異詭譎的

畫面，那三人被嚇跑。

災難人類滅絕與新物種的身體

　　在愛特伍德的小說《末世男女》的科幻未來推想世界中，以實驗配種混和不同動物基因，所創造出的新物種的身體，除克雷科人以外，還有浣鼬、狗狼、器官豬，以及其他食腐性動物。愛特伍德接續她的傑作《使女的故事》（1986）論反烏托邦，她的小說《末世男女》（2003）描繪人類滅絕之後的反烏托邦未來世界。在愛特伍德的小說《末世男女》之中，新單純物種是由角色克雷科所發明創造的。以第一人稱雪人的口述記憶追溯這故事，克雷科是位天才科學家，他認為人類是道德淪喪的種族，所以他設計替換人類，以他客製化道德升級的物種——克雷科人。科學家克雷科與敘述者雪人（原被稱為吉米）是親密的兒時青少年時期玩伴。

　　丹內特・迪馬科（Danette DiMarco）的期刊論文〈失樂園，恢復樂園：費伯人類與在《末世男女》中製造一個新開始〉描繪小說家愛特伍德使用雪人——該位「致命的病毒病原體」（170）倖存者——的敘述記憶，來回憶由他從青少年時最好的朋友克雷科所研發且釋放的「致命的病毒病原體」，毀滅世界的緣由與過程。依據迪馬科所言，

> 費伯人類（Homo faber）的工具主義世界觀——基於分離和封閉——作為凝聚劑，確保吉米在克雷科的「天堂」計畫中擔任領導角色。……在一方面，克雷科的科學智慧，在他創造BlyssPluss藥丸和基因重組克雷科人（Crakers）的天堂計畫中表現得明顯，使他成為一個衡量價值工具生產僅因與個人利益相關的精英階層的一員。在另一方面，吉米的人文主義傾向，在社會上使他邊緣化。（2005:171）

連同她著名的小說《使女的故事》，愛特伍德的小說《末世男女》展示有
可能實行社會改變。愛特伍德在短篇文章〈在脈絡中的《使女的故事》與
《末世男女》〉謙卑地說她：「不是一位科幻小說專家」，她的小說可被
歸類為次類型的「推想小說」。推想小說，用愛特伍德的話來說，或許可
被使用為「這棵樹是指小說類型，科幻小說、科幻奇幻小說和奇幻小說是
小說類型的分支」（2004:513）。愛特伍德的《末世男女》描繪在未來世
界，克雷科不滿意於反烏托邦後末日啓示貪婪與邪惡的人類，打算毀滅所
有的人類物種，包括他自己與奧麗克絲（他與吉米〔之後稱為雪人〕都深
愛的女人），以便於創造一個烏托邦的自然，由他的科技所製造出新的基
因生物——克雷科人來生存。

　　除此以外，我認為由愛特伍德所寫的小說《末世男女》也可經
由法國理論家米歇爾・傅科（Michel Foucault）所提出的「宗譜學」
（genealogy）觀念來解讀。依據米歇爾・傅科於《尼采、宗譜、歷史》
的宗譜學觀念：

> 宗譜學不是像哲學家那樣高峻而深遠的凝視，與學者的鼴
> 鼠般的視野相比，兩者並不相對立；相反的，它拒絕理想
> 意義和無限的目的論的超歷史展開，它反對尋找起源，因
> 為這往往只是一種建構基礎的企圖。因此，它反對事物統
> 一起源的神話，反對存在概念的形而上學，反對一個主體
> 的理想連續性，該主體將自己的身分一直發揮到自我存在
> 的最高點，通過相似性、記憶、永恆的回歸自我等無數的
> 轉折路徑。宗譜學作為一種血統分析，因此位於與知識相
> 關的權力關係的領域中，其用途是揭示服從的機制，並努
> 力消除權力的掌控。（1971）

傅柯的宗譜學觀念強調人類歷史和文化的演變，是由權力關係和知識結構

的不斷交互作用而形成的。他主張人類歷史不是一條線性的進步之路，而是一種「非線性」（non-linear）的多元發展，並且要通過對權力和知識的探究來理解其演變。在《末世男女》中，我們可以看到這種權力和知識的交互作用。小說中描述了一個被病毒摧毀的世界，人類社會崩潰，生存變得艱難。在這個世界中，權力和知識的結構發生了巨大的變化，政商富有者的權力和知識都瓦解，被科學家創造出來的基因混種單純純眞的克雷科人，沒有權力、階級、知識、財富、領地、婚姻制度等的慾望，及人爲限制。愛特伍德的小說某方面說明傅科的宗譜學觀念是「非線性」的發展，可以用來解釋小說中這種權力和知識結構的轉變。小說中描述了一種新的文化和社會秩序的產生，這種秩序是完全毀滅人類現實世界的重新建構，以便無上下統治權力關係，使得原始完好再生。這種權力和知識的轉變，可以被視爲一種宗譜學的演變，即過去的權力結構和知識體系被推翻，而新的物種存在方式被建立起來。因此，傅科的宗譜學觀念可以被用來解讀《末世男女》中，權力和人類知識結構的消融轉變，並且幫助我們理解小說中描述的爲何會變成後人類的過程。我認爲小說中有很多可舉證克雷科人象徵消融人類傳統宗譜學，因爲被天才科學家克雷科用先進科技混種基因改造的克雷科人「沒有遺產可繼承，就沒有家族譜系，沒有結婚離婚」（2022:300）。

　　愛特伍德在她英文原版小說《末世男女》裡，〈殘餘〉（Remnant）篇章，寫出當純眞的克雷科人首次碰到雪人（當人類還存活時，他被稱爲吉米）的場景（Atwood, 2003: 348-349）。用倒敘法（Flashback），這小說以愛特伍德的想像力將背景安置在反烏托邦的未來世界。愛特伍德爭論說她的小說《末世男女》：「不是一個古典經典的反烏托邦。」（2004:517）我同意愛特伍德於演講中所言，想像力很重要。她使用威廉·布雷克在上個世紀也注意到人類想像力驅動世界，來支持她的想法。正如同阿爾伯特·愛因斯坦（Albert Einstein）所言：「想像力比知識更爲重要。因爲知識是有限的，而想像力擁抱整個世界，激發進步，孕育演

化。」[3]

　　比較喬治・歐威爾（George Orwell）的小說《一九八四》有一個更具希望的結尾，然而，愛特伍德的《末世男女》則有個雄心勃勃的開放式結局。因爲於愛特伍德的《末世男女》文本分析中，生態女性主義的論述與小說文本的關聯性相扣合。在女作家的小說中，有個自然環境災難，人類身體被摧毀。取而代之被遺留在地球上的，是新的生態由天才科學家克雷科製造的新生物——交由女性奧麗克絲教導的有著綠眼睛身體的生化合成克雷科人。「他們的綠眼睛在半黑的夜晚中發著冷光，和那隻兔子一樣：來自相同的水母基因。他們都眨著這樣的眼睛坐在一塊，散發的氣味如同一整箱柑橘類水果——這是克雷科爲他們添加的一項特徵，他認爲那些化學物質能驅蚊」（2022:116）。作者認爲這項可驅蚊的設計很貼心，適合在地球上生存的新種生物，尤其是在夏天蚊蟲多，咬人時，很感同身受。只是克雷科人在問候人時的方式，令人類感到詭異膽寒。在書末倒數兩篇章第14篇〈布道〉描述，有幾個跟雪人一樣的人，來過克雷科人棲息地，因女人類「她聞起來有很重的藍色氣味」，克雷科男人們就開始「對著她唱歌。」、「向她獻花，還用陰莖招呼她，她並沒有愉快地回應我們」（2022:355）。

　　在這以研發的生物病毒毀滅人類的浩劫後，生態重啓的後人類，雪人吃完魚後，便把骨頭放回克雷科人幫他捕獲包魚的葉子上，讓骨頭重返大海。否則食物殘餘碎屑會引來以科學實驗配種混和不同動物基因，所創造出的「浣鼬、狗狼、器官豬以及其他食腐性動物」（2022:116）。小說末篇章竟發現還有像雪人倖存的極少數三個人類，作爲小說開放式的未知未來發展的結尾。愛特伍德的小說《末世男女》高度相關於生態女性主義想要生態保護，以及災難和身體的主題。在愛特伍德的小說《末世男女》之中，雖然克雷科的用意——創造完美的、全新的、生態友善的、天眞無邪

---

[3] 引文出處Noble Prize. X.com。（網址：https://x.com/NobelPrize/status/1106222962028564483）

的物種——是可以被了解的，克雷科極端的殲滅人類物種，與他工具主義的激烈方法，毀損削弱了他對烏托邦夢想的信心。災難的人類滅絕，和新物種的身體，是可以被生物工程的後人類主義與超人類主義來探索的。

　　詹・葛洛佛（Jayne Glover）的論文〈人類／自然：在瑪格麗特・愛特伍德的小說《末世男女》之中的生態倫理哲學〉（"Human/Nature: Ecological Philosophy in Margaret Atwood's *Oryx & Crake*"）提供細節分析，探討愛特伍德反烏托邦小說中的生態主題。此部小說有力地批判人類對環境的掠奪，提出介於人類與自然之間關係的問題。強調小說重點在需要人類與自然世界間的更永續關係。警示對生態環境的對待之漠視所造成的後果，與不察覺科學進展也可能帶來的危險。小說描繪基因工程和生物科技，愛特伍德也批評科學家想要控制操縱自然世界的人為傲慢。小說也質疑將生命商品化與對貧窮者的剝削。愛特伍德在小說《末世男女》中，以神話和說故事的方式來傳遞生態的主題。神話傳統強調說故事的重要性，型塑我們與自然世界的關係。

　　除了烏托邦（Utopia）、敵托邦（Dystopia），柯嘉瑋於其臺大碩士論文也提出「解域烏托邦」（Deterritopia）的閱讀方式，來解讀瑪格麗特的《瘋狂亞當》三部曲。以德勒茲的「解畛域化」（deterritorialization）觀念，於摘要指出「佐以烏托邦所蘊含的社會改造企圖，試圖「打破烏托邦／敵托邦對於特定未來時間或特定封閉空間的想像關注小說文本之『創造』的生成過程」（2015）。曹鈞甯的中國文化大學碩士論文〈瑪格麗特・愛特伍小說《末世男女》中之反烏托邦與生態批評〉，以生態主義來分析《末世男女》，加上反烏托邦和後現代主義解析。曹以反烏托邦觀點來看此小說對未來寓言，以生態主義分析小說中克雷科人、生態滅絕、全球暖化、女性與自然關係。

　　以電影分析來看，YouTube上可搜尋找到的《末世男女》電影預告片，乍看之下擬似將小說拍攝成電影的預告片，但本書作者發現其實是由美國華盛頓州立大學的某班影迷大學生們所製作的同名《末世男女》短

片，鏡頭最終預告片。本書作者細查後發現，他們是以先前已拍攝的別部電影《魯賓遜漂流記》的影像片段，來剪輯成，宛如眞的是將愛特伍德的小說《末世男女》中的一些情節畫面，後製剪輯成彷如即將搬上大銀幕上映的電影預告。也因此這仿眞的電影預告片，既不是眞的一部電影，因而也就無法歸類爲何種類型的電影。[4]

四、串流媒體Netflix影集《愛×死×機器人》

災難與身體也彰顯在後生化倫理、怪物性，與人工智慧機器人、超人類主義，應用電影敘事（Narrative）研究、後人類主義與超人類主義的理論，用兩例探索。首先第一例，是上述所分析的《末世男女》；第二例則是研究在串流媒體Netflix播放的科幻類電視影集《愛×死×機器人》（圖8-1）（2022）。在許多各自獨立的Netflix單元動畫影集《愛×死×機器人》中，涵蓋生化人工智慧機器人的議題。此外，《愛×死×機器人》有一集，介於耳聾的騎士與神話海妖之間，致命的吸引力，也與後人類主義及超人類主義相關聯。

與此文第一部分論《末世男女》的災難和身體相連結，也是設定在反烏托邦的未來，此文第二部分論《愛×死×機器人》，這部網飛原創動畫科幻類別的影集有三季。《愛×死×機器人》是一部美國成人動畫影集系列，於2022年在網飛首播。該系列包括十八個可單獨存在與前後無關的影集，每個影集都有不同的動畫風格和故事情節，以主題是探索愛、死亡和機器人來含括在一起。在第三季，有九集短影片。幾乎每一集都包含性愛機器人、暴力、血腥的身體，被虐待與超性感的女人，以及後人類黑暗的生物。這故事主要關於至木星月勘探的使命，但最終以災難作結。孤獨的

---

[4] 此外，就角色分析來說，作者認爲由飾演過電影《阿甘正傳》（Forrest Gump）純眞傻氣憨厚善良角色的男演員湯姆・漢克（Tom Hanks）飾演此角色，置換成愛特伍德《末世男女》中的雪人的形象也很合適。

圖8-1　《愛×死×機器人》（2022 Netflix）在許多各自獨立的單元動畫影集中，左圖
該集是有關基因變種怪物人工智慧大老鼠。圖中該集是涵蓋生化人工智慧機器
人的議題。右圖該集是神話海妖與耳聾的騎士之間，致命的吸引力。（圖片來
源：ARY News. 標題："Love, Death+Robots: Jibaro Review."
發布時間：June 14, 2022 網址：https://arynews.tv/love-deathrobots-jibaro-
review/）

存活者必須開始一個危險的旅程，但隨著冒險擴增心智。這動畫系列提供
一個獨特的視角，以幽默嘲諷的方式來探究人文主義者、生化人、技術人
文主義、性別、技術女性主義，與後人類的批評。

　　《愛×死×機器人》中，每個影集的長度從6到18分鐘不等，涵蓋了
各種流派，包括科幻、恐怖、喜劇和奇幻。有些影集是對現有作品的改
編，例如，約翰・斯卡爾齊的《備選歷史》，而另一些則是該節目創作者
的原創作品。該系列獲得評論家和觀眾的好評和差評。有一些人讚賞其創
新的動畫風格、創意的敘事方式，及發人深省的主題。但也有其他人批評
其質量參差不齊、過度暴力，和有時過度呈現性和裸露內容。整體而言，
《愛×死×機器人》是一個獨特的影集系列，推進動畫和敘事的邊界。也
與本文共同主題的科幻生態重啟後人類、生態女性主義，與AI機器人高度
相關。《愛×死×機器人》的成功在於多樣化的風格和故事，讓觀眾探索
不同的世界和視角。但是，有些人可能會因其圖像內容和激烈主題感到不
適或覺得被冒犯。例如，女性被強暴性侵的畫面，以及女體被暴力欺凌之
後留下的身體傷疤，常令人不忍卒睹。

㈢文獻回顧理論引用評述

　　文獻回顧理論引用，我認爲可參考美國加州大學聖塔克魯斯分校哲學教授唐娜‧哈拉維（Donna Haraway）在其書《賽博格宣言》（*Cyborg Manifesto*）所敘述，賽博格生化人哲學人物，以及德勒茲（Gilles Deleuze）和法國哲學家皮埃爾-菲利克斯‧伽塔利（Pierre-Félix Guattari）合作寫書《千年原：資本主義與精神分裂》（*A Thousand Plateaus: Capitalism and Schizophrenia*）（1987），其中的後人文主義的概念。此外，雅斯敏‧歐茲肯特（Yasemin Özkent）的期刊論文〈後人類奇幻：是《愛×死×機器人》？還是女人、暴力&反人文主義？〉檢視在這部動畫影集中，後人類再現女性、暴力&反人文主義如何被建構（Özkent 2022: 1）。歐茲肯特爭論《愛×死×機器人》有「在後人類時代初期，持續的傳統性別刻板印象，和拒絕人文主義哲學的陽剛氣質」（2022:1）。動畫科幻《愛×死×機器人》系列作爲投射，預示社會、科學與科技可能的未來。歐茲肯特發現後人類女性逐漸遠離在《愛×死×機器人》中的傳統人類框架（2022:14）。

　　而從另一個角度，賈亞‧尚卡爾（Jaya Sarkar）的期刊論文〈再思考《愛×死×機器人》中的笛卡爾二元論與自我〉，宣示後人類主義作爲一個框架的過程如何「質疑和批判『人類狀態』，並聚焦於『人類和後人類之間的邊界崩塌』」（2022:1）。雖然《愛×死×機器人》整個影集系列沒有一個前後一致連貫的故事線，但那系列包含「藉由再現意識如何在身體以外演化，與靠自己生存的方式，呈現笛卡爾心靈——身體分裂」（Sarkar 2022: 2）。在尚卡爾使用「笛卡爾心靈——身體分裂」，在身體以外，意識演化。然而，在《愛×死×機器人》系列之中，災難之後，當人類身體死去，人類意識並不再存在。

　　以作者淺見來看，災難與身體的議題仍可成爲典範與再現，經由動畫《愛×死×機器人》，以有時嚴厲、有時荒謬的幽默嘲弄來呈現。例如，

在第三季的第一集，來自外太空其他先進星球的三個智慧機器人在動畫系列《愛×死×機器人》，看見那些死去的人類身體，諷刺地批評人類無論貧賤富貴，或是有權勢的政客都死去，歸咎於自私人類的愚昧。這集的動畫電影類型屬於科幻片（圖8-2）。

圖8-2　機器人嘲弄人類滅亡之因。（圖片來源：COLLIDER. 標題："Love, Death + Robots' Volume 3 Is All About Humanity's Greed and Self-Destructive Nature." 發布時間：Jun 3, 2022. 網址：https://collider.com/love-death-and-robots-season-3-themes-greed-self-destruction/）

　　舉例來說，在Netflix《愛×死×機器人》2022年第三季第一集〈三個機器人：出路策略〉中，那三個智慧機器人的對話，作者節錄如下：

橘色智慧機器人說：快點，我們有科學要做！
藍1號機器人：是的，對後末日人類進行深入調查，可能會揭示一些對我們新興的機器文化在如何生存方面非常重要的見解。……
……

　　藍1號機器人：這些（作者補充：貧窮）人類缺乏經濟和
社會優勢，選擇也很少。然而，富有和有權有勢的人卻擁
有多種複雜的生存策略。

　　然而，在此部動畫影集，即使富豪與有權勢者都仍死亡。建立在高海岸上完全主權國家的海上碉堡的富有者，大多數是科技億萬美元富翁。藍1號機器人解釋是因爲「這些人類認爲科技會拯救他們，因此他們拋棄了具有實用技能的人類，轉而將一切都交給自動化的電子助手來管理」。但電子投射全息影像背叛了這些富豪人類，不捕任何魚給這些人類吃。藍1號機器人嘆息說：「這就是機器人起義的開始」。

　　如同電影剪輯（Editing）鏡頭般，跳接到下一個景，展示那三個智慧機器人搭乘太空船，去查訪那個當地球世界經濟崩潰時，有權力的世界領袖撤退去的堡壘。然而，那些先進的智慧機器人發現，所有的有權勢的政客及世界領導者，竟全都死在晚餐宴席桌上。（作者認爲這段動畫展現電影「晾衣繩式」拍攝鏡頭，群像展現環場餐桌的各死屍。）來自未來外太空先進星球的AI智能機器人，查證由於飢荒，人類各國統治階層的政客決定投票去吃倖存的人，一個接著一個。鏡頭轉接下來換成另一場景，甚至連富豪們也死去，全世界金字塔頂端的0.1%只有極少數非常有錢的鉅富，才能有辦法搭乘火箭至火星。結果只有唯一的一名地球倖存者成功移民至火星，打開太空人頭盔的刹那間，出乎觀賞者所猜想的，竟不是富可敵國的美國科技商業大亨伊隆·馬斯克（Elon Musk），而竟然是一隻會說英文的智能小貓！作者認爲那是個幽默但諷刺的方式來描繪災難與身體，牽涉到機器人暴動、生物工程後人類主義、後賽博格人工智慧機器人、超人類主義，與甚至是動物基因突變（像是會說英文的智能小貓的例子）。

　　除此以外，在由Netflix網飛播放的動畫類別《愛×死×機器人》系列第三季最後一集（Jibaro）中，耳聾的騎士與神話海妖之間致命的吸引

力，是超越物種的情感糾纏與復仇。網飛動畫《愛×死×機器人》在電子
串流媒體，無論是用平面大電視或是電腦螢幕或是平板來觀賞，都可見權
力與暴力施加於被虐待的身體之上，尤其是女性被虐的裸體。例如，那集
神話海妖被愛上的耳聾騎士背叛、強暴與搶劫。耳聾騎士暴力強行剝去
她全身珠寶華服後，女性身體血流傷殘至衣不蔽體的悲慘情況，慘不忍
睹。以電影鏡頭（Camera）來剖析，此集動畫以宛如「寬大銀幕」（wide
camera）的取鏡，由遠景、中景及近景，來呈現眾多騎在馬匹上的士兵，
侵入這片象徵生態女性大地原始美好的森林河流。動畫色彩、中古世紀充
滿神話色彩的服裝設計相當出色。以神話傳說的人物塑造相當迷人，背景
森林河流，騎士馬匹雜沓，海妖賽倫被暴力剝奪黃金珠寶華麗外衣後，動
漫影片以特寫近照（close shot），呈現她悲慘衣不蔽體的女體傷痕。之後
她以自然象徵女性大地河流的陰性反撲，報復男性掠奪暴力的惡劣行徑，
色彩鮮明，影像歷歷在目。這集女性被強暴受虐的影像，如同生態女性主
義所比喻，大自然環境被掠奪破壞，生態環境浩劫後造成的全球暖化、北
極圈冰層融解、四季時序溫度不穩定，極端氣候對人類的反撲。

　　後賽博格人工智慧機器人及超人類主義，可在《愛×死×機器人》
被檢視。《愛×死×機器人》提供給我們一種創新的想像，那個未來反烏
托邦的社會，在那兒特別是在第三季第一集裡，只剩賽博格智慧機器人存
在，解釋為何人類物種如何滅亡。《愛×死×機器人》經由網飛串流媒體
展現，性別由反女性主義的觀點來呈現，人類經由反人類主義的視角來呈
現。在那反烏托邦的後末日啟示的未來可能世界，那些後賽博格人工智慧
機器人給了一個反人類主義的敘事，經由模擬人類邏輯和理性，但卻是以
一個嘲弄的方式，充滿「後設劇場」（meta-theater）批評。

　　前文提到的歐茲肯特該論文討論反人類主義，就「技術改造的實體」
而言，像是賽博格、人工智慧，與人型機器人。《愛×死×機器人》諷刺
地批評人類理性的提升，與人類傲慢超過理性的勝利。以某種方式，合乎
資格的，以機器人的面孔，來作為人類代理人，是被損害的。這就的確是

反人類主義所意指的，奠基於德勒茲（Gilles Deleuze）與伽塔利（Félix Guattari）的看法，即人類不是存在的中心。他們批評人文主義者的方法，使得人們例外於那些他們蒐集在「其他者」（othering）的想法之下的見解。當德勒茲與伽塔利談論著所有事物是個機器，他們指的是人性的被建造的結構。在這被選擇的影集裡，區分開人類與自然及人造的不適當性被顯現。設想的後人類逐漸由人文主義者的架構移走，穿越像是「科技的濫用」、「人類傲慢」，與「人類心靈的至高無上」的主題。

　　麗娜‧布萊多基恩（Lina Breidokiene）的碩士論文〈後人類主義作為科學小說。網飛的《碳變》與《愛×死×機器人》為例〉（*Posthumanism as Science Fiction. The Case of Netflix's Altered-Carbon and Love, Death, and Robots*）也提出在《愛×死×機器人》中的後人類與拒絕人本主義、性暴力與後人類的身體。以Volume 1內的〈三個機器人〉（Three Robots）、〈當優酪乳取得控制〉（When the Yogurt Took Over）、〈茲瑪藍〉（Zima Blue），這三集來介紹由人類創造的非人生物，在許多方面替代或是表現超過人類的科幻未來故事。〈三個機器人〉與〈當優酪乳取得控制〉呈現行為相似人類的機器人，及高度智能的優酪乳。〈當優酪乳取得控制〉甚至動畫呈現高度智能的優酪乳竟智慧高過人類，可控制人類，幫人類銀行解決國家公債、通貨膨脹、經濟危機、環境惡化等問題。在優酪乳要求給予美國俄亥俄州（Ohio）這州統治之後，甚至整個世界給優酪乳管，還比讓人類錯誤決策管來的好與健康完善快樂幸福，甚至結尾人類還會擔心優酪乳拋下人類不管，移民火星之後，人類要怎麼辦？

　　此外，〈茲瑪藍〉這集中的機器人藝術家不斷追尋的藍，可視為對真理及生存意義的探尋。茲瑪從最初的小藍框清掃機器人，到成名後擬人形智能機器人，探索宇宙星空蒼穹海洋萬物，它最終自我選擇跳入如生命生存本質母體的藍泳池。在一層層外在機械軀體剝離（圖8-3），浮現探討意識、存在意義的課題，這些都是充滿哲學與人vs.非人的辯證詰問。本書作者覺得這集的動畫影片類型趨近為實驗片，以藝術家的身體作為藝

圖8-3　茲瑪最終跳入如生命生存本質母體的藍泳池，外在機械軀體剝離。
　　　（圖片來源：COLLIDER. 標題："Zima Blue': Robert Valley on Directing Netflix's 'Love, Death & Robots' Short." 發布時間：Apr 19, 2019. 網址：https://collider.com/love-death-and-robots-zima-blue-director-robert-valley-interview/）

術，表達概念（Concept）之「行為藝術」（Performance Art）。

　　除了以上以外，《愛×死×機器人》第一季中，〈索尼的優勢〉（*Sonnie's Edge*）、〈好的狩獵〉（Good Hunting）這兩集描繪科幻世界裡，未來極端困難的環境對女性身體的虐待。〈索尼的優勢〉以雙頰刻著遭強暴虐待傷疤的女同志索尼Sonnie，駕駛怪獸貨車與同團隊一行人，進入與怪獸生死搏鬥廝殺的競技場，挑戰復仇。作者認為這集的動畫影片類型屬於「犯罪驚悚片」（Crime Thriller）（圖8-4）。

　　索尼（Sonnie）不受賽事主辦人大老Dicko掌控遊戲規則的金錢誘惑要她打輸，因她曾被黑幫一群男性強暴，還被羞辱、肢解、傷害，所以她要的不是金錢，也不是地位權力，而是復仇。即使被凶猛粗暴的男競技對手操控的邪惡恐怖陽剛怪獸死亡威脅，索尼不願服輸，在動漫影像呈現，龐大粗壯恐怖陽剛怪獸以強大身軀強壓，攻擊索尼所操控的有著長尾巴纖瘦身軀長爪尖嘴的陰性怪獸，恰似讓觀者聯想索尼同行友人開頭敘說索尼之前被黑幫強暴欺辱，切割她身體的血腥殘忍，歷歷在目的可憐經歷。就在索尼以心智操控的陰獸即將被殺死之前，驚險大翻轉好不容易贏得勝利後，索尼在更衣室被丁扣（Dicko）派來女伴珍妮佛（Jennifer）以赤裸性

圖8-4　索尼居中，滿臉被強暴被虐的傷疤，與同伴進入競技場，與怪獸生死拚搏。
（圖片來源：lovedeathrobots.fandom.com. 標題："Sonnie's Edge." 發布時間：
By 8/8/2019. 網址：https://lovedeathrobots.fandom.com/wiki/Sonnie%27s_Edge）

愛誘騙刺殺，最終Sonnie顯露眞身，竟是在之前被男性們強暴施虐後，連頭顱都已被打破，肉身都已失去，只剩下被植入晶片軀殼的怪獸意識得以留存。

　　結尾，怪獸現出眞身後敘說著：「我的優勢在於，每次踏上戰場，都是在爲自己的性命拚搏。」表面外型看似怪奇堅毅，但卻實顯女性脆弱的肉身，在險惡人性的世間被虐殺，難以存活，只得暗藏於怪獸之形身，才得以存在；也只得於人類暴力賭博生死拼鬥的聲色娛樂的競技場，爲生命唯一尚存的意識，拚搏的悲苦。揭露被欺壓受虐的女性，剩下的唯一優勢竟是恐懼與死亡，不得不存活於科幻機械怪物性（Monstrosity）的怪誕與悲哀。在此集生態女性主義與賽博龐克生化機器人結合，展現女性被強暴肢解肉身破碎後，藉由生化機器怪獸形體存活，暴力復仇反擊求生的無奈。女性生態主義同樣比喻生態與女性被欺虐，女性爲求生存，不得已以意識存於AI電腦以怪獸型體打鬥生存，極端的AI生化怪物機器人反撲。

　　相較於〈索尼的優勢〉女性意識只能存活於怪物機器身，〈好的狩獵〉（*Good Hunting*）（圖8-5）則是關於從神話動物身，轉變到機械賽博機器人的形成。這集的動畫電影類型，作者認爲是屬於融合鬼怪片與未

圖8-5　〈好的狩獵〉（*Good Hunting*）則是關於賽博機器人九尾狐女的形成。
（圖片來源：Arts Station. 標題："Love, Death & Robots Poster: Good Hunting."
網址：https://alicedarcia.artstation.com/projects/mqQGNZ）

來機械賽博片。此短篇動畫故事描繪在反烏托邦的暗黑科幻英國統治下的香港，燕（Yan）之母是九尾狐狐狸精，被梁父殺。梁父死，梁照顧燕給食。梁與燕離開村莊至都市香港，又因過度工業化，燕逐漸失去魔力，無法轉回她的動物原型狩獵維生，被迫只得以美麗女子身體形貌從事性工作來生活，但卻被迫更受困於白人男人性暴力之下，成為被壓迫的邊緣「他者」（the Other）。英國老白人總督竟在她酒中下藥，迷昏她後，把她肉身四肢肢解，改造成機械身，以便滿足他變態的性慾才能勃起的慾望。燕終於受不了，殺了侵害她身體逞性慾的白人男人總督，尋求梁（Liang）的幫助，改造她的機械身體，讓她可以再變形回她的九尾狐動物形，給予力量能在重工業的香港城市中狩獵。劇尾燕能轉變成機器九尾狐，有力反擊幾位英國男子性騷擾另一個中國女人，除了可視為是為女人復仇，長期以來男性逼壓迫其身的性剝削，也是東方對西方殖民權力的抵抗（Resisalance）。

　　以生態女性主義的觀點檢視，〈索尼的優勢〉與〈好的狩獵〉都反映

受到人類社會不公平待遇的女性及弱小動物，唯有藉由機器怪物，或是賽博機器人動物形，才得以在後人類未來世界有力反抗存活。東方女子不再只能是白人殖民男人的性感獵物，而可反轉有力狩獵復仇。以上所分析評論的這六集都有關後人類賽博智能機器人身體。〈索尼的優勢〉與〈好的狩獵〉還具有生態女性主義的對環境及社會不平父權的反撲，以及「跨物種」（cross-species），前者是人體加上怪物與電腦記憶體，後者是動物狐狸加上女體加上機器尾。

　　從神話海妖、怪物、賽博機器人到外太空，第一季第七集中的〈在天鷹座裂縫之外〉（Beyond the Aquila Rift）是由阿利斯泰爾·雷諾茲創作，喬納森·斯特拉罕和威廉·謝弗修訂的一部短篇科幻小說集。描繪太空人因太空船星際傳送門電腦路線誤差，被漂流到離地球幾千光年的距離以外，銀河天鷹座裂縫之外的地方，時間也是在地球幾百萬年之後，於外太空漂流，之後觀眾才發現倖存者湯姆（Thom）（名字暗示：moth蛾），碰到在外太空太空站的美女葛麗塔（Greta）以前舊識，曾有過短暫美好性交關係於其他外星站駐紮的女太空人，在他被迫滯留在這時，有的性愛美好環境感受，其實竟是外太空異種生物大蜘蛛人，好心創造出美好影像。同樣因誤差先來到薩溫拉基太空站（Saumlaki Station）的外星智能大蜘蛛，以夢境的虛擬實境模擬（simulation）溫情，撫慰在外太空遲早會死去的其他生物（包括人類），使其最後精神較好過，無痛苦的狀況下死去的後人類生存方式。

　　其實此故事一開頭即預示，當湯姆在準備進入休眠艙時，傳送門調度員（Dispatch）問他需不需要唱搖籃曲，湯姆戲謔回答：「你知道我喜歡的類型，性感又緩慢。」（You know how I like it. Sultry and slow.）因此，這解釋爲何湯姆後來會遇到葛麗塔：性感美麗身材、溫柔善解人意個性，讓他後悔曾失去的愛人，幫助湯姆面對睡眠／死亡，所爲他所唱的搖籃曲。透過夢境中湯姆和葛麗塔的互動，觀者得以了解他對她的感情和思念，也對當初沒留在她身邊而懊悔。但在相處過程中他感覺到不對勁，

實際情況是湯姆實則肉身乾老枯寂，同行另兩名隊員蘇西（Suzy）和雷（Ray）實則在艙中早已死去，這些美好夢境是外太空智慧先進的大蜘蛛外星人所製造，好意爲了讓他隻身漂流在貧瘠蠻荒的外太空肉身死去前的最後日子，精神不致太孤苦。作者認爲這彷彿是後人類（posthuman）的外太空魯賓遜記，但更無被獲救的希望。此集科幻動畫配樂是《活在陰影中》（*Living in the Shadows*），馬修‧瓊斯（Matthew Perryman Jones）的音樂讓人震撼感受科幻世界，感覺隻身漂流銀河星際的孤冷，外星大蜘蛛乃善意用葛麗塔安慰人類湯姆靈魂升天前的友善陪伴。以作者之見，這集的動畫影片類型屬於「外太空未來科幻片」。

五、比較分析

　　《末世男女》小說文本和Netflix網飛影集《愛×死×機器人》，論述這兩部作品並置於此論文中之關聯、互文性，進行兩者之比較分析。除了以上已有個別詮釋連結這兩部作品之共同的後人類及生態重啓的主題，並加入兩部作品共同相關之討論。兩者皆有女性被男性暴力逼迫──《末世男女》的奧麗克絲先前被賣爲色情網站上的童妓，之後照顧教育後人類基改生物克雷科人。《愛×死×機器人》中，神話海妖被耳聾騎士騙愛、強暴、搶劫，海妖必須是想像中的神話後人類生物才得以反撲復仇。〈索尼的優勢〉中，女同志索尼被黑幫眾男強暴肢解，棄屍暗巷瀕死，之後以心智儲存於後人類的怪獸才得以復仇存活。〈好的狩獵〉中，燕以女人身體在工業化社會被迫爲娼維生，卻被性虐待切割肉身，最後只得以女身結合重金屬機械利刃尾，成爲後人類生化機械九尾狐報仇存活。以上皆呈現以生態女性主義的視角觀之，受到人性險惡破壞，以陰柔大地比喻的生態地球，以及受到暴力壓迫的女性，或以基因改造生物生存於科幻生態重啓的地球，或得藉由科幻機械賽博，結合神話女狐怪物金屬身、AI怪獸之類的後人類形體，才得以在後人類科幻未來世界有力反抗存活。

六、結論：生態重啟、文學影像

　　人類夢想長生永保年輕俊美，但是否有朝一日會像愛特伍德小說《末世男女》中的科學家實驗，病毒散播造成人類大滅絕，用基因變種生物取代，使得後人類時代的生態重啟？如小說中角色雪人般，雖漫無目的地活著，但生命的意義卻在不斷回憶中重啟糾纏的情感，或可療癒、修復自身創傷？或無止境地疑問反詰？抑或在回憶重述中兩者皆有。本文並反思網飛動漫影片《愛×死×機器人》裡AI機器人嘲弄，人類因自私貪婪，反而造成人類物種的滅絕。由人類產生的科學生化技術可能會牽涉到冒著嚴重的危險，這點在本文以上數例中被強調，人類的自我授權是被質疑的。「人類主義」，其概念化相信人類的無錯誤與優越，被指出已到盡頭。《愛×死×機器人》以動畫預示，如同歐茲肯特所言：「在後人類主義失敗無法給予人類主義諾言之後，反人類的機器人證明會浮現。」（Özkent, 2022:14-15）因此，對我們來說，這是個機會，可學習由那賽博格智慧機器人諷刺嘲弄談論人類毀滅的觀點，來學習該如何做個（更好的）人類。從而，在後人類主義與超人類主義的更進階的理論觀念，心靈／身體不再是如同在笛卡爾的「二元對立」（binary opposition）那般的簡單。從智慧機器人嘲弄人類物種滅絕，到譏笑在動畫中人類死去的身體圖像，觀者因是動畫嘲弄而較能釋懷，但警訊已傳遞。

　　最後，我們可對災難，像是2004年發生的南亞大海嘯、2005年美國紐奧良發生的卡崔娜颶風、2019-2022年過去三年席捲全世界百萬人死亡的新冠肺炎的這些天災人禍，及科技實驗室，無論是陰謀論所猜想的生化武器，還是基因混合變種實驗不慎，病毒所真實造成的全球公衛災難，使得人類死亡、身體受損，人非草木豈能無情，人在現世尚未如愛特伍德的小說《末世男女》及串流媒體網飛影集《愛×死×機器人》，所面臨末世人類滅絕的後人類世界之前，保有同情心與同理心，或許是人之所以為人的最初善心。

　　本文深究性暴力與後人類，人類身體肉身轉變形塑於機械怪物性，以便有力存活在高工業化的都市叢林險惡世界得以有力反擊的科幻動畫，反映出末世的反烏托邦未來。《愛×死×機器人》激烈地批評人類優越論，與嘲笑人類宣稱超越其他物種的傲慢。正如有集〈三個機器人〉（Three Robots）嘲弄在未來科幻世界，由銀行系外星球更先進的智能外星機器人來做調查，AI機器人發現人類的死亡並不是由於自然老死，而是因為人類對自然環境的破壞，以及人性自私惡劣所導致。地球上的人類無論貧窮貴賤階級權力高科技與否，最終為何皆全死亡滅絕，之所以滅亡，乃因人類高傲自大與自私的人性所導致的結果。當智能貓學會開罐頭、說人話，剩餘人類被放入大焚化爐滅亡。連外星智能機器人也只能聽命於智能貓的命令撫摸貓，「Lower」下面一點的位置。此集相當反諷。

　　綜合以上所述，經由以上小說文本分析及電影影像分析，愛特伍德的小說《末世男女》及網飛《愛×死×機器人》，讓觀者反思超越我們當代人類的視野，想像孤單的雪人照顧後人類的生態新生物克雷科人，及智能機器人對人類滅亡的嘲諷。希望在接受到動漫娛樂反諷警訊後，有深層啟發。對生態維護平衡、後人類（生物）、基改動物、跨物種、基因變種怪物、地球永續、AI人工智慧機器人對於人類行為的反噬，不幫人類釣魚覓食，也引發人工智能未來發展與人類是有利或是禍害的隱憂。希望人類不會走到小說及動漫的後人類生態重啟的悲慘淒涼，由小說文學及動漫電影教育娛樂的啟發，人類更應有感地覺醒，希望是往好的正面良善行動，作對的決策之改變。由文學小說及串流媒體影像識讀中，可見生態重啟與後人類及AI機器人的未來科幻想像。雪人在後人類生態重啟的世界嘗試努力存活，除了基改變種怪物，還有跨物種的神話女狐，以及現代科技改造，神經元連結成人機合一的機械賽博機器人。提醒我們在人類無窮慾望與期望地球永續，科／幻與奇幻的後人類，生態重啟與未來AI機器人，一切都有可能。繼承佛萊的「原型批評」（Archetypal Criticism），強調文學的普世性（universal），愛特伍德小說《末世男女》寫出未來科幻生態重

啓與後人類的反烏托邦後末日文學想像。網飛科幻動畫影集《愛×死×機器人》更進一步將作者約翰·斯卡茲的文字，結合眾多美術藝術家、動畫師與電影製作人的眾志成城作品，以風格多樣的動畫影像，創造出科幻生態重啓後人類的世界。正如同單德興在愛特伍德應英國劍橋大學邀請燕卜蓀講座的演講稿出版《與死者協商》中的導論所言：「作家宛若巫師，跨越生死門檻，往返幽冥兩界，協商的對象何止過往的死者，也包括現世的生者，以及未來的讀者。」（2022：21）本文獻給過往者、現世編輯、主編、匿名評審，以及未來的讀者。

第九章
結論

The structures of the mise-en-scène flow from it: decor, lighting, the angle and framing of the shots, will be more or less expressionistic in their relation to the behavior of the actor. They contribute for their part to confirm the meaning of the action.

—— André Bazin

正如同法國著名電影評論家巴贊所言，場面調度的結構從中流動：鏡頭中的各項元素（包括布景裝置、燈光、角度、鏡頭的框架構圖），將會過多或少表現在它們與演員行為的關係中。它們貢獻它們的部分來確定動作的意義。

此書內容共九章，每章亦各自貢獻組成全書戲劇電影Netflix串流媒體，影視視讀的意義。每章研究發現與學術貢獻，扼要說明如下。

第一章　導論
分為前言、研究方法——跨域研究（戲劇、電影、串流媒體）理論、精要導讀各章內容。

Part 1 劇場與電影
第二章　客家劇場研究的比較視野：回顧與展望
第二章以戲劇理論的「表演研究」（Performance Studies）的研究方法來詮釋。從現今新科技與新媒體，回顧客家戲曲發展到網路串流戲劇與

展望。回顧清末由中國江西、廣東傳入臺灣的「客家三腳採茶戲」，逐步發展為「臺灣客家改良戲」、「客家大戲」，具現代西方劇場形式，進入室內鏡框式舞臺。榮興客家採茶劇團「客莎劇」《背叛》（2014）（改編自莎士比亞與約翰・佛萊切合寫的佚失劇《卡丹紐》）、《可待》（2019）（改編自莎翁《皆大歡喜》）。客委會委任北藝大製作首齣「客家歌舞劇」《福春嫁女》（2007）（改編自莎劇《馴悍記》），及「客家音樂劇」《香絲・相思》（2016），皆於國家戲劇院表演。

　　二十世紀現代主義、後現代主義下的電視傳播媒體日具影響，二十一世紀客委會亦出資客家電視臺徵選委外客家電視戲劇節目。研究貢獻繼以國際頂尖一流學術出版社（Palgrave Macmillan）出版的國際英文專書出版探討《臺北歌手》（2018），此本新的內容不同的中文書析論新的例子，尚未有學術出版的《出境事務所》（2015）；並以國際觀，比較Netflix網路自創影集，借鏡韓劇與韓流，展望客家戲劇。以期客家戲劇由本土化，能走出小島有限的客家觀賞人口，可學習有國際宏觀的特殊廣大觀賞者的吸引性。（第二章含31張劇照）

第三章　日本機器人劇場與美國人工智慧機器人電影：擬仿物與擬像

　　新科技的發展在劇場與電影的影響甚大，第三章應用布希亞後現代主義「仿真、擬仿物與擬像」理論觀點，析論日本機器人劇場表演與近年人工智慧機器人電影，解讀機器人劇場表演《蛻變——人形機器人版》（2015，臺北），及《三姊妹：人形機器人版本》（2013，臺北），並詮釋1984-2017年10部AI機器人電影相關議題（附已獲授權18張劇照），探究科技社會變化。本章詳可參見國際英文專書*Pop with Gods, Shakespeare, and AI: Popular Film, (Musical) Theatre, and TV Drama.*（Singapore: Palgrave Macmillan, 2020）第九章"Robot Theatre and AI Films." pp. 167-198.

Part 2 電影預示COVID-19與新媒體

第四章　AI、COVID-19、法律：以電影《全境擴散》為例

本章使用電影分析，像是艾森斯坦的蒙太奇理論（Eisenstein's montage theory），並參考法律及全球化理論（Globalization）、法國社會學家皮埃爾·布赫迪厄（Pierre Bourdieu）所提出「慣習」（habitus）學術術語、理論符號學（Semiotics），及其他相關理論。研究好萊塢電影《全境擴散》（Contagion）（2011）。這部由小說改編拍成的電影，彷彿預測，劇情竟高度相似於實際地球上2019-2022年COVID-19新冠肺炎的情形，以倍數人傳人的新型病毒大爆發，造成幾百萬人死亡。研究貢獻，藉由此部電影探討AI、人性、醫療、法律、防疫等議題，以期以電影文學研究，研討實際疫情爆發下的社會資訊、醫療、法律問題，以裨記錄防疫記憶，培力抵抗與防範未然。（第四章含10張劇照）

第五章　行為聯網個資操控選票：以電影《個資風暴》為例

本章為跨域的資訊社會之新媒體研究，本章應用相關行為心理學（Behavior Psychology）、媒體、電影理論，評析電影《個資風暴》。臉書用戶資料被竊賣，小則影響商品購買，大甚至影響政局與國際情勢變化，例如，操控千里達兩政黨選舉、造成英國選民投票是否脫歐、美國總統選舉等，探究行為聯網之個資被操控，提出貢獻研究心得，應爭取個資隱私權為個人權益，在資訊社會越益發達的現在與未來，亦顯影響深遠。（第五章含18張劇照）

Part 3 新科技、元宇宙與後人類

第六章　網飛Netflix《碳變》中的非物質再現：性、身體與記憶

新科技變化甚大，第六章應用西方理論，包括傅科「被規訓的身體」、「權力與性」，尚·布希亞的後現代「擬仿物與擬像」、「消費

社會」理論，麗莎‧布萊克曼《非物質身體、影響、體現、調解》有關「非物質肉體」等觀念，還有電影研究（Film Studies），探討非物質觀念與再現，於Netflix科幻電視影集新黑色電影風格的《碳變》（2018-2020）。《碳變》改編自美國小說家理查‧摩根電腦科幻賽博龐克小說。

　　本章研究貢獻比較相近的雷利‧史考特電影《銀翼殺手》，並以英美文學研究，發現文學理論「互文性」，愛倫‧坡的哥德式短篇小說，在此劇以「互文性」存在，由人工智慧機器人坡經營的烏鴉旅館，呈現虛擬現實未來。獨到見解在於雖然物質身體在《碳變》裡可被拋棄與替換，然而，本章研究發現，在非物質再現之中，弔詭的是，身體仍舊至關重要。尤其是以電影鏡頭、攝影、剪輯、美學為主的電影研究，檢視影像解讀。未來新科技，想像力馳騁，可讓人類於新串流媒體Netflix科幻影集中永生。（第六章含15張劇照）

第七章　影像的元宇宙：電影《一級玩家》與《奇異博士2》身體／主體困境與超越

　　如何以劇情及影像呈現元宇宙的突破？研究動機起源於對新科技元宇宙的探究。本章以電影研究的敘事（narrative）與電影攝影（cinematography），精神分析（Psychoanalysis）研究方法，探討在電影《一級玩家》（2018）與《奇異博士2》（2022）中的身體／主體困境。探究《一級玩家》，為逃避現實貧民窟的身體／主體困境，精神寄託可經由在虛擬的網路遊戲「綠洲」（OASIS）尋求金蛋，而虛實交融，鹹魚翻身，脫貧成功。申論《奇異博士2：失控多重宇宙》在多重宇宙中穿梭的汪達與奇異博士，以838號宇宙中不同的自己或正或邪化身，宛如心理分析本我、自我、超我（Id, Ego, Superego）的分裂（split），類似Netflix影集《碳變》中的記憶儲存堆疊，可換不同性別、年齡的肉體，甚至奇異博士之精神可操控其腐屍化身之上，超越單一身體／主體的極限，在影像的元宇宙中達成任務，成就實現。

電影《奇異博士2：失控多重宇宙》中，無意識的腐屍被有主體
（subjectivity）意識的奇異博士所運用。而以拉岡的概念來詮釋，「無意
識便是主體進入語言／象徵秩序的效果」（Lacan, 1997, p. 76）。從而觀
者可見殭屍腐屍詭異恐怖的外型形體，卻執行有主體意識充滿正義感奇異
博士的意念行動，欲匡正時局，挽救元宇宙的象徵秩序。而且奇異博士與
汪達都是用「夢行」（dream walk）的方式，來操控另一平行宇宙的本體
卻是「他者」（the Other）身體，這也可解釋心理分析的「置換作用」，
乃指以主體的無意識會將主體對某一客體的情緒或慾望轉移到其他客體
或對象上。這尤其可說明緋紅女巫於電影《奇異博士2：失控多重宇宙》
中的情況。以「互文性」（Inter-textuality），電影指涉汪達在受歡迎的
迪士尼串流影集Disney + 平臺《汪達與幻視》（2021）；汪達無法忘懷在
Disney+影集中她想像出與愛人幻視（Vision）生活在小鎮，想像與其所生
兩個雙胞胎兒子，她跟小孩子們生活在一起的快樂，於是在電影裡，用她
的夢思與夢行。來轉移慾望與黑化行動的動機。

以「電影研究」檢視，導演運用「交叉剪接」（Crosscutting），處
理兩條敘事線的同步發展。運用「正／反拍鏡頭」（shot/reverse shot），
來呈現由同一名演員所飾演的主宇宙的奇異博士。活用空間連戲、動作連
戲（match on action）、視線連戲（eyeline match）的拍攝剪接技巧。電影
片尾連結下一部電影的預告，運用「時間的省略」（temporal ellipsis），
空鏡及過場，來表示中間被省略的時間。

《一級玩家》與《奇異博士2：失控多重宇宙》兩部電影都充滿了超
現實（hyper-reality）。在影像的元宇宙充滿許多例子，有與本章探討電
影高度相關的Disney+《汪達幻視》（*Wanda Vision*），還有探討Netflix韓
劇《阿爾罕布拉宮的回憶》（*Memories of the Alhambra*），其中相關有趣
的議題。

電影戲劇預示元宇宙這些如AI人工智慧的研發「水能載舟，亦能覆
舟」的隱憂，都值得我們關注。以曼紐‧卡斯提爾（Manual Castells）翻

轉現待研發的virtual reality（「虛擬實境」），提出的新術語real virtuality（「真實虛境」）的文化，即使可帶來虛擬旅遊，數位經濟的商機；但也有人活在身處真實世界，但眼戴特殊裝置，腦與心在虛擬境地的困擾。

　　元宇宙雖在技術上仍有穿戴式裝置的局限，以及其他科技技術的限制，但仍有未來發展的潛力。影像的元宇宙搭配人類的想像力，在影視、動漫、電玩等文創教育休憩產業，有高營收產值。元宇宙並不是僅是想像的虛擬世界，虛擬實境和擴增實境的高科技技術所創的平行宇宙之一。正如本章所舉例的電影《一級玩家》所啓發，元宇宙可以是由我們從現實世界中進入一個我們所想要選擇設定角色，與行動所參與的虛擬的電腦線上世界，我們可在其中冒險發掘擴增虛擬世界，在虛擬世界冒險犯難，智取勇闖，破關成功獲得獎金之後，回到現實世界相對應的獲得等值的名利雙收，改變現實人生，因而形成的另外平行宇宙時空。元宇宙的未來發展亦有可能可穿越時空到如本章中的另一個電影例子《奇異博士2：失控多重宇宙》一般，掉進時空門，跳躍超越到企圖改變過去、現在、甚至未來。新科技新媒體造成觀影經驗的變化，在元宇宙的不同時空之行為，或許如以上所探討的多重宇宙電影一般，會相互影響與改變。（第七章含35張劇照）

第八章　科幻生態重啓與後人類：《末世男女》與AI機器人

　　本章貢獻以新穎的「後人類主義」、「生態女性主義」、「電影研究」理論，評析小說《末世男女》，與串流媒體影像科幻《愛×死×機器人》。探討議題後人類（生物）、基改動物、跨物種、基因變種怪物、人工智慧機器人。反映人類對現實世界極端氣候、（人造）病毒瘟疫、生態環境保護、地震海嘯天災人禍戰爭的擔憂，以文學影像投射對先進科技發展的未來想像。（第八章含5張劇照）

第九章　結論
近年研究部分成果與未來工作

　　在二十一世紀隨著新科技發展，學術工作也必須與時俱增、跨域整

合。結合戲劇劇場表演研究，交集電影研究，再加上聚焦都是敘事性影視作品的Netflix串流媒體評論研究，乃廣博浩瀚的三大學術研究領域，以戲劇爲交集聚焦，精選數部優良影視作品解析。反映時代背景在百年大疫COVID-19與變種病毒肆虐，疫情嚴重的過去幾年國境關閉，不得出外旅行，潛心在屋內作學術研究的近年部分研究成果。2019年疫情大爆發前，到2023年過完舊曆年，機場解封開放，可讓國民出國旅行。早在2008年，作者即於《機器人產業情報》發表刊登〈當代電影與科技機器人形象（上）〉。作者長期也有在關注研究機器人劇場AI電影，例如，2020年暑假七月初口頭發表會議初稿〈機器人劇場、AI政策與機器人電影〉於在國立交通大學舉辦的臺灣科技與社會研究學會年會（STS）。除此之外，本書也反映2022年8月中研院文哲所的邀約會議論文，還有最新2023年在臺大比較文學會議口頭發表的論文。經由國際會議國內外各方教授學者專家交流提問，促進作者思考、再研究閱讀、或擴增或刪減、修改潤飾。經歷無數時間歲月的洗禮，蛹化成蝶，這些學術篇章歷經這幾年的擴增修潤，蛻變後，統整爲有系統的專書；見微知著地呈現從2005年由UCLA拿到劇場電影電視學院（College of Thealer, Film and Television）這十九年以來，近二十年，不斷變化、求新求變、與時俱進，國際國內外學術與世界社會關心議題。

　　學海無涯，但生也有涯，尤其是在如今網路資訊爆炸ChatGPT令人憂心，但文青讀者似有銳減之虞，作者試圖以一己棉薄之力，以戲劇文學改編、文學理論、文本分析、戲劇理論、電影研究、串流媒體理論，跨域連結專長相關領域，分享給讀者近年優質的戲劇與電影及Netflix國內外電影電視劇影片，也爲劇場電影串流媒體影視評析，留下一些值得花費數不盡的日夜大量時間心力，閱讀研究寫作後，研究產出的解析評論，未來將繼續努力，無枉此生。知音難尋，希望讀者閱後喜歡此書《文學於新科技新媒體的跨域觀影：劇場、電影、Netflix》。不足之處，尚祈方家見諒賜教。

參考書目

第一章　前言

大衛・鮑德威爾，克莉絲汀・湯普遜著。《電影藝術：形式與風格》。曾偉禎譯。
　　US: International: McGraw Hill, 2009.

史蒂芬・葛林布萊（Stephen Greenblatt）著。梁永安譯。《暴君：莎士比亞論政
　　治》。新北市：立緒文化，2019。

伊恩・納桑（Ian Nathan）著。《克里斯多夫・諾蘭》。葉中仁譯。臺北市：漫遊
　　者文化，2023。

左撇子著。《左撇子的電影博物館》。臺北市：商周，2019。

尚・巴提斯特托賀（Jean-Baptiste Thoret）著。蘇威任譯《當代電影的好視野手
　　冊》。臺北市：原點，2015。

馬克・庫辛思（Mark Cousins）著。蒙金蘭譯。《世紀電影聖經》。臺北市：墨刻
　　出版，2021。

楊小濱著。《你想了解的侯孝賢、楊德昌、蔡明亮（但又沒敢問拉岡的）》。新北
　　市：印刻，2019。

雷明・傑德（Ramin Zahed）。《愛x死x機器人美術設定集》（*The Art of Love,
　　Death + Robots*）。曾倚華譯。臺北市：尖端出版，2022。

謝世宗著。《侯孝賢的凝視》。新北市，群學，2021。

瀚草文創、英雄旅程著。《模仿犯 影集創作全紀錄》。臺北市：臉譜出版，
　　2023。

Biesen, Sheri Chinen. "Binge-Watching "Noir" at Home: Reimagining Cinematic Recep-
　　tion and Distribution via Netflix."*The Netflix Effect: Technology and Entertainment
　　in the 21ˢᵗ Century*. Eds. Kevin McDonald and Daniel Smith-Rowsey. *Netflix Nations*.
　　Bloomsbury Academic, 2016. Kindle Edition.

Knopf, Robert. *Theater and Film: A Comparative Anthology*. USA: Yale University, 2004.

Lobato, Ramon. *Netflix Nations: The Geography of Digital Distribution*. (Critical Cultural
　　Communication Book) New York: New York University Press, 2019.

Novak, Alison N. "Framing the Future of Media Regulation through Netflix." *The Netflix
　　Effect: Technology and Entertainment in the 21ˢᵗ Century*. Eds. Kevin McDonald and
　　Daniel Smith-Rowsey. England: Bloomsbury Academic, 2016. Kindle Edition.

第二章　客家劇場研究的比較視野：回顧與展望

石光生，2013，《臺灣傳統戲曲劇場文化：儀式・演變・創新》。臺北市：五南。

邱春美，2003，《臺灣客家說唱文學「傳仔」研究》。臺北市：文津。

段馨君，2007，〈想像與建構：臺灣客家三腳採茶戲〉。《客家研究》2 (2)：103-149。

＿＿＿＿，2008，〈客家戲劇在臺灣——以客家劇本《吳湯興》為例〉。《贛南師範學院學報》29 (5)：8-14。

＿＿＿＿，2009，〈臺灣客家文學中的客家婚禮儀式〉。《贛南師範學院學報》5 (30)：23-28。

＿＿＿＿，2010a，〈臺灣首齣客家歌舞劇中的新客家都會文化〉。《客家城市治理》江明修主編。臺北：智勝，131-144。

＿＿＿＿，2010b，〈客家戲劇的新方向——客家歌舞劇《福春嫁女》〉。《客家的形成與變遷》新竹：交大出版社。莊英章、簡美玲主編，771-818。

＿＿＿＿，2011a，〈臺灣客家電視臺精緻戲曲《戲棚戲》之探討〉。《客家公共事務學報》中壢：國立中央大學客家學院，3：67-86.

＿＿＿＿，2011b，〈政策下之客家電視臺戲曲徵選與現代形式演出——以「新永光戲劇團」為例〉。《客家研究》4 (1)：193-234。

＿＿＿＿，2012，《戲劇與客家：西方戲劇影視與客家戲曲文學》。臺北：書林。

＿＿＿＿，2013，〈劇本改編意義與戲劇再現詮釋：兩齣戲案例解析〉。《客家公共事務學報》中壢：國立中央大學客家學院，8：1-26。

＿＿＿＿，2015，〈情與法：客家戲與跨劇種研究〉。《客家映臺灣——族群文化與客家認同》苗栗縣：桂冠，181-210。

＿＿＿＿，2018，〈劇場現代化發展，傳統客家戲曲如何有效轉型？〉。《客家文化季刊》64：12-15。

施德玉，2021，《臺灣鄉土戲曲之調查研究》。臺北市：國家。

曾永義、游宗蓉、林明德，2002，《臺灣傳統戲曲之美》。臺中市：晨星。

陳耀昌，2016，《傀儡花》。新北市：印刻出版社。

黃心穎，2003，《客家三腳採茶戲之賣茶郎故事》。臺北市：臺北市政府客家事務委員會。

劉美枝，2019，〈試論客家大戲〈改良戲〉之興起與發展〉。《臺灣客家研究論文選輯11：客家戲曲》張維安、鄭榮興主編。新竹市：國立陽明交通大學出版社。

蔡欣欣，2005，《臺灣戲曲研究成果述論（1945-2001）》。臺北市：國家。

鄭榮興，2016，《臺灣客家戲之研究》。臺北市：國家。

劉慧雯，2007，〈客家文學戲劇產製之研究：以《寒夜》以及《魯冰花》兩部連續劇為例〉。行政院客委會獎助客家學術研究計畫結案報告。

蘇秀婷，2005，《臺灣客家改良戲之研究》。臺北市：文津。

Tuan, H. Iris. 2011, "*My Daughter's Wedding*——Shakespeare's *The Taming of the Shrew*: AHakka Adaptation Musical in Taiwan." *Asian Theatre Journal* 28 (2): 573-577. (A& HCI)

_____, 2012, "*Bond*: Shakespeare's *Merchant of Venice* in Taiwan." *International Journal of Humanities and Social Sciences* 2 (12): 253-260.

_____, 2017, "Xiangsi Nostalgia." (Performance Review). *Asian Theatre Journal* 34: 2: 479-482. (A&HCI)

_____, 2018a, "Translocal Mobility: Hakka Opera *Betrayal* Inspired from Shakespeare's Lost Play *Cardenio*." *Transnational Performance, Identity and Mobility in Asia*. London and New York: Palgrave Macmillan, pp. 19-38.

_____, 2018b, *Translocal Performance in Asian Theatre and Film*. London and New York: Palgrave Macmillan.

_____, 2020, "Hakka Theatre: *Roseki Taipei Singer*." *Pop with Gods, Shakespeare, and AI: Popular Film, (Musical) Theatre, and TV Drama*. Singapore: Palgrave Macmillan, pp. 149-166.

第三章　日本機器人劇場與美國人工智慧機器人電影：擬仿物與擬像

李開復、王詠剛。（2017）。〈人工智慧來了〉。臺北市：遠見天下文化。

林宗德、尤苡人。（2014）。〈平田Oriza的現代口語戲劇理論與機器人劇場〉《戲劇學刊》第十九期，頁167-212。

季桂保。（2002）。《布希亞》。臺北市：生智。

陳瑞麟。（2020）。〈科技風險與倫理評價：以科技風險倫理來評估臺灣基改生物與人工智能的社會爭議〉《科技・醫療與社會》第30期。April 2020。

張道宜、歐寶程、黃品維等。（2019）。〈機器人與人工智慧時代來臨〉《圖解簡明世界局勢：2020年版》。臺北市：城邦文化。

楊谷洋。（2016）。《羅伯特玩假的》。新竹：交通大學出版社。

Barclay, Bill. & Lindley, David. (2017). *Shakespeare, Music and Performance*. United Kingdom: Cambridge University Press.

Baudrillard, Jean. (1993). *Symbolic Exchange and Death*. Trans. Iain Hamilton Grant. Revised Edition. 2007. London: Sage.

Baudrillard, Jean. (1994). *Simulacra and Simulation*. Trans. Sheila Faria Glaser. Ann Arbor: The University of Michigan Press.

Komninou, E. (2003). "Film AI: man, machines and love." *Futures*. Sept, 2003, Vol. 35, pp. 793-98.

Holland, Peter. (2017). "Film, Music and Shakespeare: Walton ad Shostakovich." *Shakespeare, Music and Performance*. Eds. Bill Barclay. & David Lindley. United Kingdom: Cambridge University Press.

Louise LePage. (2016). "Thinking Something Makes It So." *Twenty-First Century Drama: What Happens Now*. Eds. Sian Adiseshian and Louise LePage. UK: Palgrave Macmillan.

Shakespeare, William. (2006). *As You Like It*. Editor: Juliet Dusinberre. London: Arden Shakespeare.

Russell, Stuart and Norvig, Peter. (2014). *Artificial Intelligence: A Modern Approach*. 3rd Ed. England: Pearson New International Edition.

黎子元。（2020）。〈符號與指涉物之間 已經斷裂的後現代〉搜尋日期：Oct. 4, 2020。

宿遷學院大學生實踐創新小組。（2009）。〈迪斯尼動畫電影的兒童化和成人化──以《機器人瓦利》（Wall-e）為例〉。《語文學刊》2009卷5B期：117-118。

Cinematography

《人工智慧》（*Artificial Intelligence*）（2001）。史蒂芬・史匹柏導演，史丹利・庫柏力克參與製作。華納兄弟影片公司。

《魔鬼終結者：黑暗宿命》（*The Terminator 6: Dark Fate*）（2019）。提姆・米勒執導，大衛・高耶、賈斯汀・羅德斯和比利・雷編劇，詹姆斯・卡麥隆和大衛・埃利森擔任監製。派拉蒙影業等發行。

《機器管家》（*Bicentennial Man*）（1999）。克里斯・哥倫布導演。哥倫比亞電影公司發行。

《超完美嬌妻》（*The Stepford Wives*）（2004）。法蘭克・歐茲導演。夢工廠製片。

《機器姬》（*Ex-Machina*）（2014）。亞克力斯・嘉蘭導演。史考特・魯丁製片公司。

《銀翼殺手2049》（*Blade Runner 2049*）（2017）。丹尼・維勒那夫導演。哥倫比亞影業製片。

《我的機器人女友》（2008）。韓國郭在容導演，山本又一郎製片。出品公司GAGA Communications.

《雲端情人》（*Her*）（2013）。史派克・瓊斯導演。製片商Annapurna Pictures.

《虛擬偶像》（*Simone*）（2002）。安德魯・尼科爾導演。發行商新線影業（New Line Cinema）。

第四章　AI、COVID-19、法律：以電影《全境擴散》爲例

Branigan, Edward. & Buckland, Warren. (2015). *The Routledge Encyclopedia of Film Theory*. London and New York: Routledge.

Knopf, Robert. (2005). Ed. *Theater and Film: A Comparative Anthology*. New Haven and London: Yale University Press.

Mulvey, Laura. (1975). "Visual Pleasure and Narrative Cinema." *Screen* Autumn 6-18.

Navarro, Z. (2006). "In Search of Cultural Interpretation of Power." *IDS Bulletin* 37(6), 11-22.

Tuan, Iris H. (2018). *Translocal Performance in Asian Theatre and Film*. Singapore: Palgrave Macmillan.

_____. (2020). "Robot Theatre and AI Films." *Pop with Gods, Shakespeare, and AI: Popular Film, (Musical) Theatre, and TV Drama*. Palgrare Macmillan. ISBN: 978-981-15-7296-8.

Wacquant, L. (2006). "Habitus." *International Encyclopedia of Economic Sociology*. J. Becket and Z. Milan (eds.) London: Routledge, pp. 315-319.

大衛・鮑德威爾（David Boudwell），克莉絲汀・湯普遜（Christin Thompson）。《電影藝術：形式與風格》，曾偉禎譯。第十版。臺北市：麥格羅希爾，2013。

林子儀等。《憲法：權力分立》，（二版），臺北市：新學林，2017。

張庭瑋。〈唯一沒拿川政府補助 輝瑞疫苗進度跑第一名〉（來源：法新社）《商業周刊》。出刊日期：2020年10月21日。Web.搜尋日期：2020年10月25日。

黃新生。《電影理論》，臺北市，五南，2014。

齊隆壬。《電影符號學：從古典到數位時代》，臺北市：書林，2013。

第五章　行爲聯網個資操控選票：以電影《個資風暴》爲例

Baughan, Nikki. *The Great Hack. Sight & Sound.* Sep 2019, Vol. 29 Issue 9, p. 62.

Dawn, Randee. "Key Scenes in the Past Year's Top Documentary Films." *Variety*, 1/15/2020, Vol. 346 Issue 20, p. 135.

Foucault, Michel. *Madness and Civilization: A History of Insanity in the Age of Reason.* Trans. From French into English by Richard Howard. New York: Vintage Books, 1988.

Seadle, Michael. *The Great Hack* (documentary film). (Media Review). *Journal of The Association for Information Science and Technology.* Vol. 71, Issue 12, Dec. 2020, pp. 1507-1511. https://asistdl.onlinelibrary.wiley.com/doi/abs/10.1002/asi.24333

Siegel, Tatiana. "SONY Hack Movie Coming from the Square Filmmakers." *Hollywood Reporter.* 6/12/2015, Vol. 421 Issue 19, p. 18.

克里斯多福・懷利著。《Mindf*uk心智操控〔劍橋分析技術大公開〕》。劉維人譯。新北市：野人文化，2020。

布特妮・凱瑟 著。《Targeted操弄〔劍橋分析事件大揭祕〕》。楊理然、盧靜譯。新北市：野人文化，2020。

李宏利、雷靂、王爭艷、張雷。〈互聯網對人的心理影響〉《心理學動態》。第9卷第4期，2001，pp. 376-381。

姚琦、馬華維、閻歡、陳琦。〈心理學視角下社交網絡用户個體行爲分析〉《心理科學進展》。2014, Vol. 22, Issue 10, pp. 1647-1659.

曹偉編寫。〈劍橋分析大起底〉《網絡預警》。2018.04. pp. 14-15。China Academic Journal Electronic Publishing House. http://www.cnki.net

葉志良。〈大數據應用下個人資料定義的檢討：以我國法院判決為例〉《資訊社會研究》。2016年7月，第31期，pp. 1-36。

穆琳。〈劍橋分析事件算法黑箱問題淺析〉《網境縱橫》。2018.04. pp. 92-94。China Academic Journal Electronic Publishing House. http://www.cnki.net

中華民國憲法。全國法規資料庫。

影視資料

The Great Hack (documentary film). Produced and directed by Karim Amer and Jehane Noujaim. Netflix, 2019. 1 hour 54 minutes.

第六章　網飛（Netflix）《碳變》中的非物質再現：性、身體與記憶

Baudrillard, Jean. "The Precession of Simulacra." *Cultural Theory and Popular Culture: A Reader*. Ed. John Storey. 4th edition. London and New York, 2009, 409-415. Print.

Blackman, Lisa. *Immaterial Bodies, Affect, Embodiment, Mediation*. London: Sage, 2012. Print.

---. *The Body*. Oxford and New York: Berg, 2008. Print.

Burszta, J drzej. (Book Review). *Sex, Death, and Resurrection in Altered Carbon. Polish Journal for American Studies* 14 (2020): 133-138. Print.

Featherstone, Mike. *Consumer Culture and Postmodernism*. London: Sage, 2007. Print.

Foucault, Michel. *Discipline and Punish: The Birth of the Prison*. New York: Vintage, 1995. Print.

Garland, David. "Foucault's *Discipline and Punish*--An Exposition and Critique." *American Bar Foundation Research Journal* 11. 4 (1986): 847-880. Print.

Gerald, Turkel. "Michel Foucault: Law, Power, and Knowledge." *Journal of Law and Society* 17. 2 (1990): 170-193. Print.

Kobus, Aldona. ukasz Muniowski. Eds. *Sex, Death, and Resurrection in Altered Carbon: Essays on the Netflix Series*. North Carolina: McFarland, 2020. Print.

Maccormack, Patricia. "Immaterial Bodies: Affect, Embodiment, Mediation. Information." *Communication & Society* 17. 5 (2014): 651-652. Print.

Morgan, Richard. *Altered Carbon*. New York: Random House Publishing Group, 2003. Print.

Ryan, Maureen. "Altered Carbon (Television program review)." *Variety*. 338.18. Jan. 30, 2018. Web. 9, Oct. 2021.

Sampson, Tony D. Book Review. *Immaterial Bodies: Affect, Embodiment, Mediation* by Lisa Blackman. *New Formation* 79 (2013): 168-169. Print.

Stage, Carsten. Book Review. "Lisa Blackman: *Immaterial Bodies: Affect, Embodiment, Mediation*. London: Sage, 2012." *MedieKultur. Journal of Media and Communication Research* 55 (2013): 96-99. Print.

Yiannopoulou, E. Review Lisa Blackman's *The Body. European Journal of American Studies* 24 Nov. 2009. Web. 1 May 2019.

第七章　影像的元宇宙：電影《一級玩家》與《奇異博士2》身體/主體困境與超越

Chen, Kevin：（陳根）。《元宇宙Metaverse：連結虛擬和現實，開啓無限可能性》。新北市：博碩文化股份有限公司，2022。

Stam, Robert：《電影理論解讀》。陳儒修、郭幼龍譯。臺北市：遠流，2000。

皮埃爾・布爾迪厄。《實踐與反思——反思社會學導引》。李猛，李康譯。北京：中央編譯出版社，1998。

余德慧、林耕宇、彭聲傑。〈身體內景的知覺現象與身體情緒〉。余安邦主編。〈身體、主體性與文化療癒：跨域的搓揉與交纏〉。《第四屆國際漢學會議會議論文集》。臺北市：中央研究院，2012，頁209-233。

汪佩洵。〈宏大與多元：復仇者聯盟系列電影宇宙生態與文化資源構建〉《淮南師範學院學報》。2020年第1期。第22卷（總第119期），頁126-130。

周冬瑩。〈感覺與純粹形象／影像——論德勒茲的「感覺的邏輯」與電影思想〉。*Dianying yishu*, 2016 (2), p.129-135。

崔亨旭。《元宇宙：科技巨頭爭相投入、無限商機崛起，你準備好了嗎？》。臺北市：英屬維京群島商高寶國際有限公司臺灣分公司，2022。

鮑德威爾・大衛&湯普遜・克莉絲汀。《電影藝術：形式與風格》。第十版。曾偉禎譯。臺北市：麥格羅希爾，2017。

德勒茲（Gilles Deleuze）。《電影I：運動——影像》。黃建宏譯。臺北：遠流，2003。

德勒茲（Gilles Deleuze）。《電影II：時間——影像》。黃建宏譯。臺北：遠流，2003。

德勒茲。《感覺的邏輯》。陳蕉譯。臺北：桂冠，2009。

Baudrillard, J. "The Hyper-realism of Simulation." *Jean Baudrillard: Selected Writings*, 1988, 143, 147.

Danish, Malik Haq Nawaz, Ikhtiar, Anam, Bashir, Ahsan. Parveen, Sabahat. "Hyper-Reality: Blurring Demarcation between Scientific Reality and Fiction in the Movie "Dr. Strange"; A Multimodal Analysis." *Harf-O-Sukhan*. Vol. 6 No. 2, (2022): 48-52.

Tuan, Iris H. "Robot Theatre and AI Films." *Pop with Gods, Shakespeare, and AI: Popular Film, (Musical) Theatre, and TV Drama*. Singapore: Palgrave Macmillan, 2020, pp. 167-198

Villarejo, Amy. *Film Studies*. London and New York: Routledge, 2007.

影視資料

南韓電視劇《阿爾罕布拉宮的回憶》（2018）。Netflix安吉鎬導演。Studio Dragon Corporation.

電影《一級玩家》（2018）。導演史蒂芬・史匹柏。華納兄弟發行。

電影《奇異博士2》（2022）。導演山姆・萊米。華特迪士尼工作室電影發行。《奇異博士2：失控多重宇宙》

第八章　科幻生態重啓與後人類：《末世男女》與AI機器人

柯嘉瑋。2015。〈解域烏托邦與瑪格麗特・愛特伍的《瘋狂亞當》三部曲〉。臺北市：國立臺灣大學碩士論文。

曹鈞甯。2009。〈瑪格麗特・愛特伍小說《末世男女》中之反烏托邦與生態批評〉。臺北市：中國文化大學碩士論文。

愛特伍德（Atwood, Margaret）。2004。《末世男女》。韋清琦譯。臺北市：天培文化。

——。2022。《劍羚與秧雞》。韋清琦、袁霞譯。臺北市：漫遊者文化。單德興、郭欣茹導讀。

雷明・傑德（Ramin Zahed）。《愛×死×機器人美術設定集》（*The Art of Love, Death + Robots*）。曾倚華譯。臺北市：尖端出版，2022。

劉香儀。2014。〈反面烏托邦：瑪格麗特・愛特伍《末世男女》的真實層倫理〉。臺中：國立中興大學碩士論文。

Atwood, Margaret. 2003. *Oryx & Crake*. London: Bloomsbury.

——. 2004. "*The Handmaid's Tale* and *Oryx and Crake* in Context." *PMLA*. 119.3. pp. 513-517.

Birnbacher, Dieter. 2008. "Posthumanity, Transhumanism and Human Nature." *Medical Enhancement and Posthumanity*. ed. Bert Gordijn and Ruth Chadwick. U.K.: Springer, 95-106, quote on 95.

Breidokiene, Lina. 2020. *Posthumanism as Science Fiction. The Case of Netflix's Altered Carbon and Love, Death, and Robots*. Master's Final Degree Project. Kaunas University of Technology.

Deleuze, Gilles. Guattari, Félix. 1987. *A Thousand Plateaus: Capitalism and Schizophrenia*. London: Continuum.

DiMarco, Danette. 2005. "Paradise Lost, Paradise Regained: *homo faber* and the Makings of a New Beginning in *Oryx & Crake*." Posted on *Papers on Language & Literature*. Southern Illinois University at Edwardsville, Spring.

Foucault, Michel. 1984. "Nietzsche, Genealogy, History." In *The Foucault Reader*. Ed. Paul Rabinow, 76-100. New York: Pantheon Books.

Glover, Jayne. 2009. "Human/Nature: Ecological Philosophy in Margaret Atwood's *Oryx & Crake*." *English Studies in Africa*. 52 (2), quote on pp. 50-62.

Haraway, D. A. 1990. "Manifesto for Cyborgs: Science, Technology, & Socialist Feminis-min the 1980s." *Feminism/Postfeminism*. Eds. Linda J. Nicholson. New York: Routledge, quote on pp. 190-233.

Merchant, Carolyn. 2006. "*The Scientific Revolution* and *The Death of Nature*." *Focus-Isis*. Vol. 97, Num. 3, Sep. 513-533.

Mies, Maria. V. Shiva. 1993. *Ecofeminism*. London: Zed Books.

Özkent, Yasemin. 2022. "Posthuman Fantasies: Is *Love Death +Robots* or Women, Violence & Antihumanism?" *Feminist Media Studies*. Published online: 11 May.

Porpora, Douglas V. 2017. "Dehumanization in Theory: Anti-Humanism, Non-Humanism, Post-Humanism, and Trans-Humanism." *Journal of Critical Realism*, Vol. 16, No. 4, 353–367, quote on 353.

Sarkar, Jaya. 2022. "Reconsidering Cartesian Dualism and Selfhood in *Love, Death & Robots*," *Convergence: The InternationalJournal of Research into New Media Technologies*. 1-14, quote on 1, 2.

Sontag, Susan. 2003. *Regarding the Pain of Others*. New York: Picador.

Tuan, H. Iris. 2020. "Robot Theatre and AI Films." *Pop with Gods, Shakespeare, and AI: Popular Film, (Musical) Theatre, and TV Drama*. Singapore: Palgrave Macmillan, pp. 167-198.

Note